dtv
premium

Ausführliche Informationen über
unsere Autoren und Bücher
finden Sie auf unserer Website
www.dtv.de

Arjan Visser

DER BLAUE VOGEL KEHRT ZURÜCK

Roman

Aus dem Niederländischen übersetzt
und mit Anmerkungen versehen
von Bettina Bach

Deutscher Taschenbuch Verlag

Der Verlag dankt der niederländischen Stiftung für Literatur
für die Förderung der Übersetzung.

Nederlands
letterenfonds
dutch foundation
for literature

Die Übersetzerin dankt dem Deutschen Übersetzerfonds
für die großzügige Förderung ihrer Arbeit.

Deutsche Erstausgabe 2014
Deutscher Taschenbuch Verlag GmbH & Co. KG,
München

First published in 2012 by De Arbeiderspers
Die niederländische Originalausgabe erschien 2012
unter dem Titel ›Hotel Linda‹.

Die Zitate von Marc Aurel entstammen dem Titel ›Wege zu sich selbst.
Die Kunst des Lebens besteht mehr im Ringen als im Tanzen‹.
Kleine Bibliothek der Weltweisheit. München: dtv, 2006.
Umschlagkonzept: Balk & Brumshagen
Umschlaggestaltung: Wildes Blut, Atelier für Gestaltung,
Stephanie Weischer unter Verwendung von
Fotos von Arcangel Images
Gesetzt aus der Minion 10/14,5˙
Satz: Greiner und Reichel, Köln
Druck und Bindung: Kösel, Krugzell
Gedruckt auf säurefreiem, chlorfrei gebleichtem Papier
Printed in Germany · ISBN 978-3-423-26002-2

Für Kees Biesheuvel

But each day brings its petty dust
Our soon-choked souls to fill,
And we forget because we must
And not because we will.

»Absence«, Matthew Arnold

1

Ich bin fast da.

Nur ein Schritt trennt mich noch von der Unendlichkeit. Im dunklen Blau lässt sich eine flaumige Wolkendecke erahnen. Darauf kann ich mich ausruhen, wenn ich müde bin von meinen Bahnen um die Erde, meiner frei schwebenden Weltkugel.

Allerdings müsste ich mich dafür noch von einer Gruppe Menschen losreißen: meinen Mitreisenden und der Flugzeugbesatzung, zusammen etwas über hundert Personen.

Ich könnte den Notausgang nehmen. Wer sich in seine Nähe setzt, muss versprechen, anderen im Bedarfsfall zu helfen. Na gut, dann helft mir mal. Danke fürs Mitnehmen. Hier will ich raus.

So nah bei den Sternen war ich noch nie. Wenn ihr mich gehen lasst, komme ich aus eigener Kraft noch höher hinauf. Höher, als ich in meinen Träumen je war.

Der Himmel wird immer heller. Der Mann auf dem Fensterplatz wendet sich mir zu. Er öffnet den Mund, klappt ihn wieder zu, rückt sein Kissen zurecht und zieht eine Plastikwand vor meine Aussicht.

Ein Miniatur-Flugzeug folgt einer gestrichelten Linie zum Wort »München«. Den Angaben unten im Bild zufolge werden meine alten Knochen mit einer Durchschnittsgeschwindigkeit von neunhundert Stundenkilometern durch die Luft befördert, und der Flieger, der gestern um 19:10 Uhr in Brasilien abgehoben hat, wird heute um 10:50 Uhr in Deutschland landen.

Ich stelle die Beine schräg in den Gang und ziehe die blaue Decke der Fluggesellschaft etwas höher. Dabei streife ich mit dem Ellbogen die Fernbedienung in der Armlehne. Jetzt sind zwei Menschen auf dem Monitor zu sehen, Kinder noch, die sich wild küssen. Ich probiere alle Knöpfe durch und erwische wohl den Aus-Schalter, denn der Bildschirm wird schwarz.

Es ist sehr beengt und mir ist entweder zu warm oder zu kalt. Der freundliche Chefsteward, der mich vor vielen Stunden zu meinem Sitz begleitet und versprochen hat, mir einen besseren Platz zu suchen, ist nicht wiedergekommen. Die Stewardessen mit ihren Wägelchen will ich nicht behelligen.

Es werden winzige Häppchen serviert. Kunstvoll verpackt und völlig geschmacklos. Der Wein ist sauer, doch das ist mir egal. Essen ist in den letzten Jahren zu einer leeren Handlung geworden, es muss nun mal sein, und trinken tue ich am besten auch nicht zu viel, weil ich nur noch selten ordentlich Wasser lassen kann.

Jetzt – während ich durch die Zeit reise – merke ich, dass ich im Laufe der Jahre immer genügsamer geworden bin. Eine leichte Berührung, eine sanfte Brise, ein Plätzchen, wo ich in aller Ruhe meinen Gedanken nachhängen kann, mehr brauche ich nicht. Wenn ich etwas mache, dann oft, um anderen einen Gefallen zu tun. Ein kleiner Spaziergang, eine kurze Unterhaltung. Die anderen wollen alles Mögliche, die anderen machen sich Sorgen. Ich nicht.

Hier, hoch über dem Ozean, den ich vor knapp siebzig Jahren auf der S. S. Serpa Pinto überquert habe, lasse ich meine Gedanken in alle Richtungen schweifen; am liebsten würde ich in tiefen Schlaf fallen. Doch kaum habe ich die Augen geschlossen, da stupst etwas gegen meine Füße, und ich reiße sie wieder auf.

Die junge Frau hinter dem Servierwagen bittet um Entschuldigung. Ich ziehe die Beine ein und lasse sie vorbei. Sie legt mir flüchtig eine Hand auf die Schulter.

2

»Bleiben Sie in Bewegung, alter Mann.« Vickys Mantra. Das sagte sie oft, am häufigsten jedoch, wenn ich draußen vor dem Haus auf meinem Stuhl saß und ihr eine Besorgung auftrug. Sie weiß sich so elegant die Tasche über die Schulter zu schwingen. Sie hat ein Hohlkreuz und einen runden und festen Hintern. Das ist mir nicht entgangen.

Ich bemerke auch den Busen der Friseurin, die ein Stück weiter auf dem Bürgersteig allen Kindern des Viertels denselben Haarschnitt verpasst. Ich rieche das Eau de Cologne meines Nachbarn. Und immer höre ich den Briefkasten klappern.

Herein kommt so einiges, ich sehe es mir an und denke mir meinen Teil, aber nach draußen geht kaum mehr etwas.

Vielleicht werde ich ja manchmal davon so müde – von den vielen Eindrücken, der Fülle von Möglichkeiten, mit denen ich nichts anfangen kann.

Aufstehen sollte ich oder mich wenigstens vorbeugen, und Vicky einen Klaps auf den Po geben. Natürlich nur zum Spaß.

Mich von ihr auf den Kopf küssen lassen.

Nana, mein Schatz, hätte mir das nicht übel genommen. Das hatte sie nie. Es gefiel ihr sogar, wenn Azulão, ihr blauer Vogel, beim weiblichen Geschlecht gut ankam; je mehr Aufmerksamkeit mir andere Frauen schenkten, desto glücklicher schätzte sie sich, weil sie die einzig Richtige für mich war.

Sie ist einfach umgefallen. Auf der Veranda unseres Hauses in Milho Verde.

Mitten im Satz.

Ich drehte meinen Liebling auf die Seite, wie ich es immer getan hatte, wenn sie sich schlafend stellte und darauf wartete, dass ich mich an sie schmiegte und sie in ihrer gespielten Unschuld nahm. Aber diesmal konnte sie nicht mehr so tun, als würde sie schlafen. Nie mehr würde ich Nana aufwecken. Auf ihrem Gesicht war Blut, sie hatte sich die Nase gebrochen. Das machte mich wütend. Auch das noch. Als ob ein Herzinfarkt nicht schon genug war.

Jedes Detail prägte sich mir ein – die Falten ihres Rocks, wie dunkel und dünn ihr Blut war, der Boden, auf dem sie lag, die losen Dielenbretter und die abgetretenen, die Wildnis, die einmal ein schöner Garten gewesen war – doch der Anfang des Satzes, den sie nicht mehr beendete, ist mir völlig entfallen.

Wenn ich an sie dachte, kreisten alle meine Gedanken schließlich nur noch um diese eine Frage: Was hatte Nana an jenem Morgen im Frühling des Jahres 1991 gesagt? Wahrscheinlich war es einer dieser belanglosen Sätze gewesen, die zu unserem selbstverständlichen Zusammenleben gehörten. Irgendetwas über das Wetter oder über eine Mahlzeit. Etwas, was schön oder angenehm war. Vielleicht ein paar Worte über das Glück. Wie gut wir es miteinander hatten. Sie konnte so ansteckend glücklich sein.

Eines Tages beschloss ich, dass es um Limetten gegangen sein musste, einfach nur, weil ich Unfertiges nicht ausstehen kann. So musste es gewesen sein.

»Azulão, Liebling, wenn du zum Markt gehst« – Nana fällt, beginnt zu sterben –, »dann bring auch ein paar von diesen saftigen Limetten mit« – tot.

Zum Markt von Diamantina, eine Fahrt im alten Chevrolet.

Gurken, Tomaten, Mangos, vielleicht ein paar Kaschuäpfel und dazu noch diese Limetten, mit denen sie, wie ich wusste, einen Baiserkuchen für mich backen würde. Irgend so etwas. Das hätte doch schon gereicht. Das wäre besser gewesen, als sie hinten ins Auto legen zu müssen, ihr Blut tropfen zu hören und nach Serro zu fahren, wo *doutor* Augusto de Farias sagen würde, dass es zu spät sei, dass das Leben von Nana Jacobson-Da Silva nach siebzig schönen Jahren zu Ende gegangen sei. »Herzliches Beileid, Azulão, mein guter Freund, alter Gringo.«

Immerhin durfte ich ihm unsere Geschichte noch einmal erzählen. An diesem Tag stammelnd und stotternd, während Augusto die Sterbeurkunde ausstellte, und ein weiteres Mal im Lauf desselben Monats, als ich mich wieder einigermaßen gefangen hatte und wir beide durch seinen Garten schlenderten. Er hatte die Geschichte von Nana und Azulão schon tausend Mal gehört, aber alte Männer verzeihen einander viel, und sei es nur, weil sie selbst gern immer wieder von der eigenen Vergangenheit erzählen. Deshalb schwieg Augusto liebenswürdig, als ich wieder ganz von vorn begann, als ob wir uns zum ersten Mal begegnet wären.

Nana, sagte ich, habe mich für ein außerirdisches Wesen gehalten, eine Art Monster. Nach über fünfhundert Kilometern war ich mit meiner Indian fast verwachsen. Aus Salvador war ich mit einem einzigen Koffer im Beiwagen aufgebrochen, hatte unterwegs jedoch lauter Krempel aufgeladen, mit dem ich später mein Haus füllen wollte. Sie wohnte kurz vor Tapirama.

»Wusstest du das, Augusto? Dass ich sie dort zum ersten Mal gesehen habe?«

»Nein«, log mein Freund, »das hast du mir noch nie erzählt.«

Ganz unvermittelt war sie aus der Landschaft aufgetaucht. Ich glaube nicht, dass ich den wunderbaren inneren Zusammenhang je zuvor so klar erkannt hatte: Alles war eins und Nana aus denselben Elementen beschaffen wie die Pflanzen des Feldes, aus dem sie gerade kam.

»Ja, ja«, sagte Augusto nachsichtig. Bei früheren Gelegenheiten hatte er schon einmal verlauten lassen, ich triebe ihn den Wahnsinn. »Es würde mich nicht wundern, wenn du aus Espírito Santo kämest, Azulão, mit deinen salbungsvollen Reden, und nicht aus deinem platten Land da drüben auf der anderen Seite des Ozeans.« Diesmal allerdings durfte ich meine zerknitterten Erinnerungen ungehindert weiter glatt streichen.

Ich erzählte ihm, dass ich sofort aufs Bremspedal gestiegen sei, weil ich nicht an der Frau meines Lebens habe vorbeifahren wollen, doch in Wirklichkeit hatte ich einfach Angst, diese Verrückte würde mir vors Motorrad laufen.

»Eine schöne Bäuerin«, sagte Augusto lachend.

»Weil sie aus dem Feld kam. Wie dumm von mir. Du hättest sicher sofort durchschaut, dass sie am Straßenrand Erfrischungen und Snacks verkaufte und nur für einen Augenblick weggegangen war, um …«

»Erspar mir die Details!«

Als die Indian zum Stehen gekommen war und der Staub sich gelegt hatte, kam sie zu mir und fragte mich, so glaube ich jedenfalls, wohin ich mit all dem Krempel wolle. Um ihr klarzumachen, dass ich ihre Sprache nicht verstand, zeigte ich auf meinen Mund. Sie bedeutete mir mitzukommen, und ich begriff, dass sie mir etwas anbieten wollte.

Ich könnte dir die Stelle zeigen, Augusto, neben ihrem Stand. Da saßen wir, dicht nebeneinander, obwohl es warm war und der Baumstamm, der als Sitzgelegenheit diente, einem Dutzend Menschen Platz geboten hätte. Sie trug ein Kleid mit großen Blumen – »Sonnenblumen, Azulão«, ach ja, entschuldige, Nana –

und einen Strohhut. Die Zweige über uns, die sich wie eine Laube über uns wölbten, habe ich im Laufe der Zeit dazuerfunden. Den Drang, sie zu küssen, verspürte ich sofort, ihre Zustimmung bekam ich erst ein paar Tage später, als ich nach zweihundert Kilometern beschlossen hatte, kehrtzumachen und zurückzufahren, weil ich sie noch ein Mal sehen wollte.

»Ich musste es tun. Wie kann das sein, Augusto?«

»Das kann einfach sein. Frag nicht nach dem Warum.«

Als Nana begriff, dass ich nach Brasilien gekommen war, um Diamanten zu suchen, wich sie meinem Mund spielerisch aus und gab mir zu verstehen, dass sie, wenn sie *das* gewusst hätte, lieber in dem Feld geblieben wäre, bis ich mit meinem Krempel für immer verschwunden wäre.

An diese Äußerung sollte ich sie später noch oft erinnern, als wir unser Haus in Milho Verde gebaut und Personal eingestellt hatten: eine Köchin, einen Gärtner und ein Faktotum.

»Im Grunde genommen weiß man nie, worauf man sich einlässt«, sagte Augusto.

Ich gab ihm recht. »Und die falschen Entscheidungen fegen wir später vom Tisch. Als hätten wir sie nie getroffen.«

Augenblicklich bedauerte ich meine Worte, weil Augusto sie für eine Anspielung auf die Affären mit seinen Patientinnen halten könnte. In Wirklichkeit jedoch hatte ich an meine eigenen Lügen und Unzulänglichkeiten gedacht und verspürte zum ersten Mal in all den Jahren das Bedürfnis, sie zu beichten.

»Sieh uns nur an, Azulão«, antwortete mein Freund, »zwei kinderlose Witwer.«

Zum Glück nannte er uns nicht »unfruchtbar«. Keine »unfruchtbaren alten Knacker« an diesem Tag. Selbst auf Portugiesisch klang das furchtbar trocken, und dabei war das Leben, das ich mit Nana geführt hatte, rauschend und fröhlich gewesen.

Das war die einzige Diagnose, die unser Hausarzt mir in all den Jahren stellte; mir fehlte nie etwas, nie musste ich ihn aufsuchen, weil ich krank gewesen wäre.

Es fiel mir schwer, aus dem Mund eines anderen Mannes zu hören, dass ich keine Kinder zeugen konnte – und das, obwohl der Überbringer der Nachricht vom selben Übel betroffen war. Augusto war der Meinung, dass *a infertilidade*, bei ihm jedenfalls, luststeigernd wirke.

»Mein Körper scheint nicht zu begreifen, dass diese ganzen Pumpbewegungen zu keinem Ergebnis führen, und er versucht es wieder und wieder. Erst bei einer Frau, dann bei möglichst vielen anderen.«

Seine Seitensprünge waren für ein paar schöne Geschichten gut gewesen, doch als ihm klar wurde, dass auf diesem Gebiet nichts von mir zu erwarten war, behielt er seine Abenteuer für sich.

»Ach ja«, sagte Augusto schließlich mit einem gespielten Seufzer, »c'est la vie!«

Wir hatten das hintere Ende des Gartens erreicht. Die Sonne stand tief, am Himmel hingen ein paar längliche orangefarbene Wolken. Ich drehte mich zum Haus meines Arztes um, wo seine Haushälterin, wenn meine Nase mich nicht trog, uns ein paar kleine Fische briet. Es hatte sich sogar bis zu ihr herumgesprochen, dass ich mich nach all den Jahren immer noch nicht an das üppige brasilianische Mittagessen gewöhnt hatte und lieber abends eine warme Mahlzeit aß.

Augusto fragte: »Wie lange wart ihr zusammen, Azulão?«

Ich kniff ein Auge zu und legte die Hand ans Kinn, als wüsste ich nicht genau, dass ich ein knappes halbes Jahrhundert mit Nana verbracht hatte. Und als ich es ihm sagte, nickte Augusto bewundernd, als wäre ihm das ganz neu.

Spätabends verabschiedeten wir uns voneinander. Wir hatten beide ein paar Flaschen Bier getrunken. Augustos Augen glänzten.

»Schön war's, alter Freund. Ich meine ...«

Ich wusste, was er mir erklären wollte, und unterbrach ihn mit einem Ausdruck, den ich vor langer Zeit von ihm gelernt hatte: »*Nota Dez.*«

»Seltsam, diesem Abend die Bestnote zu geben, aber ...«

»Ach was, ich verstehe schon, *doutor.*«

Er begleitete mich zum Auto. Der Himmel war mit Sternen übersät. Wie immer zeigte ich meinem Freund das Kreuz des Südens. Gut möglich, dass ich ihm auch den ganzen Vortrag über das Sternbild und den Kohlensack gehalten habe – sieh mal, da, die dunkle Wasserstoffwolke –, aber falls ich das getan habe, dann hat er mir diese Unart ebenfalls ausnahmsweise durchgehen lassen.

»Nana hat es geahnt, Augusto. Vor ein paar Monaten hat sie mir aus heiterem Himmel erzählt, dass sie den Tod als Übergang von einem Haus zum nächsten betrachte. Wären wir vernünftig, sagte sie, würden wir dafür sorgen, dass das neue Haus schöner sei als das alte.«

»Aber sie hätte ruhig ein bisschen länger dableiben können.«

»Das stimmt.«

Wir umarmten einander. Dann stieg ich ein und fuhr davon.

Augusto winkte mir mit beiden Armen hinterher. Das tat er immer, wenn ich wieder wegfuhr, aber diesmal waren seine Gesten ausladender, als ginge ich auf eine lange Reise, und in gewisser Weise stimmte das auch.

Ich kurbelte das Fenster herunter. Die Straße von Serro nach Milho Verde, über die ich Tausende Male hin- und wieder zurückgeholpert war, rollte sich wie ein roter Teppich vor mir aus.

Sanft schaukelnd und auf eine wundersame Weise zufrieden fuhr ich nach Hause.

Etliche Jahre wohnte ich allein in Milho Verde. Naki und Serafim hatte ich bereits einige Monate vor Nanas Tod entlassen müssen. Isabella ging ein paar Monate nach Nanas Beerdigung, nachdem ich behauptet hatte, dass ich ganz gut allein zurechtkäme, und sie vorgab, mir zu glauben. Sie zeigte mir, wo die Töpfe und Pfannen standen, als wäre ich zu Gast in meiner eigenen Küche. Am Tag ihrer Abreise bereitete sie die dreifache Menge des Fischgerichtes zu, mit dem sie vierzig Jahre zuvor mein Herz erobert hatte.

»Bei uns in Vitória«, hatte sie damals gesagt, »ist es wichtiger, eine gute *moqueca* kochen zu können, als seinem Ehemann treu zu sein.«

Isabella hatte geweint, als sie den riesigen Schmortopf auf den Tisch gestellt hatte, und sich dann rasch in die Küche zurückgezogen. »Bestimmt Heimweh«, hatte ich gesagt. Nana hatte bloß den Kopf geschüttelt. »Du verstehst wirklich nichts von Frauen, Azulão.«

An diesem Morgen weinte Isabella zum zweiten Mal in meinem Beisein. Sie zählte die Zutaten ihrer Spezialität auf, als wären es die Namen verstorbener Freunde, und wischte sich die Tränen aus dem Gesicht. »Denken Sie daran«, sagte sie, »nur Olivenöl verwenden, kein Palmöl!«

»Geh nur, Isabella. Zurück an die Küste, zu deiner Familie.« Was faselte ich da? Die arme Frau! »Und vielen Dank für alles.«

Ich half ihr mit dem Gepäck. Sie fuhr mit dem Taxi nach Diamantina. Von dort würde sie mit dem Bus in den Ort zurückkehren, wo sie rund siebzig Jahre zuvor geboren worden war.

Sie verstummte, als der Wagen kam, und stieg ein, ohne mich eines Blickes zu würdigen. Das Taxi fuhr los, hielt jedoch hundert Meter weiter schon wieder an. Isabella stieß die Tür auf und rief: »Ohne Kokosmilch!«

Ich bereitete kein einziges ihrer Gerichte zu und vermochte es auch nicht, dem Verfall unseres Hauses Einhalt zu gebieten. Hie und da jätete ich im Garten Unkraut, ich machte die Dachrinne sauber und scheuerte ab und zu die Veranda. Wenn mir die Ausgaben für den Unterhalt, für Reparaturen in den Sinn kamen, fuhr ich zu den Flüssen, wo ich vor langer Zeit mit Naki mein Glück gemacht hatte, aber ohne Ortskundigen – und ohne ernsthafte Motivation – hatte ich keine Chance. Es war, als würde die Landschaft sich fragen, was ich da eigentlich wolle.

Zu meinem eigenen Besten warf ich ein paar Anker aus: Ich sorgte dafür, nicht zu lange im Bett zu bleiben, ließ das Zähneputzen nie ausfallen und trank jede Woche einen Kaffee in einer Bar oder bei einem meiner Nachbarn.

Augusto besuchte ich einmal im Monat. Weniger oft als früher, aber oft genug, um mich nicht einsam zu fühlen.

»Was würde ich bloß ohne dich anfangen?«

Es sollte nicht lange dauern, bis ich die Antwort auf diese Frage finden musste: Eines Nachmittags im Sommer 1996 stand ich vor der verschlossenen Tür von Augustos Haus. Ein Nachbar sagte, der Doktor sei am Tag zuvor gestorben, und klopfte sich dabei seitlich an den Schädel.

Ich zeigte auf den Garten. »Da?«

»Ja. Wie ein altes Weib im Blumenbeet zusammengebrochen.«

Nach dem Tod von Augusto de Farias setzte ich dem Verfall meines Lebens in Milho Verde keinen Widerstand mehr entgegen. Das Haus durfte verkommen, zusammen mit mir. Als der Chevy seinen Geist aufgab, sah ich tatenlos zu, wie der Wagen langsam von Rost zerfressen wurde und eine grüne Schlange, die sich einen Weg durchs Leder der Rückbank genagt hatte, ein Nest zwischen den Stahlfedern und dem Pferdehaar baute.

Ich stellte mir vor, dass mein ganzer Besitz eines Tages von der Natur zurückerobert und verschlungen werden würde. Erst waren die Menschen einer nach dem anderen von mir gegangen, jetzt waren die Orte, an denen ich zusammen mit ihnen gelebt hatte, an der Reihe. Das war kein düsterer Gedanke, eher eine klare Erkenntnis. So etwas wie meine persönliche Vergangenheit gab es nicht; ich wirbelte einfach nur mit im Strudel von Leben und Tod. Das war keine Frage des Widerstands, hatte auch nichts mit Ergebung zu tun. Alles geschah wie von selbst.

Als ich schließlich von der Unvermeidlichkeit der Dinge durchdrungen war, beschloss ich, die Zeit, die mir hier noch blieb, möglichst angenehm zu gestalten und wieder ein bisschen in Schwung zu kommen.

Zum Schrecken meiner steifen Gelenke nahm ich eines Nachmittags ein Hobby meiner Jugend wieder auf. Ich begann mit einer Runde durchs Dorf, doch nach wenigen Monaten lief ich bereits bis Três Barras und – nach einer halbstündigen Pause – zurück nach Hause.

»Azulão!«, rief mir der Nachbar einmal hinterher, als er mich an seinem Haus vorbeitraben sah. »Denk an dein Alter!«

»Du auch!«, gab ich schlicht zurück. Männer in meinem Alter taten gewöhnlich nicht viel mehr, als untätig herumzusitzen und über alle und jeden zu lästern, die im Gegensatz zu ihnen noch in Bewegung waren.

An einen Balken der Veranda hängte ich einen mit alten Decken gefüllten Seesack, auf den ich jeden Morgen eine halbe Stunde lang kräftig eindrosch.

Ich lief mich fit, schlug mich in Form. Abends machte ich schöne Lagerfeuer im Garten und ließ meinen Gedanken freien

Lauf. In jenen Tagen tauchten die Geister meiner Vergangenheit wieder auf, nicht länger daran gehindert von Nana, Augusto und all den anderen Brasilianern, die meine Aufmerksamkeit in Anspruch genommen hatten. Das Wiedersehen war alles andere als unerfreulich, allerdings wurden meine Nächte durch die heraufbeschworenen Erinnerungen kürzer.

Als mein Geld zur Neige ging, war ich bereit für den nächsten Schritt. Ich verkaufte das Haus und das Land. Von dem Erlös konnte ich eine kleine Wohnung in Belo Horizonte erwerben.

Im September zog ich um. Bei der Abfahrt aus Milho Verde sah ich durchs hintere Busfenster den Regen wie einen Bühnenvorhang niedergehen.

In Belo Horizonte fand ich eine junge Frau, Vicky, die im Tausch gegen ein bisschen Hilfe im Haushalt bei mir einziehen wollte.

»Aber nur vorübergehend«, sagte sie. Vicky gab vor, heiraten zu wollen, doch schließlich lebten wir so einige Jahre wie Vater und Tochter in der Wohnung in der Rua Paraibuna, und es sah nicht danach aus, als würde sie mich je allein lassen. Der Gedanke, dass ich weggehen könnte, und sei es nur für kurze Zeit, war ihr nie gekommen.

»Bleiben Sie in Bewegung, alter Mann.«

Sie schob mich durch unsere Wohnung.

Sie spannte mit zwei Fingern die Haut an meinem Hals straff und zog mit einem Rasiermesser Bahnen durch den Schaum.

Sie friemelte die Manschettenknöpfe in die Ärmel meines Hemdes, die Zungenspitze zwischen den Lippen.

Sie überredete mich, etwas zu essen, als wäre ich ein kleiner Junge.

»Nehmen Sie ein *pão de queijo*. Sie mögen doch Käsebrot?

Kommen Sie, nehmen Sie schon. Sie müssen was essen. Im Flugzeug geben sie einem nur *merda.*«

Während das Taxi draußen wartete, ging sie noch einmal die Liste mit mir durch.

»Reisepass?«

»Natürlich.«

»Medikamente?«

»Ja.«

»Geld?«

»Vier von diesen merkwürdigen Fünfzigern – fürs Erste dürfte das reichen.«

Ein Kuss auf meine kühle alte Wange. Noch einer. Und ein letzter.

Ich ging vergnügt los, doch auf dem Weg zum Flughafen packte mich die Schwermut; die Farben waren intensiver, die Stadt lebendiger und ihre Bewohner präsenter denn je. Die Hupe, die der Taxifahrer bei jeder Gelegenheit betätigte, klang wie ein Schiffshorn. Die Härchen in seinem Nacken verwandelten sich in gemeine Stacheldrahtspitzen. Die Spitze seiner Zigarette glühte höllisch, und der Rauch, den er ausblies, roch wie ein ganzes Büschel frisch gepflückter Tabakblätter. Ich hatte das Gefühl, als befände sich Vicky, von der mich kaum ein Kilometer trennte, bereits mehrere Tagesreisen entfernt.

Die Fahrt mit dem Taxi zum internationalen Flughafen in Confins dauerte nur eine Stunde. Dieses eine Mal hätte sich der Fahrer ruhig in den Vororten von Belo Horizonte verfahren dürfen; wäre ich zu spät gekommen, hätte ich mich erleichtert wieder nach Hause bringen lassen können.

Willkommen zurück. Umarmung vermeiden. Koffer auspacken. Weißt du noch, was ich dir von Holland erzählt habe, Vicky? Von den Menschen und den Dingen dort? Das ist alles

Geschichte; lassen wir sie lieber ruhen. Die Andenken, die ich dir mitbringen wollte: Aus den Tulpenzwiebeln wäre hier doch nie was geworden, das darfst du mir glauben. Und was könntest du schon mit einer Windmühle aus Delfter Porzellan anfangen? Gar nichts. Die Mühlräder drehen sich nicht mal.

Ich hätte unseren geordneten Alltag nicht stören dürfen.

Nicht wegen eines toten Mannes. Nicht wegen seiner Beerdigung. Ich würde ohnehin zu spät kommen.

Du solltest recht behalten.

3

Mein Cousin Seno und ich hatten uns nur wenige Jahre regelmäßig gesehen. Wir waren die beiden einzigen Kinder in der Familie. Auf Feiern mussten wir uns miteinander vergnügen. Selbst Komplimente zu unserer Größe oder unserer Stärke mussten wir uns teilen, obwohl ich eindeutig größer und stärker war als er.

Meine Mutter behandelte meinen Altersgenossen, das einzige Kind ihres Bruders, als wäre er aus mundgeblasenem Glas, und er spielte ihre Fürsorge gegen mich aus. Sobald ich ihm drohte, mir etwas zurückzuholen, was er mir weggenommen hatte, brach Seno in Tränen aus, zeigte mit dem Finger auf mich und rief seine Tante Hannah zu Hilfe. Als Jugendlicher hätte ich – wenn ich gewollt hätte – außerhalb des Dunstkreises der elterlichen Autorität etwas rauer mit ihm umspringen können, doch er bandelte mit einer Goi an und wir verkehrten nicht mehr in denselben Kreisen.

Zum letzten Mal sah ich ihn im Jahr 1939 beim Begräbnis seiner Mutter, meiner ständig kranken Tante Vögelchen. Ich wollte ihn trösten, aber er hatte kein Bedürfnis danach. Lieber erzählte er mir von Christine, mit der er Tennis spielte und den Tanzkurs besuchte. Sie wollten sich bald verloben.

»Und du? Nichts als Boxen im Sinn, oder?«

Er versuchte, mich in den Arm zu kneifen. Ich ließ ihn machen.

»Mädchen?«

»Mehr als genug.«

Als mein Onkel Louis irgendwann 1941 untertauchte, war sein Sohn Seno bereits eine ganze Weile verschwunden. Verreist, hieß es damals.

Ich sprach nach dem Krieg mit ihm. Da war ich schon einige Zeit in Brasilien. Nana hatte mich gedrängt, mit meiner Familie Kontakt aufzunehmen. Sie konnte nicht verstehen, dass ich das immer wieder aufschob.

»Willst du denn gar nicht wissen, was aus deinem Vater …«

»Stiefvater!«

»… und deiner Mutter geworden ist? Du musst …«

Sie konnte gar nicht damit aufhören.

Aber ich wollte nichts sagen und nichts hören. Wenn ich schwieg, stand alles still. Solange mir niemand erzählte, dass Mutter und Landau ermordet worden waren, konnte ich so tun, als wären sie noch am Leben.

Nach einer Weile fing Nana an, sich über meine Untätigkeit zu ärgern. »Gibt es denn niemanden, der …«

»Mein Cousin Seno, vielleicht.«

Falls jemand diese Jahre überlebt hatte, dann er: Seno Aardenwerk, der Vorsichtige.

»Nun mach schon«, sagte sie, »dann weißt du es.«

Im Dezember 1946 ging ich zum Postamt von Serro, wo ein Telefonist die Verbindung mit Amsterdam, Holland, aufbaute.

Es war kaum vorstellbar, dass Seno am anderen Ende der Leitung abnehmen würde. In Gedanken stellte ich ihn in den Flur der elterlichen Wohnung in der Van Breestraat. Dorthin, wo neben dem Garderobenständer das Telefon an der Wand hing.

Ich lauschte dem kurzen, dringlichen Läuten, das ihn veranlassen würde, den Hörer von der Gabel zu nehmen.

Komm, versuchte ich mir Mut zu machen, wie groß ist schon die Wahrscheinlichkeit, dass er tatsächlich in der Wohnung ist? Zu meinem Schrecken wurde ich so schnell durchgestellt, als hätte er nur auf meinen Anruf gewartet.

Seno hatte vier Jahre in Kellern und auf Dachböden verbracht und war nach der Befreiung einfach mit der Straßenbahn nach Hause gefahren. Die Wohnung sei leer geräumt und mit Brettern vernagelt gewesen. Nach und nach habe er sich eingerichtet. Mit Trödel. Zusammengeflicktem Zeug. Seine Stimme klang matt. Er sagte, er freue sich zu hören, dass wenigstens ich den Krieg überlebt hätte.

»Deine Mutter ist nicht zurückgekommen. Landau auch nicht.«

Seno hatte monatelang vergeblich am Centraal Station und im Portugiesisch-Israelitischen Krankenhaus in der Plantage Franselaan nach seinem Vater, meinem Onkel Louis, gesucht.

»Schließlich habe ich sie alle drei auf einer Liste vom Roten Kreuz entdeckt. Tante Hannah ist in Deutschland gestorben. Landau und mein Vater wurden irgendwo in Mitteleuropa umgebracht. Genaueres weiß ich nicht.«

Es dauerte lange, bis ich etwas sagen konnte. Säuerlicher Kummer stieg aus meinem Magen hoch und blieb mir in der Kehle stecken.

»Jonah?«

»Ja, ja ...«

Ich gab ihm meine Adresse. Mehr hatte ich nicht zu bieten. Ich sagte, die Verbindung sei furchtbar schlecht, und wir legten mit dem Versprechen auf, uns zu schreiben.

Seno war der Einzige, der sich an die Abmachung hielt.

Im Laufe der Jahre bekam ich folgende Post von ihm: eine Karte, auf der stand, er habe sich mit Mejuffrouw Christine Mulder verlobt, eine mit der Mitteilung, dass sie den Bund der Ehe schließen würden, eine Anzeige, auf der der Tod der zu jung verstorbenen Mevrouw C. Aardenwerk-Mulder beklagt wurde, und einen kurzen Brief – verschickt von einer zuvorkommenden Altenpflegerin und von meinen treuen ehemaligen Nachbarn von Milho Verde nach Belo Horizonte weitergeleitet –, dass mein Cousin, Herr Seno Aardenwerk, im gesegneten Alter von neunundachtzig Jahren von Gott, seinem Schöpfer, heimgerufen worden sei.

Ich reagierte auf keine dieser Nachrichten, oder vielmehr doch, indirekt reagierte ich auf die letzte; sie war einer der Gründe, in die ich das diffuse Verlangen, nach Amsterdam zu reisen, kleidete.

4

Eine Frau im roten Kostüm bringt mich mit einem Elektrocaddy zu einem Warteraum, wo ich mich bis zum Anschlussflug nach Amsterdam aufhalten kann. Ich sehe mich um. Müde und benommen, aber trotzdem auf eine merkwürdige, unausgegorene Weise aufmerksam. Ich habe das Gefühl, dass jemand hier etwas für mich zurückgelassen hat.

»First time in Germany, Sir?«

»Yes.«

Manchmal kommt die Wahrheit einer Lüge sehr nahe. Mir ist alles vertraut, obwohl ich noch nie da war. Ich habe mir die Stimmen und Gesichter der Leute hier vorgestellt. Die Realität ist jedoch ganz anders als meine Fantasie: Die Menschen hier lachen. Sie küssen sich sogar. Mein Blick fällt auf ein Liebespaar, das in der Flughafenhalle, inmitten der Menge, einfach nur zusammen ist. Die beiden fahren sich durchs Haar, streichen sich über die Kleider. Die Flughafenangestellte steuert in einem eleganten Bogen geräuschlos um sie herum.

»Only two hours, Sir, then you're off again«, sagt sie, als der Wagen stehen bleibt. Sie zeigt auf einen Stuhl, bringt mir eine Tasse Kaffee und fährt wieder weg.

Zwei Stunden in Deutschland und noch eine im Luftraum darüber, dann bin ich da. Ich weiß gar nicht, was ich die ganze Zeit machen soll, und dabei habe ich mir so viel vorgenommen. Es ist alles zu groß, zu viel, zu unübersichtlich. Bestimmt schaffe ich es nicht mal, auch nur eine Sache zu erledigen, einen Auftrag abzuhaken. Die Überbleibsel eines Lagers besichtigen, mir ein Mahnmal ansehen, vielleicht einem alten Feind einen Uppercut verpassen. Meine Gedanken entgleiten mir. Die Vergangenheit oder besser gesagt das, was ich im Laufe der Jahre daraus gemacht habe, stimmt nicht mit dem überein, was ich hier sehe. Bei den Gesichtern, die so anders aussehen als in meinen Träumen, bleibe ich schon hängen.

»Final call for Mister Peter Warne, travelling to New York.«

Ich möchte die Person vorbeirennen sehen, die diesen Namen trägt, kann den Kopf jedoch nicht schnell genug heben. Als ich hochblicke, steht eine Dame von der Fluggastbetreuung vor mir. Sie sagt: »Flying to Amsterdam, Sir?«

»Yes.«

»We are sorry for the delay.«

Das war mir gar nicht aufgefallen.

Wir sausen zum Terminal 1/D.

»Do you live there, Sir?«

»No.«

Wieder weiß ich nicht, ob das wahr ist oder gelogen. Könnte vielleicht auch beides stimmen?

5

Auf der letzten Etappe meiner Reise, das Ziel schon vor Augen, schöpfe ich eine Erinnerung an meinen Geburtsort nach der anderen aus dem Brunnen meines Gedächtnisses. Ich baue das Bühnenbild auf und stelle mich selbst mitten hinein. Erst bin ich nur ein Statist in einer Stadt aus Pappe, doch bald schon spüre ich die Gehwegplatten unter meinen Füßen, höre die Händler auf dem Albert-Cuyp-Markt ihre Ware anpreisen und sehe die Amstel an mir vorbeifließen.

Dies ist meine Heimat. Das bin ich.

Was den Anfang meiner Geschichte betrifft, so bin ich auf das angewiesen, was meine Eltern mir erzählt haben; ich muss mich darauf verlassen, dass ich es mir richtig gemerkt habe.

Sie erzählten, ich sei in einem drei mal vier Meter großen Zimmer geboren worden. Zu klein für so viel Leben, soll mein Vater gesagt haben. Meine Mutter meinte, ich hätte sehr lange auf mich warten lassen. Ich hätte ihr wehgetan, weil ich mit verdrehtem Kopf geboren worden sei. Einen echten Sternengucker hatte mich die Hebamme genannt.

In den ersten fünf Jahren meines Lebens musste ich zu allem ermutigt werden. Ich wollte weder gehen noch sprechen. Meinen ersten Satz äußerte ich am Abend meines dritten Geburtstags, als ich ins Bett gehen sollte. Er lautete: »Nein, nicht schlafen.«

Meine Mutter lachte immer so nett, wenn sie mir das erzählte.

Diesen Moment und alle folgenden registrierte ich selbst und bewahrte sie irgendwo in meinem Kopf auf.

So weiß ich zum Beispiel noch, wie die Flamme der Kerze, die am Schabbat angezündet wurde, in unserer zugigen Wohnung flackerte. Und wenn ich Schimmel rieche, erkenne ich den Geruch erst, nachdem ich mich an das Badezimmer in der Weesperstraat erinnert habe.

Eine Etagenwohnung – klein, wie ich später feststellte – über einer Drogerie.

Mein Vater war Händler. Er kaufte und verkaufte Lumpen, aber auch Hausrat, Bücher, Obst und Gemüse, Schreibwaren, Arzneimittel und Lottoscheine. Seine Vergnügungssucht war ebenso ausgeprägt wie sein Geschäftssinn, und das Geld, das er einnahm, verweilte nie lange in seiner Tasche. Der Löwenanteil verschwand in der Kasse des Café Schiller am Rembrandtplein. Er aß und trank gerne, aber noch lieber sah er zu, wie die Menschen in seiner Gesellschaft – in der Regel blonde Frauen – es sich gut gehen ließen.

Manchmal durfte ich ihn begleiten. Solange ich den Mund hielt.

»Ach, Meijer!« Ich kann das Gurren immer noch hören. »Aber, aber Meijer!«

Mein Vater war fast zwei Meter groß. Breite Schultern, schwarzes Haar und leuchtend blaue Augen. Er war im Jordaan geboren, hatte sich jedoch verschiedene Akzente angeeignet. Bei den feineren Kunden sprach er mit vornehmem Den Haager Dialekt, wenn er billigen Tand verkaufte, war es ratsamer, aus seinem Stadtteil zu kommen.

Die einzige Summe, die er immer gewissenhaft beiseitelegte, war das Haushaltsgeld. Damit ging meine Mutter zum Einkaufen, bezahlte Miete, Wasser, Strom und Kohle. Sie hatte gelernt, meinen Vater zum richtigen Zeitpunkt – spätabends, wenn seine Wangen sich gerötet hatten – um Geld für Kleidung und »Extras« zu bitten. Mit schönen, nicht allzu teuren Vorhängen am Fenster und Bildern an den Wänden, die sie aus Zeitschriften ausschnitt und einrahmte, versuchte sie, die Stube wohnlich zu machen. Aber es blieb trotzdem ärmlich.

Von jedem aufgelösten Haushalt, den mein Vater aufkaufte, behielt er etwas für uns. Einen Globus mit eingebauter Beleuchtung für mich, ein Steingutservice für Mama, Schmuck für sich – den er später seinen Freundinnen verehrte.

In meiner Erinnerung war das schönste Geschenk, das er je machte, nicht das amerikanische Tischtennisspiel für mich, sondern ein kleines Bild – eine auf Holz aufgeklebte Reproduktion – für meine Mutter, das über der Anrichte im Esszimmer hing.

Noch bevor sie das Päckchen entgegennahm, das in eine alte Zeitung eingeschlagen war, wusste ich, dass etwas Besonderes darin sein musste. Das sah ich schon an der Art, wie mein Vater es ihr überreichte. Meine Mutter zerriss das Papier und wurde rot. Auf der Rückseite des Holztäfelchens las ich: »W. Drost. Bathseba. 1654.« Der Kuss, den mein Vater ihr gab, war inniger und dauerte länger denn je. Er legte meiner Mutter die Hände auf den Hintern und hob sie ein Stück vom Boden.

Das Gemälde zeigte eine Frau mit entblößten Brüsten. Ihr Blick war sonderbar, fast ergeben. Sie trug auffällige Ohrringe und hatte große dunkle Augen, doch es war vor allem ihre linke Brustwarze, die mich faszinierte. Als wäre all die Liebe an diesem Abend, die Geschenke und die Umarmung in diesem kleinen runden Kreis eingefangen.

Die Wirkung der von Drost gemalten Frau ließ nicht nach. Selbst als mein Vater und meine Mutter sich nicht mehr auf diese Weise umarmten, und sogar dann nicht, als ich sie kaum noch zusammen sah. Allmählich drifteten das Bild und die Erinnerung an die Umarmung meiner Eltern auseinander. Übrig blieb eine angenehme Wärme, die mich erfüllte, wann immer ich die Brustwarze betrachtete.

Mein Vater kaufte mehr, als er verkaufen konnte, aber trotzdem ging er jedes Mal hin, wenn man ihn bat, »mal zu gucken, ob was für ihn dabei ist«.

Sein bestes Geschäft machte er mit dem Eigentümer der Tolstraat 101, nachdem der ihm den Hausrat der Wohnung im ersten Stock verkauft hatte. So erzählte es mir mein Vater: Er sei kopfschüttelnd hinter dem Mann hergegangen und habe sich bei jedem Mangel in der Wohnung laut gewundert, wer hier einziehe, müsse ein Trottel sein. An der Tür habe er dann ganz beiläufig angeboten, einen Mieter zu suchen, irgendeinen armen Schlucker, der gerade mal genug Geld für die Miete habe, und bis dahin, er wolle ja nicht so sein, würde er selbst mit seiner Familie einziehen. Der Hausbesitzer schlug ein.

Ich war sechs Jahre alt, als wir in die Tolstraat zogen. Dort durfte ich allein auf die Straße. Die Einzige, die mich im Blick behielt, war Mevrouw Van Groen aus dem Erdgeschoss. Jedes Mal, wenn ich die Eingangstreppe hinauf- oder hinunterging, sah ich sie an ihrem Stammplatz sitzen, hinter den Blumentöpfen auf der Fensterbank. Wenn ich ihr zuwinkte, duckte sie sich schnell. In meiner Erinnerung ist sie alt, doch vermutlich war sie in dem Alter, in dem meine Enkel heute wären, wenn ich welche hätte.

Ich freundete mich mit den Söhnen der Diamantschleifer an, die bei Asscher arbeiteten. Ich aß viel, wuchs und gedieh. Mit meinen langen Gliedmaßen konnte ich mühelos auf die Kastanien im Sarphatipark klettern und auf die Dächer der Schuppen in der Lutmastraat. Gelenkig, schnell und stark war ich.

Aus den ersten Jahren in der Tolstraat fällt mir diese Geschichte ein: Da war ein Mädchen, sein Name ist mir entfallen. Sie hatte strohblondes Haar und trug eine große Schleife schräg auf dem Kopf. An ihre Hände erinnere ich mich gut. Die musste ich mir immerzu ansehen. Es ist schwer, das passende Adjektiv für sie zu finden. »Schön« ist zu gewöhnlich. »Vornehm« klingt seltsam. »Schmal« wird ihren Händen nicht gerecht. Sie fühlten sich zart an. Das Mädchen schob sie unter meinem Pulli und meinem Unterhemd bis zu den Schulterblättern hoch. Mir erschien es ganz selbstverständlich, dass ich mich vorbeugte und sie auf die Stirn küsste. Wenn Mevrouw Van Groen nicht genau in dem Moment das Treppenhaus hätte putzen wollen, hätte ich diese Begegnung vielleicht vergessen. Dadurch, dass sie auftauchte, dauerte unsere Umarmung länger; eng umschlungen standen wir da, gefangen im eisigen Blick meiner Nachbarin. Dem Mädchen sagte sie, es solle sich besser mit seinesgleichen abgeben.

Der Zinkeimer schabte über die Steine, Wasser platschte die Stufen hinunter. Erst hörte ich sie schrubben, dann wischte Mevrouw Van Groen das überschüssige Wasser auf. Als sie fertig und wieder in ihrer Wohnung verschwunden war, ließ das Mädchen mich los und lief, so schnell es konnte, die noch nasse Treppe hinunter.

Offenbar nahm sie sich Mevrouw Van Groens Rat zu Herzen; jedenfalls sah ich sie nie mehr wieder.

»Du siehst genauso gut aus wie dein Vater«, sagte meine Mutter, als ich ihr die Geschichte erzählte, doch ich verstand nicht, worauf sie hinauswollte, und ihre Äußerung bot auch keine Erklärung für meine Erregung – eine Art Nervosität –, die sich nur langsam wieder legte.

Dass ich meinem Vater ähnlich sah, hatte meine Eltern lange Zeit erfreut, aber ein Jahr nach unserem Umzug änderte meine Mutter allmählich ihre Meinung.

»Derselbe Kopf«, sagte sie, »aber nicht derselbe Inhalt. Was in diesem Mann vorgeht, wird mir für immer ein Rätsel bleiben. Dein Vater wird mir immer fremder.«

Mir war nicht ganz klar, was sie damit meinte, doch wenn sie darauf anspielte, dass wir ihn in der Tolstraat nur selten zu Gesicht bekamen, hatte sie sicher recht. Mein neues Leben in diesem Viertel hielt mich zu sehr auf Trab, als dass ich ihn vermisst hätte. Mir ging es gut da.

Als meine Mutter anfing, über die Frauen herzuziehen, mit denen ihn unsere ehemaligen Nachbarn aus der Weesperstraat gesehen hatten, ging mir auf, dass es sich dabei um jene »Tanten« handeln musste, die ich ihr gegenüber nicht erwähnen durfte. Eine war dabei, die mein Vater augenzwinkernd »eine ganz besondere Tante« genannt hatte. Wir aßen ein paar Mal zu dritt Eis am Leidseplein. Sie trug einen Pelzmantel und lachte viel.

Zu der Zeit legten meine Mutter und ich uns ein Steckenpferd zu, das, glaube ich, ihrer Eifersucht geschuldet war. Als mein Vater mich einmal nach einem Ausflug nach Hause gebracht hatte – »Wir waren nur zu zweit, Jonah, vergiss das nicht, nur wir zwei!« –, um wegen eines »sagenhaften Angebotes« gleich darauf wieder aufzubrechen, lief sie ihm bis ins Treppenhaus nach und rief: »Jonah und ich gehen ins Kino!«

»Na dann, viel Spaß!«, entgegnete mein Vater nur und verschwand, die sich unsichtbar wähnende Mevrouw Van Groen im Vorbeigehen grüßend, in einem eleganten Bogen um die Ecke.

Ich begriff nicht, warum meine Mutter so aufgebracht war. Papa war doch damit einverstanden, dass wir uns einen Film ansahen? »Mama!« Ich folgte ihr in die Küche, wo sie anfing, die

Arbeitsplatte aus Granit zu scheuern – obwohl die blitzblank war.

»Ich weiß, in welchen Film wir gehen«, rief ich freudig. »Pat und Patachon. Da gibt es gerade einen, in dem sie Boxchampions spielen!«

»Was sagst du da?«

»Der Film! Da will ich rein.«

Erst dachte ich, sie würde noch wütender werden – ich wusste, dass der Sport, für den mein Vater und ich uns begeisterten, meiner Mutter zuwider war –, doch dann lachte sie laut los. Zu laut. Ich wusste nicht, was als Nächstes käme: ein Kuss oder eine Ohrfeige. »Ich will ja nicht so sein«, sagte sie, »vielleicht ist es sogar eine gute Idee.«

Das war der erste in einer langen Reihe von Filmen, die ich in meiner Kindheit und Jugend ansah. Später begriff ich, dass meine Mutter nicht ins Kino ging, um etwas zu sehen, sondern um nicht gesehen zu werden.

In Hut und Handschuhen saß sie neben mir. Ab und zu wischte sie sich mit einer lederbedeckten Hand übers Gesicht. Sie rutschte auf ihrem Sitz hin und her und kramte in der Handtasche auf ihrem Schoß. Aus Besorgnis, vor allem aber, damit sie still sitzen blieb, weil es gleich losgehen würde, legte ich ihr die Hand auf den Arm.

Das Licht erlosch allmählich und vorn im Saal erschien auf einer übergroßen Schultafel in weißen Lettern der Titel. Ich applaudierte; so groß schreiben zu können war für mich an sich schon eine Kunst. Dann sah ich zwei Menschen, riesig, aber flach und farblos, an der Wand des Filmtheaters über eine große Eisfläche trotten. Es verschlug mir den Atem. Als ich zur Seite schaute, sah ich, dass meine Mutter die Augen geschlossen hielt.

»Sieh mal«, flüsterte ich. »Sieh doch hin!«

Sie schien mich nicht zu hören. Licht fiel flackernd auf ihr Gesicht; ihre Wangen glänzten. Sie war traurig, so viel begriff ich. Wegen meines Vaters, den ich liebte. An einem Ort, an dem ich glücklich sein wollte. Ich drehte mich so, dass ich sie nicht mehr sehen musste.

Mittlerweile trieben die beiden Männer auf einer Eisscholle. Schwertfische und Seehunde schwammen um sie herum. Wie sie da hingekommen waren oder wie sie schließlich gerettet wurden, bekomme ich nicht mehr zusammen. Ich wartete auf den Moment, in dem sie endlich Boxchampions wurden, aber es gab keinen echten Kampf. Es war ein Film für Kinder. Als in geschwungenen Lettern das Wort »Ende« an die Leinwand geschrieben wurde, war ich enttäuscht, aber auf der Straße sah ich dann, dass Pat und Patachon meine Mutter ein bisschen aufgemuntert hatten. Sie sah schon ein wenig fröhlicher aus. Und wir waren zusammen fort gewesen, an einem anderen Ort, in einer anderen Zeit. Bei jedem weiteren Kinobesuch sollte ich daran denken: wie das Wunder der Vorführung noch übertroffen wurde von der Möglichkeit, sich in dem Film zu verlieren.

Wir gingen gemeinsam ins Kino, bis ich allein gehen durfte. Einmal im Monat. Viele Figuren sind mir im Lauf der Jahre in den falschen Film geraten, und ich habe nicht alle Geschichten genau vor Augen, aber hier, im Luftraum über Deutschland, kommt mir eine messerscharfe Erinnerung an einen Film, den ich im Citytheater am Kleine Gartmanplantsoen gesehen habe.

Der Mann zu meiner Linken erinnert mich an den Hauptdarsteller Ronald Colman, der wie eine kleinere Ausgabe meines Vaters aussah, oder jedenfalls wie das Bild, das ich von ihm habe. Genauer gesagt: wie eines der Bilder, die ich von ihm habe;

im Laufe meines Lebens ist mir mein Vater in unterschiedlicher Gestalt begegnet. Das Einzige, was diese Männer in Wirklichkeit mit ihm verband, waren ihre Anziehungskraft und ihr Charme.

Colman spielte den Diplomaten Robert Conway, der in einem Flugzeug durch die Nacht flog. Es war wohl eine Douglas DC-2 oder vielleicht auch eine DC-3. Im Inneren sah es aus wie in einem Wohnzimmer mit Sesseln, Stehlampen und allem Drum und Dran.

Conway rettete erst neunzig Ausländer aus einem umkämpften Ort im bürgerkriegsgeschüttelten China, danach flog er zusammen mit seinem Bruder George und einigen anderen nach Shanghai, das nahmen sie jedenfalls an. George freute sich auf die kommende Zeit, weil sein Bruder der neue englische Außenminister werden sollte. Conway aber war müde und enttäuscht; er wollte nichts mehr mit den Feindseligkeiten in der Welt zu tun haben. Der Film spielt im Jahr 1935. Ich kann mich noch gut an die düstere Stimmung erinnern; davon war auch die Atmosphäre außerhalb des Kinos bestimmt. Es muss Herbst 1937 gewesen sein.

Nach einer Weile bemerkte einer der Passagiere, dass das Flugzeug nicht nach Westen, sondern nach Osten flog. Als sie den Piloten zur Rede stellen wollten, fanden sie im Cockpit einen grimmig aussehenden Asiaten vor, der die Maschine in seine Gewalt gebracht hatte. Sie schrien, dass sie entführt worden seien, verlangten von Conway, etwas zu unternehmen, doch der zuckte nur die Achseln, trank seinen Whisky und empfahl allen, Ruhe zu bewahren und sich schlafen zu legen.

Wie er da so saß, beschwipst, mit Borsalino und aufgestelltem Kragen, konnte er nicht ahnen, dass er bald das Oberhaupt von Shangri-La sein sollte, dem verlorenen Paradies irgendwo in einem verborgenen Tal im Himalaja.

Bald darauf verlor das Flugzeug an Höhe. Es flog dicht über die Gipfel, streifte eine Bergwand und stürzte ab. Der Pilot kam bei dem Unglück um, die Passagiere überlebten.

Wie aus dem Nichts tauchte eine Gruppe dick eingemummelter Asiaten auf. Ihr Anführer, der sich gleich an Conway wandte, hieß ihn wie einen lang erwarteten Freund willkommen. Sie vertrauten einander. Das sah ich. Ich war dabei.

Ich folgte der Gruppe auf ihrer langen Wanderung über die verschneiten Bergkämme. Zusammen mit ihnen erreichte ich die Ansiedlung, sah, wie Conway Sondra kennenlernte, das Mädchen, das natürlich später seine Frau werden sollte.

Und ich hörte, wie Chang, ein Priester aus einem Lamakloster, erklärte, dass man in Shangri-La zwar mehreren Glaubensrichtungen anhänge, das Allerwichtigste jedoch die Mäßigung sei.

»Wir predigen die Tugend, jedes Übermaß zu vermeiden«, sagte Chang, »sogar das Übermaß der Tugend selbst.«

Eine Gesellschaft ohne Schuld und Sühne, mit plätschernden Bächen, lachenden Kindern und schönen Frauen. Ich konnte verstehen, warum Conway in Shangri-La bleiben wollte.

Als ich aus dem Kino kam, hatte ich das Gefühl, in meinem Leben ein Stück weitergekommen zu sein – damals sagte ich bestimmt: weiser geworden zu sein – und ich sah oder bildete mir jedenfalls ein, dass es den anderen Zuschauern genauso ergangen war.

6

Das Land sieht gepflegt aus. Die Ortschaften – ich erkenne keine einzige – sind alle klar umrissen und kreuz und quer miteinander verbunden. Es wirkt, als habe der Pilot vor, das Flugzeug auf einer dieser Straßen zu landen – ich erkenne Menschen in ihren Autos. So ähnlich konnte ich in Belo Horizonte von meinem Viertel am Rand des alten Flughafens aus den Menschen bei der Abreise zusehen. Dort empfand ich sie als meine Landsleute, hier sehe ich bloß Ausländer. Dabei bin ich weder hier Ausländer noch dort Landsmann.

Der Pilot bedankt sich im Namen der Besatzung und wünscht uns einen angenehmen Aufenthalt in Amsterdam.

Ich werde abgeholt – jetzt erst begreife ich, dass Vicky das organisiert hat, die Gute –, wieder von so einem Caddy, der mich erst zum Zoll, dann zur Gepäckausgabe bringt. Nach einer Weile kommen die Koffer. Ich sehe ihnen hinterher, einem nach dem anderen, immer nur ein paar Meter, bis ich müde werde.

Es liegt fast nichts mehr auf dem Band. Zwei Rucksäcke, eine Tasche und ein Koffer – meiner. Ich nehme ihn und ziehe ihn hinter mir her, an einigen Schiebetüren vorbei, durch die Flughafenhalle, zu den Taxis draußen. Der Fahrer des ersten Wagens in der Reihe öffnet den Kofferraum und nimmt mir wortlos das Gepäck ab.

Schweigend lässt er mich vorn einsteigen.

»Jacobson.«

Er ignoriert meine ausgestreckte Hand. »Jüdischer Name, oder?«

»Ja.«

»Dacht ich's mir doch.« Dann tritt er energisch aufs Gaspedal, und wir lassen den Flughafen hinter uns.

Als ich auf einem Schild an der Autobahn »Rivierenbuurt« stehen sehe, wechseln wir ein paar Worte. Ich erzähle ihm, dass ich in De Pijp gewohnt habe. Er lebt in einer Mietwohnung im Bezirk De Baarsjes.

»Eine gute Gegend«, sage ich.

Der Taxifahrer sieht mich an, als wollte ich mich über ihn lustig machen.

»Bestimmt hat sich einiges verändert«, sage ich. »Bis jetzt habe ich erst eine Straße erkannt: die Zuider Amstellaan.«

»Die Rooseveltlaan, meinen Sie wohl.«

Wir fahren auf der Busspur zum Daniël Willinkplein.

»Victorieplein«, kommt der Fahrer mir zuvor. Es hat keinen Sinn, ihm zu erzählen, dass ich an früher denke; daran, wie es hier vor vielen Jahren aussah. Als der so genannte Wolkenkratzer das höchste Gebäude von Amsterdam war und die riesigen Linden zu unserer Linken noch dünne Stecken. Mich selbst kann ich in alte Zeiten zurückversetzen, aber der Taxifahrer hat da nichts zu suchen. Schweigend setzen wir unseren Weg durch die Van Woustraat fort.

Als wir uns zum Abbiegen rechts einordnen, spüre ich ein Stechen in der Brust. Ich möchte gern glauben, dass mein Herz wegen des Fahrstils des Taxifahrers zu schnell schlägt oder dass ich nervös bin, weil mein Ziel in greifbare Nähe rückt, doch insgeheim weiß ich, dass meine Unruhe einen anderen Grund hat.

Ich hole tief Luft, der Schmerz lässt nach, es ist vorbei, aber trotzdem: Einige Sekunden habe ich nichts gesehen, nichts gehört. Absolute Stille. Kein Licht, keine Finsternis. Erbarmungsloses Nichtsein.

Das Taxi hält auf dem Radweg vor dem Hotel. Der Fahrer steigt schwungvoll aus. Alles geschieht in einer einzigen fließenden Bewegung – wie er einen Bogen um einen schimpfenden Radfahrer beschreibt, den Kofferraum öffnet, am Griff des Rollkoffers zerrt. Er nimmt einen Fünfzigeuroschein entgegen, steigt wieder ein und braust davon.

Ich ziehe die alte, zerknitterte Postkarte des Hotels Linda aus der Innentasche. Das Gebäude ist größer als in meiner Vorstellung, und in Wirklichkeit sind die Backsteine rot. Ihr Name oder vielmehr der, den sie damals benutzt hat, hängt in Leuchtbuchstaben über dem Bürgersteig.

Ich verstehe nicht, wieso, aber zum ersten Mal seit Jahren muss ich an das Hotel Saurat denken. Dabei hatte das Haus in Espot, auf der spanischen Seite der Pyrenäen, keinerlei Ähnlichkeit mit diesem Hotel an der Stadhouderskade. Dort kam ich nach der langen, beschwerlichen Wanderung über die Berge zum ersten Mal seit meinem Aufbruch aus Amsterdam zur Ruhe und nahm mir die Zeit, meine Erinnerungen an Linda zu ordnen.

Ich schleife meinen Koffer die fünf Stufen hinauf und weiter zur Rezeption. Hinter dem Tresen sitzt eine junge Frau, die aufschaut, als ich mich räuspere. Sie ist mein Gegenpart in einem Theaterstück, das ich nicht gut einstudiert habe.

»Ich …«

Sie nickt mir aufmunternd zu, scheint mir fast schon soufflieren zu wollen und entscheidet sich schließlich, mir vorzugreifen und ihren Part vorzutragen.

»Unter welchem Namen?«

Jacobson natürlich, das weiß ich doch, aber ich sage es nicht. Ich suche nach einem anderen Namen, einem, der eine Bedeutung hat.

»Linda.«

»Linda?«

»Wie das Hotel.«

»Hotel Linda, stimmt, das ist hier. Und Sie sind Meneer …?«

Ich hole tief Luft. Dabei fällt mir der Name ein. »Catharina.«

»Meneer Catharina?«

»Nein, Jacobson.«

Die Frau lächelt, legt den Kopf zur Seite und wartet. Ich schweige, weiß nicht weiter. Ich sehe mich da stehen: ein alter Mann, der den Faden verloren hat.

Sie tippt auf der Tastatur herum. »Ach, da sind Sie ja, Meneer Jacobson, von so weit weg, aus Belo Horizonte, Brasilien. Und Sie sprechen Niederländisch?«

»Ich bin Niederländer«, sage ich, vielleicht sogar zum ersten Mal im Leben in meiner Muttersprache. Ich bin ja auch erst ein Mal verreist und ein Mal, nämlich jetzt, zurückgekehrt.

»Für sieben Nächte, steht hier. Wir haben ein schönes Zimmer für Sie reserviert.« Sie beugt sich über den Tresen und fragt: »Ist das alles an Gepäck?«

Ich betrachte meinen Koffer. Blau, neu und spottbillig. Jetzt erst bemerke ich das kleine Schloss mit den zwei Schlüsseln am Reißverschluss.

Meine Kleidung hat Vicky ausgesucht. Weil sie davon ausging, dass es in Holland kalt sein würde, hat sie das Wärmste gewählt, was sie in meinem Schrank finden konnte.

Meine Kulturtasche habe ich eigenhändig gepackt: Rasierpinsel, Rasierseife, Messer, Medikamente, deren Namen ich mir nicht merken kann, einen Kamm, die Nagelschere, meine Zahnbürste und Zahnpasta.

Aus der obersten Schublade der Anrichte fischte ich im letzten Moment – fast hätte ich es vergessen – meinen Reisepass und den roten Umschlag von der Agência do Banco Santander mit dem Geld, das vorher auf meinem Konto gelegen hatte.

Als ich gerade den Koffer schließen wollte, bemerkte ich, dass Vicky auch die Schachtel mit den Ohrringen eingepackt hatte.

Von den vielen Dingen, die ich ihr gezeigt hatte, hatte sie der Schmuck am meisten beeindruckt.

Ich glaube, ich holte ihn bereits an ihrem ersten Arbeitstag hervor. »Rosen«, sagte ich damals, »aus dem größten Diamanten, den ich je gefunden habe.«

»Für Ihre Frau …«, antwortete sie verträumt. In ihren Augen bekamen Schmuckstücke erst dann einen Wert, wenn Liebende sie sich geschenkt hatten.

Sie konnte sich nicht vorstellen, dass ich ohne diese *jóias de amor* verreisen wollte.

Natürlich hatte ich sie Nana aus Liebe geschenkt, das stimmte, trotzdem war ich froh, dass Vicky nie fragte, was aus dem Stein selbst geworden war; das hier waren nur kleine Splitter. Dann hätte ich zugeben müssen, dass auch meine Frau das nicht gewusst hatte. Und vielleicht hätte ich ein noch größeres Geheimnis verraten. Linda.

»Ja«, sage ich, »das ist alles.«

»Dann bräuchte ich nur noch Ihren Reisepass.«

Ich ziehe ihn aus der Innentasche meines Sakkos und reiche ihn ihr. Sie kopiert das Dokument und schiebt mir eine Art Kreditkarte zu. »Hier haben Sie Ihren Schlüssel. Zimmer 206 im zweiten Stock.«

Auf meinen fragenden Blick hin sagt sie: »Ich begleite Sie eben, so viel ist hier schließlich nicht los. Soll ich den Koffer nehmen?«

»Nein, nein, vielen Dank, das schaffe ich schon.«

Schneller, als gut für mich ist, folge ich ihr, dreimal links um die Ecke zum Lift. Hinter der Glastür sehe ich die Stahlkabel zittern. Die Aufzugskabine selbst hat zwei Schiebetüren aus Aluminium. Es ist genug Platz für zwei Personen und einen Koffer. Die junge Frau lächelt mich weiter so freundlich an, dass ich mich nicht traue, woanders hinzusehen als in ihre großen blauen Augen. Sie ist nur ein paar Zentimeter kleiner als ich. »Ein echtes holländisches Mädchen.«

»Wie bitte?«

»Ich dachte nur gerade, dass die Frauen in Brasilien viel kleiner sind als hier.«

»Ach ja?«

Der Aufzug bleibt stehen.

»Zweiter Stock. Wir sind da.«

Knarrend öffnet sich die Schiebetür.

»Da wären wir, die zweite Tür links. Darf ich?« Sie nimmt mir die Karte aus der Hand und hält sie über den Knauf. Ein grünes Licht blinkt.

»Bitte schön.«

Das Zimmer ist schmal, es sind zwei niedrige Einzelbetten darin, zwei Nachttische, ein schwarzes Polstermöbel und ein Kleiderschrank. Obendrauf steht ein Fernseher. Das große Fenster geht auf die Hemonylaan. Dahinten, will ich sagen, in dem Viertel bin ich aufgewachsen. Stattdessen gerate ich in dem schmalen Gang zwischen den beiden Betten ins Stolpern, und die Empfangsdame fragt, ob alles in Ordnung sei.

»Natürlich.«

»Und hier sind die Dusche, das Waschbecken und die Toilette.«

Die Tür quietscht beim Öffnen. Ich werfe einen Blick ins Bad.

»Ist alles nach Wunsch?«

»Wunderbar.«

»Frühstück gibt es von acht bis zehn. Die Rezeption ist rund um die Uhr besetzt.«

Ich greife zum Portmonee und sehe, dass ich kein Kleingeld habe.

»Ach, das macht doch nichts.«

Sie hält mir die Karte hin. Ihre Nägel sind rot lackiert. Ich nehme ihre langen, schlanken Finger in beide Hände. »Darf ich Sie nach Ihrem Namen fragen?«

»Noor. Eigentlich Nora, aber alle nennen mich nur Noor.«

Ich möchte ihr Fragen stellen – über ihre Arbeit, ihr Leben –, doch ich brauche zu lange, um die richtigen Worte zu finden. Und ihr zu sagen, dass ich mich einfach nur einen Augenblick an ihr festhalten möchte, wäre sonderbar – dabei würde ich ihr genau das am liebsten sagen.

»Ich muss jetzt wirklich gehen«, sagt sie.

»Ja, ja, ich verstehe schon.«

Ich öffne meine Hände und lasse die ihre los. Wie einen Schmetterling.

7

Kurz nach sechs. Noch ein paar Stunden, dann darf ich schlafen. Das Essen kann ich ausfallen lassen. Aber wenn ich wach bleiben will, muss ich etwas tun. Auf der Suche nach Briefpapier öffne ich die Nachttischschubladen, doch sie sind leer. Es gibt nicht einmal eine Bibel. Im Schrank baumeln ein paar leere Kleiderbügel.

Gleich werde ich das Mädchen anrufen und um Briefpapier bitten. Gleich. Erst lege ich mich einen Moment hin.

Es dämmert. Die Wipfel der Bäume in der Hemonylaan wiegen sich sanft hin und her. Ich brauche einen Moment, um mir darüber klar zu werden, wo ich mich befinde und welchen Wunsch ich hatte, als ich eingenickt bin. Briefpapier. Ich halte Ausschau nach einem Telefon, um bei der Rezeption anzurufen, doch auch das fehlt. Dann gehe ich eben hinunter, ein bisschen Bewegung wird mir guttun. Die Tür zum Gang quietscht genauso wie die zum Bad. Die steile Treppe endet bei einer Tür, die nach draußen führt. Um nicht wieder die vielen Stufen hinaufsteigen zu müssen, kehre ich über den Bürgersteig ins Hotel zurück. Das Mädchen, seinen Namen habe ich vergessen, sieht überrascht hoch.

»Meneer Jacobson, was kann ich für Sie tun?«

»Ich würde gern einen Brief schreiben. Und hätten Sie vielleicht etwas zu trinken für mich?«

Sie nimmt zwei A4-Blätter aus dem Drucker. »Genügt Ihnen das?«

Ich betrachte die weißen Rechtecke; auf unliniertem Papier wird es mir noch schwerer fallen, meine Geschichte in eine Form zu bringen.

»Einen Umschlag dazu?«

Das Mädchen schiebt ein Kuvert über den Tresen, und noch bevor ich mich bei ihr bedanken kann, steht sie schon neben mir und wirft Geld in den Getränkeautomaten. Eine Bierdose kullert herunter.

»Ich setze das einfach auf Ihre Rechnung«, sagt sie und geht wieder an ihren Platz.

»Sie mögen doch Bier?«

»Ja, natürlich«, antworte ich und halte die Dose hoch, »und schön kalt ist es auch.«

Jetzt muss ich mich in Bewegung setzen, aber ich weiß nicht mehr, in welche Richtung.

»Kann ich noch etwas für Sie tun?«

Der Aufzug. Wo ist nur der Aufzug?

»Nein, nein. Vielen Dank.«

Wir wünschen uns einen schönen Abend und ich schlendere davon und biege langsam, als würde ich mich brennend für das Hotelinterieur interessieren, in den Gang. Ich gelange zu einer Treppe, die zwar in den zweiten Stock hinaufführt, doch Zimmer 206 kann ich nicht finden. Ich bezweifle, dass das die richtige Nummer ist, will auf dem Schlüsselanhänger nachsehen und stelle fest, dass ich die Karte im Zimmer liegen gelassen habe. Lästiger als den Gedanken, wieder hinunterzumüssen, finde ich es, … Noor, ja, so heißt sie, zu behelligen, doch sie ist genauso hilfsbereit wie unerschütterlich. Zum zweiten Mal begleitet sie mich mit dem Aufzug – dreimal links um die Ecke, warum kann ich mir das nicht merken? – in den zweiten Stock und öffnet mir die Tür mit ihrer eigenen Karte.

Auch diesmal kommt sie mir zuvor: »Gern geschehen.«

Die Tür fällt ins Schloss.

Ich ziehe die Schuhe aus und rücke den Nachttisch neben mein Bett. Nach einigen Schlucken Bier greife ich zum Füller und schraube ihn langsam auf. Wie soll ich anfangen? »Liebe Catharina«? Was soll ich schreiben? »Ich bin gekommen, um …«

Ich muss zusehen, dass ich die Unsicherheit, die sich an mir festgeklammert hat wie ein vom Wege abgekommener Reisender und mir bis ins Hotelzimmer gefolgt ist, so schnell wie möglich abschüttle. Dieses Vorhaben, ein Treffen nach über einem halben Jahrhundert, darf nicht daran scheitern, dass ich eine simple Aussage nicht über die Lippen bekomme. Ich möchte ihr diesen Brief übergeben können, für den Fall dass es mir später, bei unserem Wiedersehen, nicht gelingen sollte, mich ihr verständlich zu machen.

Ich schreibe etwas und streiche es wieder durch. Ich trinke einen Schluck, stehe auf und setze mich wieder. In Gedanken sehe ich die schönsten Sätze mit genau den richtigen Worten vor mir, doch sie lösen sich auf, kaum dass die Spitze des Füllfederhalters das Papier berührt. Nach einer Weile steht da ein Haufen von Buchstaben, die hoffentlich deutlich machen, warum ich in Wirklichkeit aus Holland weggegangen bin – die Wahrheit diesmal –, wie ich versucht habe, alles wiedergutzumachen, und wie es mir seither ergangen ist.

Ich gebe mir große Mühe mit ihrem Namen auf dem Umschlag: Das C, das a und das t gelingen mir noch ganz gut, aber danach beginne ich zu schmieren. Das Wort ›Hovenier‹ kann wahrscheinlich niemand mehr entziffern.

»So, besser wird es nicht.« Ich stecke den Brief in die Sakkotasche.

Im Dunkeln versuche ich, Ordnung in das Durcheinander in meinem Kopf zu bringen. Nur das rot blinkende Licht des Fernsehers erinnert mich daran, dass ich ein Teil der Zivilisation bin.

So kraftvoll ich mich gefühlt habe, als ich meine Pläne fasste, so zerschlagen liege ich jetzt hier, auf diesem zu kleinen Bett, und versuche mir auszumalen, wie ich sie in die Tat umsetzen soll. Ich will mir einreden, dass es bloß an der Reise liegt und ich nach ein paar Stunden Schlaf schon wieder auf dem Damm sein werde, doch das Gefühl, alles in Ordnung bringen zu müssen, was durcheinandergeraten ist, beherrscht mich. Es gelingt mir nicht, mich zu fassen, geschweige denn, zur Ruhe zu kommen.

Ich setze mich auf und ziehe mein Hemd aus.

Vielleicht kann ich ja Wasser lassen. Ach nein, das habe ich doch schon gemacht. Trotz des Biers nur unter großen Schwierigkeiten. Leg dich ruhig wieder hin, es kommen ohnehin bloß ein paar Tropfen raus.

Ich ertaste den Schalter der Nachttischlampe. Als ich mich ans Licht gewöhnt habe, sehe ich auf meiner Armbanduhr, dass es zehn nach zwei ist.

Nach einer Viertelstunde schaue ich noch einmal, und exakt eine Viertelstunde später erneut.

Als ich aufwache, erinnere ich mich an diesen Traum: Ich liege bei Linda im Bett. Sie dreht sich auf die Seite, stützt sich mit der Hand ab und setzt sich auf. Das Laken rutscht herunter. Am liebsten würde ich sie am ganzen Körper küssen, doch ihr ernster Gesichtsausdruck hält mich davon ab.

»Wir müssen uns etwas einfallen lassen«, sagt sie. So entschlossen und selbstsicher, wie es, das weiß ich heute, nur junge Leute sein können. Sie hat schon viele Menschen nach England geschmuggelt. Ob ich bereits darüber nachgedacht hätte, was ich dort tun könnte? Vielleicht für die Royal Air Force fliegen? Hier mit dem Fallschirm abgesetzt werden, um Sachen ins Land zu bringen oder um Auskünfte zu beschaffen und weiterzuleiten? Dann würden wir uns vielleicht bald wiedersehen.

Im Traum lächele ich über ihre Ernsthaftigkeit, ihre großen Worte, doch damals tat ich das nicht. In ihrem Bett schämte ich mich für den Verrat, den ich an ihr begehen würde. Ich wollte nicht nach England und erst recht nicht wollte ich in die Niederlande zurückkehren. Brasilien war mein Ziel. Ich musste zusehen, dass ich dort hinkam. Dort wollte ich bleiben.

»Ja«, sagte ich, »so bald wie möglich.«

Da entspannt sie sich wieder, ich sehe vor mir, wie ihre Wangen sich wölben, ihre Zähne sichtbar werden. Ich nehme ihr Gesicht in die Hände und beuge mich so dicht wie möglich zu ihr, damit sie meinen Blick nicht deuten kann.

8

Im Frühstücksraum stehen sechsmal zwei kleine Tische nebeneinander, mit jeweils vier Stühlen daran. Das Frühstück wird als Büfett serviert: helles und dunkles Brot, verschiedene Sorten Brötchen, Cornflakes, Joghurt, Milch und Orangensaft. In einem großen Behälter wird Rührei über ein paar Teelichtern warm gehalten. Es gibt kleine Schälchen mit Margarine, Butter, Erdnussbutter, Nuss-Nougat-Creme, Honig und Marmelade. Auf einem flachen Teller liegt wie Dachziegel geschichteter Aufschnitt: Salami, Schinken, Hühnerbrustfilet und Käse. Kaffee und Tee kann man sich an einem Automaten holen.

Der Kellner, ein dunkelhäutiger Junge, steht daneben, als wäre es seine Aufgabe, die Hotelgäste im Auge zu behalten.

»Room number?«

Mehr sagt er nicht.

Ich nehme mir Weißbrot, eine Scheibe Käse und eine Tasse Tee und setze mich an einen Tisch in der mittleren Reihe, am Fenster. Zu meiner Linken schlingt ein Mann sein Brötchen hinunter, rechts von mir sitzt ein Ehepaar – alt zwar, aber nicht sehr alt, die Leute sind nur noch selten so alt wie ich – und blickt offenbar zufrieden dem nächsten Ereignis in seinem Leben entgegen. Das toupierte Haar der Ehefrau schimmert bläulich. Sie trägt eine Brille, deren geschwungene Bügel an der Unterseite der Gläser montiert sind. Der Mann sieht aus, als hätte er zu lange in einem warmen Bad gelegen. Zusammen machen sie einen ganz munteren Eindruck, eine Wolke Seifenduft umweht ihre Köpfe, ihre Füße stecken in robusten Wanderschuhen. Als sie meinen Blick bemerken, sagt die Frau in feierlichem Ton: »We have been married for fifty years.«

Ihr Mann fügt hinzu, sie kämen aus Dänemark.

Ich gratuliere beiden herzlich.

Sie berichtet von ihren zahlreichen Ausflügen. Er begleitet ihre Worte mit zustimmendem Murmeln. Jede Sehenswürdigkeit scheint mit einem Vorzug und einem Nachteil behaftet zu sein. Ich habe keine Ahnung, wo der »wonderful flower market« liegt, doch der Dänin zufolge brauche ich ihn gar nicht erst zu suchen, weil es dort viel zu voll sei. Das Anne-Frank-Haus sei »very impressive«, doch sie hätten ein paar Stunden anstehen müssen, bevor sie hineingekommen seien. Bei dieser Erinnerung entfährt dem Mann ein tiefer Seufzer.

»And yesterday«, fährt die Frau fort, »we went to see the Asscher Diamond factory. It is a very nice building, but you cannot go inside to see the people at work. Have you been there?«

»Many times«, sage ich leise, »many times.«

9

Das erste Mal, das war, als ich dank Landau … ach ja, Landau … eine Audienz beim »Chef« hatte.

»So nennen sie ihn alle«, hatte Landau erklärt, »sag ruhig Chef zu ihm, das gefällt ihm.«

Ich wunderte mich, dass niemand sonst bei dem Gespräch zugegen war. Nur ich, ein vierzehnjähriger Junge, der Stiefsohn eines ehemaligen Schleifers, und dieser große Mann mit seinen Segelohren und der hängenden Unterlippe. Oben im Turmzimmer. Es war kein großes Büro. Die Täfelung roch nach Bohnerwachs. Der Sessel des Chefs war größer als die Sessel für seine Besucher, aber sie waren alle nicht gerade klein, kunstvoll verziert und mit Leder bezogen. Energisch, in tadellosem Niederländisch, den Kopf leicht in den Nacken gelegt, beschrieb Abraham Asscher, was einen zukünftigen Arbeitnehmer erwarte. Wichtiger aber fand er es, davon zu erzählen, was sich in der »Zeit, die hinter uns liegt«, ereignet hatte.

Er ließ eine Broschüre bringen, die normalerweise ausländischen Geschäftspartnern überreicht werde, aber die ich – er sei ja nicht so – mitnehmen dürfe. Sie enthielt die Geschichte des Cullinan, des größten Diamanten, der je gefunden wurde, dargestellt auf fünfzehn Fotos. Die erste Aufnahme zeigte den Stein, die letzte die Diamantschleiferei – beide in voller Pracht. Als habe das eine zum anderen geführt, und vielleicht war das ja auch so.

»Vielleicht hast du mal gelesen, dass der Cullinan auf einem Schiff der britischen Marine von England in die Niederlande gebracht wurde?«

Davon hatte ich noch nie gehört, nickte aber trotzdem.

»Dann kann ich dir jetzt verraten«, verkündete Asscher freudestrahlend, »dass der weltberühmte Diamant auf einer gewöhnlichen Fähre herkam. Nicht mal in einem Tresor, einfach nur in meiner Innentasche. Ich habe sie alle an der Nase herumgeführt. Ein Mordsstein, junger Mann, 3106 Karat. Einzigartig auf der Welt. Hier gespalten, von meinem Bruder Joseph. Und Henri Koe – sagt dir der Name was?«

Er sagte mir nichts.

»Henri Koe, Gott hab ihn selig, hat wochenlang Tag und Nacht daran geschliffen und ein königliches Werk geschaffen. Und das ist wörtlich zu verstehen. Unsere Steine gehören heute zu den englischen Kronjuwelen. Betrachte es als eine große Ehre, junger Mann, dass du, unter anderem dank der Bemühungen deines Stiefvaters, einen bescheidenen Platz in meiner Fabrik erhältst.«

Ich begann an der Mühle. Obwohl das die niedrigste Stellung im Diamantenfach war, gelang es mir, meine Mutter nach dem ersten Tag in der Schleiferei damit zu beeindrucken.

»An der Mühle«, wiederholte sie und schüttelte immer wieder den Kopf, »so was aber auch.«

Ich schnäuzte mir in ihrem Beisein extra kräftig die Nase, damit sie den schwarzen Staub sah, den ich eingeatmet hatte.

»Ein richtiger Diamantschleifer«, sagte sie.

Auch Landau wirkte zufrieden. »So fängt jeder an, Jonah, mit einfachen Tätigkeiten.«

Er erzählte mir Dinge, die ich bereits wusste – dass ich, wenn ich gut aufpasste, innerhalb weniger Monate auf der anderen Seite der Mühle sitzen würde –, aber meine Mutter strahlte derart, dass ich ihn reden ließ. Er kannte Flip Tuinder, den Schleifer, bei dem ich in die Lehre ging, und sagte, ich hätte keinen besseren Lehrmeister finden können.

Anfangs wurde ich nur mit stupiden Aufgaben betraut – einkaufen gehen und Dinge hin- und herschleppen. Erst danach brachte Tuinder mir das Umkitten bei. Binnen kurzer Zeit konnte ich mit einem gewissen Geschick Löcher in glühend heiße Bleidoppen bohren, die biegsamen Kupferstifte hineinschrauben und das Lot im richtigen Verhältnis mischen.

Mehr Blei als Zinn für die großen Steine. Mehr Zinn als Blei für die kleinen.

Ich brachte mein Werkstück zu einem alten Mann, Kittmeister seit dreißig Jahren, der die Diamanten in das Lot drückte und mit Strichen und Kreuzen auf den Doppen kennzeichnete, in welchem Winkel sie geschliffen werden sollten.

Wenn der Schleifer fertig war, kehrte ich mit dem Diamanten zu dem Kittmeister zurück, der ihn wiederum, aber ein Stück weiter gedreht, in den von mir vorbereiteten Doppen platzierte. Das wiederholte sich, bis alle Facetten geschliffen waren. Für mich war der alte Kittmeister der wichtigste Mann der ganzen Abteilung, er kannte die Steine bis ins kleinste Detail. Die Schleifer hingegen sahen immer nur den Teil, den sie gerade im Auftrag des alten Mannes bearbeiteten.

Nachdem ich ein Jahr lang zwischen dem Kittmeister und den Schleifern hin- und hergewandert war, durfte ich selbst einen Diamanten auf Ecken schleifen. Das war ein feierlicher Augenblick. Ich wusste genau, was ich zu tun hatte, und die anderen Schleifer wollten mir offenbar nicht reinreden, trotzdem rieb ich die Drehscheibe mit zu viel Diamantenpulver ein und die

Greifzange, in die ich den Doppen mit meinem allerersten Stein geklemmt hatte, zitterte in meiner Hand. Meine Nervosität legte sich erst, als ein mir gänzlich unbekannter kleiner Junge den Diamanten abholte, nachdem ich mit der ersten Facette fertig war.

Ich schliff erst die Tafel, dann die vier unteren Ecken und schließlich die vier oberen. Der alte Kittmeister ließ sich Zeit, bevor er brummelnd seine Zustimmung bekundete, doch Flip Tuinder beglückwünschte mich und hieß mich im Fach willkommen.

Die Tage vergingen schnell, aber ich war trotzdem ungeduldig. Mir kam es so vor, als ob ich diese Handgriffe binnen weniger Monate beherrschen würde, so dass es schon bald für mich nichts mehr zu lernen gäbe und ich dann hier festsäße und mich langweilte. Mein Lehrmeister aber ließ mich immer genau zur rechten Zeit ein kleines Stück weiterrücken, und erst als ich eines Tages als angehender Brillantenschleifer minutiös die Rundist- und die Tafelfacetten am Oberteil und am Unterteil des Diamanten anbringen durfte, wurde mir bewusst, wie umsichtig Tuinder mich in seine Welt eingeführt hatte.

In diesen Jahren fand ich das Ansammeln von Wissen genauso befriedigend wie den Aufbau meiner Muskelkraft. Mit meinen Fortschritten beim Boxclub Olympia oder der zunehmenden Anzahl gewonnener Kämpfe konnte ich Flip Tuinder nicht beeindrucken. Er ließ mich von den ausgeteilten Schlägen erzählen, von den Gewichten, die ich stemmen konnte, oder von den Kilometern, die ich im Sportdress an der Amstel entlanggelaufen war, doch ich wusste, dass er, noch bevor ich zu Ende erzählt hatte, sagen würde: »Sehr schön, Jacobson, und jetzt wieder ab an die Arbeit.«

Wir arbeiteten bis zum Ausbruch des Krieges zusammen.

Seine Lektionen und meine jungen, besonders scharfen Augen sorgten dafür, dass ich mich bei kniffligen Arbeiten als – ich zitiere den Chef – ausgezeichneter Brillantenschleifer hervortat. Jahrelang saß ich an meinem festen Platz auf der Südseite im dritten Stock.

Bis zu dem Tag, an dem ich Max Brander traf, ging ich davon aus, dass ich irgendwann einmal von der Süd- zur Nordseite des Gebäudes umziehen würde, wo besseres Licht auf schönere Steine fiel; dass ich mich vom Lehrling zum Meister entwickeln würde und eines Tages weitergeben könnte, was ich selbst hatte lernen dürfen.

So wuchs ich heran, in diese Richtung lief es, aber wäre ich ein Diamant und das Leben ein Schleifer, dann tat es sein Werk, wie es sich gehörte: Ich wurde entgegen der Wuchsrichtung bearbeitet.

In Zukunft sollte ich keine Steine mehr schleifen, ich würde sie nur noch finden. Und auf lange Sicht gesehen nicht einmal mehr das.

10

Noor fragt mich, was ich vorhabe.

»Darüber denke ich auch schon die ganze Zeit nach«, gebe ich zurück.

Grachtenfahrten und Museen entfallen, schließlich bin ich kein Tourist. Ein Familienbesuch? Nein. Selbst wenn man eine Beerdigung als Familienbesuch bezeichnen könnte: Dafür war ich zu spät gekommen. Mein Cousin Seno wurde unter die Erde gebracht, als ich mich hoch oben in der Luft befand; ich hatte mich noch nie so weit von ihm entfernt gefühlt. Was käme sonst noch in Frage? Ein Klassentreffen? Freunde? Die meisten meiner Freunde, ob hier oder in Brasilien, sind tot.

So, wie Vicky mich in Belo Horizonte an Verabredungen erinnert, die ich vergessen könnte – oder mir zeigt, wo ich etwas wiederfinde, was ich zuvor selbst an diese Stelle gelegt habe –, flüstert sie mir hier in der Hotellobby zu, ich hätte ihr doch erzählt, dass ich auch jemanden von früher besuchen wolle.

»Erinnern Sie sich noch, alter Mann? Dass ich da gefragt habe: einen Mann oder eine Frau?«

Ich sehe uns zu Hause am Küchentisch sitzen. Die Fenster sind geöffnet. Ich höre den Stadtlärm. »Eine alte Dame«, sagte ich.

»Aha, eine Freundin!«

»Nein, Vicky, ich habe sie seit fast siebzig Jahren nicht mehr gesehen und auch nicht gesprochen.«

Wie viel Zeit ist nötig, um Freundschaft zu schließen? Manchmal genügt eine Sekunde. Ich lasse es dabei bewenden. Auf eine Lüge mehr oder weniger kommt es nicht an.

»Schön, dann können Sie sich Geschichten von früher erzählen.«

»Früher ist das Märchen der jungen Leute. Etwas, was in der Zukunft liegt. Für mich gibt es fast nur noch Vergangenes.«

»Okay, und was machen Sie dann?«

»Und?«, fragt das Mädchen hinter dem Tresen. »Was hatten Sie sich so vorgestellt?«

»Kennen Sie eine Frau, etwa in meinem Alter, die Hovenier heißt?«

Nein, der Name sagt ihr nichts.

»Kat, so wurde sie früher auch genannt.«

»Ist die Frau denn unser Gast? Vielleicht weiß Nicolette ja Bescheid, die Kollegin, die morgen Dienst hat. Sie arbeitet schon seit Jahren hier.«

»Sie ist die Chefin«, sage ich. »Linda. In Wirklichkeit heißt sie Catharina.«

»Ach, jetzt verstehe ich, was Sie gestern meinten, aber nein«, Noor schüttelt entschieden den Kopf, »Meneer Jacobson, da müssen Sie sich täuschen. Mein Chef ist ein fünfzigjähriger Geschäftsmann, seine Familie besitzt mehrere Hotels in der Stadt.«

»Mevrouw Hovenier …«

»Die gibt es hier nicht, tut mir leid.«

Plötzlich ist es mir völlig unbegreiflich, dass ich alter Mann mich hierhergeschleppt habe. Mit Senos Todesanzeige im Gepäck als Rückfahrkarte in die Vergangenheit. Beherrscht von der vagen Vorstellung, dass es zu etwas gut wäre, Catharina wiederzusehen. Sie sollte hier sein, verändert und doch dieselbe, dort, wo jetzt Noor steht und mich fragend ansieht. Und wenn sie nicht im Hotel wäre … Nein. Natürlich ist sie nicht mehr da. Es wäre viel logischer, eine Frau in meinem Alter im Pflegeheim oder auf dem Friedhof zu suchen.

Während Noor geduldig wartet, bis ich meine Gedanken sortiert habe, fällt mir ein anderer Name ein.

Delmonte.

Seit wann halte ich diesen Knaben eigentlich gefangen? Er darf nur aus seiner Zelle heraus, wenn ich eine Runde boxen möchte. Sogar bei den lächerlichen Kämpfen in Luizãos Sporthalle in Belo Horizonte bildete ich mir ein, der alte Knacker mir gegenüber sei Bobby Delmonte. Diese Vorstellung verhalf mir immer wieder zu kleinen Siegen. Ich drängte ihn in die Seile, knallte ihn auf die Matte, sah ihn mit blutiger Nase in seine Ecke kriechen.

Zurück an dem Ort, wo ich Delmonte zum letzten Mal lebend gesehen habe, verursacht die Erinnerung an seinen Namen einen solchen Schock, dass die Zellentür mit einem lauten Knall auffliegt.

Da steht er.

Ich will ihn berühren, doch er rennt davon, sprintet aus dem Hotel, wahrscheinlich, um sich in Freiheit auf den Gegenangriff vorzubereiten. Wo er sich wohl verstecken wird? Nach all den Jahren will er natürlich erst einmal zu einer Frau in der Ruysdaelkade. Danach wird er Hunger haben und in irgendeiner Pinte mit seiner Männlichkeit protzen.

»Meneer Jacobson?«

»Gibt es Content noch? In der Utrechtsestraat?«

»Content? Das ist ein Zeitarbeitsunternehmen, nicht wahr?«

»Nein, ein Imbisslokal. Da gibt es koschere Brötchen.«

»Ein koscherer Imbiss? Ich kenne nur Sal Meijer in der Scheldestraat. Soll ich Ihnen erklären, wo das ist?«

»Nicht nötig, ich habe in der Gegend gewohnt.«

»Ist das lange her?«

»Fast siebzig Jahre.«

»Oh! Dann hat sich bestimmt vieles verändert!«

»Ja und nein«, sage ich, »eigentlich verändert sich alles immer nur auf dieselbe Weise.«

»Wie kommt es eigentlich, dass Sie noch so gut Niederländisch sprechen?«

»Wahrscheinlich, weil ich nie wirklich perfekt Brasilianisch gesprochen habe. In meinem Kopf ist nur Platz für eine Sprache.«

»Ich stelle es mir schwierig vor, in einem anderen Land zu leben.«

»Ach, in gewisser Weise ist unser ganzes Leben nichts anderes als eine Reise ins Ausland.«

Sie blickt mich verständnislos an und sagt dann: »Nächstes Jahr will ich zusammen mit einer Freundin ein paar Monate durch Vietnam radeln.«

Schweigend lächeln wir uns einen Augenblick an.

»Soll ich Ihnen ein Taxi rufen?«

»Nein, danke. Ein bisschen Bewegung wird mir guttun.«

»Ja, das stimmt. Bewegung ist gesund. Und zum Glück ist es ja trocken.«

»Na, dann mache ich mich mal auf den Weg, Noor.«

»Einen schönen Tag, Meneer Jacobson.«

11

Auf den ersten Metern lasse ich mich von meinen unwilligen Beinen nicht beeindrucken, doch an der Ecke Albert Cuypstraat muss ich mich sehr zusammennehmen, um mich vor der Pommesbude nicht auf einen Plastikstuhl sinken zu lassen. Von dort aus schiebe ich mich in einer bunten Gesellschaft an den Marktständen vorüber in Richtung Ferdinand Bolstraat, wo eine U-Bahn-Linie gebaut wird, wie mir ein Verkehrspolizist erzählt.

Eine U-Bahn in Amsterdam? Bestimmt habe ich das falsch verstanden.

Zwischen den Geschäften und dem Bauzaun ist nur wenig Platz. Fahrrad- und Mopedfahrer rasen dicht am Bürgersteig entlang. Vor einem großen Kaufhaus sitzt ein Mann mit krausem Haar und spielt Gitarre. Er bietet mir seinen Hocker an, doch ich fürchte, nie mehr hochzukommen, wenn ich sein Angebot annehme. Außerdem habe ich noch kein Kleingeld, das ich ihm geben könnte, also lehne ich freundlich dankend ab und gehe weiter. Ab und zu frage ich nach dem Weg. Manchmal kann mir jemand weiterhelfen.

»Sal Meijer? Noch ein kleines Stück. Nummer 45.«

Ein kleines Stück.

Wie lange ist es her, dass ich zu Meijer hätte rennen können und ohne Pause wieder zurück zum Hotel? Jetzt fällt mir jeder Meter schwer. Wo sich früher das Rai-Messegebäude befand, steht jetzt ein Altersheim. Ich fange den Blick eines Bewohners auf, der im Erdgeschoss aus dem Fenster schaut. Ich stelle mir vor, dass er genau an der Stelle sitzt, wo er sich siebzig Jahre zuvor als kleiner Junge eine Zirkusvorstellung oder ein Radrennen angesehen hat. Oder dass er einmal, wie ich, mit seinem Vater hier eine Autoschau besucht hat.

Zu meiner Rechten sehe ich einen Blumenstand. Der Verkäufer trägt einen Hut. Er winkt. Vielleicht meint er ja mich. Zur Sicherheit hebe ich die Hand.

Über den Kanal. Tauben, Stare und Möwen auf der Brücke. Ein Zebrastreifen. Viel Verkehr, wenig Zeit, um auf die andere Seite zu gelangen. Mir tun die Beine weh. Nummer 41, 43, da: 45. Sandwichshop Sal Meijer.

Ich lege die Hand an den Türknauf und bleibe einen Augenblick stehen, um wieder zu Atem zu kommen, dann trete ich ein. Eine Frau mit hochgestecktem Haar sagt: »Guten Tag, suchen Sie sich einen Tisch aus, ich bin gleich bei Ihnen.«

Ich sehe mir die Speisekarte an. Es ist, als hätte man mir ein verloren geglaubtes Fotoalbum in die Hand gedrückt: Fischfrikadelle, Essiggemüse, Ingwerschnecke.

»Was darf's sein?« Die Frau hält ihren Bleistift gezückt.

»Zuerst hätte ich gern eine Fischfrikadelle.«

»Ein Brötchen dazu?«

»Gerne. Und eine Tasse Tee.«

Ich sehe mich um und stelle fest, dass das die Art Lokal ist, in dem Delmonte verkehren würde. Am Fenster sitzen ein paar alte Männer an einem Tisch. Ich glaube, sie diskutieren die Lage im Nahen Osten, alle mit derselben Vehemenz. Alte Juden sind überall gleich – Meckerfritzen, Besserwisser –, aber sie können mir bestimmt sagen, ob Bobby Delmonte manchmal herkommt. Der Mann, der mir gerade entwischt ist. Ich suche nicht gern; ich würde ihm lieber zufällig über den Weg laufen, genauso wie Max Brander kurz nach dem Krieg in Rio de Janeiro.

»Bitte sehr.«

Ein gewisser Maurits, so hatten sie den Mann gerufen, bringt mir die Bestellung. Ein knuspriges Brötchen, belegt mit einer goldbraunen, platt gedrückten Kugel.

»Senf dazu?«

»Nein danke.«

»Lassen Sie es sich schmecken.«

12

Inmitten der Schilder in der Eingangshalle eines Gebäudes in der Avenida Rio Branco prangte auch das seine, auffallend schlicht: »Brander Diamonds. Cutters, Exporters, Manufacturing Jewellers«. Im Aufzug auf dem Weg in den sechsten Stock verschwendete ich keinen Gedanken daran, wie merkwürdig es war, in diesem riesigen Land, in dieser Millionenstadt einen Amsterdamer wiederzutreffen.

Rio sei der richtige Ort, um meine Diamanten an den Mann zu bringen, hatten mir Leute erzählt, die sich auskannten, und in dieser Avenida gab es mindestens hundert Händler. Da war es doch kein Wunder, dass einer von ihnen Max Brander war?

Erst als seine Sekretärin mich in ein Wartezimmer führte, begann ich mir den Kopf über diesen Zufall zu zerbrechen, und eine halbe Stunde später spürte ich auch wieder alten Ärger hochsteigen, Ärger darüber, dass der Mann, den ich gleich wiedersehen würde, mich vor fünfzehn Jahren so schmählich im Stich gelassen hatte.

Bei Asscher war Brander nicht beliebt gewesen. Er bekam nur selten schöne Steine zum Schleifen und nahm das allen unheimlich übel. Doch nach einer Weile erkannte selbst ich, der ich noch lange unter den Fittichen meines Lehrmeisters bleiben sollte, dass er kein besonders guter Schleifer war.

Jedes Mal, wenn Brander seinen Steinbrief auffaltete, ließ er die Schultern enttäuscht sinken, dabei hätte ich einiges darum gegeben, die ihm zugeteilte Partie Steine zu bekommen.

Er wurde jeden Abend durchsucht, weil er in dem Verdacht stand, früher einmal etwas gestohlen zu haben, wie mir einer der anderen Burschen erzählte. Solchen Tratsch mochte ich nicht, und um das klarzustellen, begrüßte ich Brander jeden Morgen übertrieben herzlich.

Eines Nachmittags wurde ich für meine Freundlichkeit belohnt – er zog mich ins Vertrauen. Was er mir über brasilianische Diamanten erzählte, kam mir anfangs ziemlich übertrieben vor, doch zum Glück bewahrte mich der Ernst in der Stimme dieses sonst so schweigsamen Mannes vor einem voreiligen Urteil.

In den folgenden Wochen warf er mir hin und wieder Informationsbrocken hin. Auch mich begeisterte die Möglichkeit, in einem anderen Land mein Glück zu suchen, genau wie ihn.

Zu Hause fand ich ein Buch über Brasilien, das wahrscheinlich noch von meinen Vater stammte, aus irgendeiner Haushaltsauflösung. Ich stürzte mich darauf, als ginge es um mein Leben. Nach einem Monat konnte ich die Namen der wichtigsten Städte und Flüsse auswendig, wusste so manches über die brasilianische Flora und Fauna und hätte Brander – wenn er mich danach gefragt hätte – erzählen können, was es mit Antonio dem Ratgeber auf sich hatte, dem Anführer armer Brasilianer, deren Siedlung in Canudos im Jahr 1897 dem Erdboden gleichgemacht wurde. Der Ratgeber war kurz vor dem Massenmord an Ruhr gestorben. Seine Leiche wurde von den Regierungstruppen ausgegraben, fotografiert – das Foto befand sich auf Seite 371, ich hätte es ihm sofort zeigen können – und nachträglich enthauptet.

Sollte er an dieser Geschichte keinen Gefallen finden, hätte ich Brander vom Leben des berühmten Schriftstellers Euclides da Cunha erzählen können, der im Jahr 1909 vom Liebhaber seiner Frau ermordet wurde. Oder vom Schicksal seines Sohnes, dem selbiger Liebhaber eine Kugel durch den Kopf jagte, als der seinen Vater rächen wollte.

Die Schwärmerei für mein neues Vaterland – in Gedanken lebte ich bereits dort – ging sogar so weit, dass ich mir Jahre später den *Stern von Rio* im Kino ansah, eine Schnulze über einen berühmten brasilianischen Diamanten.

Zu Hause erwähnte ich meine Pläne nicht. Für meine Mutter war allein schon die Vorstellung, dass ich mir eines Tages in Amsterdam eine eigene Wohnung suchen würde, unerträglich. Brander bekam also die volle Ladung ab. Wahrscheinlich gab ihm meine Begeisterung zu denken.

»Beruhig dich mal wieder, Junge.«

»Ich bin doch ganz ruhig!«

Ob ich mir sicher sei, dass ich mitwolle? Ob ich nicht ein bisschen zu jung sei? Wie alt sei ich denn überhaupt? Sechzehn, siebzehn?

Eines Tages im Sommer 1937 verschwand Brander. Die anderen Burschen behaupteten, er habe endlich eine Gelegenheit beim Schopf ergriffen und sei mit ein paar Diamanten in der Tasche abgehauen. Der Chef dagegen sagte, Brander wolle sein Glück »woanders« versuchen, doch das hätte ich selbst dann gewusst, wenn er es nicht gesagt hätte. Meinen neugierigen Kollegen hätte ich erzählen können, wo er hingegangen war, ich hätte ihnen wiedersprechen können und sagen, dass Brander kein Dieb war, doch dazu hatte ich keine Lust. In meinen Augen hatte er trotzdem ein Verbrechen begangen. Sein Verrat lähmte mich völlig.

Um über meine Enttäuschung hinwegzukommen, räumte ich das Buch über Brasilien weg, trainierte intensiver und bereitete mich auf eine Zukunft als neuer Mittelgewichtsmeister der

Niederlande vor. Ich verfolgte die Karrieren von Joe Lewis, Max Schmeling und Primo Carnera, als wären sie meine Rivalen. Um der internationalen Presse Rede und Antwort stehen zu können, brachte ich mir anhand einiger Lehrbücher, die mein Vater irgendwann einmal ergattert hatte, vorsorglich ein paar Brocken Englisch bei und übte vor dem Spiegel einen Blick ein, der eines holländischen Sporthelden würdig wäre. Ich wusste, dass ich mir etwas vormachte, doch es schien mir besser, mich Zukunftsfantasien hinzugeben, als über etwas nachzugrübeln, das nicht eingetreten war.

Und jetzt war ich plötzlich da, wie eine menschliche Kanonenkugel quer durch die Zeit geschossen, im Büro dieses verfluchten Max Brander.

Bevor ich mir zurechtlegen konnte, wie ich ihm entgegentreten sollte, ohne das Gesicht zu verlieren, stand er schon vor mir, fast unverändert. Auch für ihn schien unsere Begegnung in erster Linie auf reinem Zufall zu beruhen. Er senkte den Kopf, die Brille rutschte ihm auf die Nasenspitze, und er sagte: »Der junge Jacobson.«

Wir gaben uns die Hand. Brander führte mich in sein Büro und setzte sich an einen riesigen Schreibtisch. Er trug noch dasselbe Bärtchen. Seine großen, tief liegenden Augen waren noch weiter eingesunken. Eine Haarklammer hielt die Kippa in seinem dünnen Haar fest.

Ich ließ meinen Bericht in dem Moment beginnen, in dem er von einem Tag auf den anderen nicht mehr in der Schleiferei erschienen war, doch ich hütete mich davor, ihm zu gestehen, wie sehr mich das damals verletzt hatte. Schließlich war ich jetzt erwachsen und hatte selbst einiges hinter mir. Wie es mir bei Asscher ergangen war, ließ ich also außen vor. Über den Krieg konnte ich ihm nicht allzu viel erzählen, aber mit meinem Reisebericht glaubte ich ihm eine Freude machen zu können. Ich schilderte ihm, wie ich zu Fuß, mit dem Fahrrad, dem Zug und dem Auto quer durch Europa gereist war – und ich nahm ihn mit an Bord der Serpa Pinto, all die Seemeilen nach Brasilien, doch meine Abenteuer schienen ihnen nicht zu beeindrucken; offenbar war er nur am Inhalt der Tasche interessiert, die ich auf seinen Schreibtisch gelegt hatte.

»Was hast du da für mich?«

Ich gab ihm meinen Diamanten. Obwohl er sich schnell wieder in der Gewalt hatte, sah ich, dass er in den ersten paar Sekunden begriffen hatte, was für ein großer Schatz ihm da in die Hände gefallen war.

Er nahm den Stein zwischen Daumen und Zeigefinger, musterte ihn unter der Lupe und warf ihn scheinbar achtlos in die Waagschale. Dann griff er nach einem bauchigen Glas, um das spezifische Gewicht festzustellen.

Hätte Brander nicht wie ein übereifriger Lehrer doziert: »Hier haben wir das Pyknometer«, wäre mir das Wort nie eingefallen. Ich kannte das Gerät. Flip Tuinder hatte es mir einmal gezeigt. Man musste es mit destilliertem, vier Grad kühlem Wasser füllen und wiegen, dann legte man den Diamanten hinein. Durch den Flaschenhals trat Wasser aus, das dem Volumen des Steins entsprach. Anschließend wurde der bauchige Kolben mit dem Diamanten darin nochmals gewogen.

Nachdem er auf einem Stück Papier herumgekritzelt hatte, kam Brander zu einem Ergebnis, das auch mich angenehm überraschte: Der Diamant hatte zwanzig Karat, kaum Einschlüsse und war beinahe farblos.

Es war der schwerste Stein, den ich je gefunden hatte. Vorher hatte ich mindestens zehn zusammenlegen müssen, um auf dieses Gewicht zu kommen. Splitter, die mir zu klein erschienen, um sie nach Rio zu bringen; ich verließ mich darauf, dass man mir in Diamantina, näher am Fundort, für die leichteren Steine mehr geben würde. Ich hatte eine Menge Geld damit verdient. Mehr als genug. Diesen Diamanten hätte ich nicht gebraucht. Er hatte sich mir mehr oder minder aufgedrängt.

»Wenn ich ihn mir so ansehe«, murmelte Brander, die Lupe noch in die rechte Augenhöhle geklemmt, »kann man den zu einem schönen Tropfen schleifen.«

»Und außerdem vielleicht zu ein paar kleinen Rosen, für Ohrringe?«

»Klar.«

»Kannst du die schleifen lassen und den Rest des Diamanten für mich verkaufen?«

Er zuckte die Achseln. »Ich kann es jedenfalls versuchen.«

Als ich ihm erzählte, was mit dem Erlös geschehen sollte, fiel Branders Maske der Gleichgültigkeit. Erst wunderte er sich über mein Vorhaben, dann freute er sich – das ging gar nicht anders – über den Gewinn, den er einstreichen durfte. Meine Erklärung, eine Geschichte über Krieg und Frieden, Freundschaft und Verrat, unterbrach er ungeduldig mit einem »Das geht mich nichts an«. Über den Fundort des Diamanten jedoch wollte er alles erfahren.

Ich erzählte ihm also von dem Fund, und währenddessen hielt Brander den Diamanten in der Hand, strich mit den Fingerkuppen darüber wie einem Tier übers Fell.

»Und den gibst du weg?«

»Ja.«

»Bist du dir sicher?«

Ich glaube, er fand die Vorstellung, dass ich mich von dem Stein trennen wollte, noch merkwürdiger als den Gedanken, dass ich vorhatte, den Erlös aus seinem Verkauf zu verschenken. Brander nannte mir einen derart hohen Betrag, dass ich mich mit meinen noch nicht mal dreißig Jahren damit hätte zur Ruhe setzen können.

Ich nickte bekräftigend. »Ganz sicher.«

Ungebeten setzte Brander einen Vertrag auf, in dem er sich verpflichtete, die genaue Höhe des für den Diamanten erzielten Preises und seine Kommissionsgebühr anzugeben sowie mir den Bankbeleg als Beweis für die Transaktion vorzulegen.

In zwei Monaten könne ich die kleinen Steine abholen, die er von einem Juwelier in zwei goldene Ohrhänger fassen lassen würde.

»Überlass das nur mir«, sagte Brander.

Eine Viertelstunde später stand ich wieder in der Menschenmenge auf der Avenida Rio Branco.

Ich war derart aufgeregt, die vier Gramm Kristall zurückgelassen zu haben, dass es mir selbst kaum begreiflich war. Als ich den Diamanten gefunden hatte – oder besser gesagt, als Naki ihn für mich gefunden hatte –, hatte ich sofort gewusst, was zu tun war. Dieser Moment für sich genommen war wunderbar gewesen, doch bereits kurze Zeit später hatte eine innere Unruhe an mir zu nagen begonnen. Ich hatte gehofft, sie würde sich legen, sobald ich den kostbaren Stein bei einem Händler abgegeben hätte, doch dem war nicht so. Auf der Rückreise, während der endlos langen Busfahrt von Rio nach Belo Horizonte, gaukelte ich mir vor, dass ich zur Ruhe käme, sobald der Stein Brasilien verlassen hatte. Ich vertraute darauf, dass Brander zügig und fachgerecht vorgehen würde. Seinen überstürzten Aufbruch aus den Niederlanden hatten wir mit keinem Wort erwähnt, doch ich war mir sicher, er wusste, dass er mir etwas schuldete. Er würde mich nicht noch einmal im Stich lassen.

Als ich zurückkam, fragte Nana mich zum ersten Mal, seit wir zusammen waren, ob ich ein gutes Geschäft gemacht hätte. Ich wurde rot.

An dem Abend, an dem ich ihr die Ohrringe schenkte, sagte ich: »Jetzt verstehst du vielleicht meine Geheimniskrämerei.«

Sie legte den Schmuck an und baute sich herausfordernd mit gekreuzten Beinen vor mir auf.

»Wunderschön«, sagte ich.

»Ist das alles?«, fragte sie nach einer Weile.

Ich zog sie an mich, doch sie entwand sich mir.

»Sonst fährst du nie nach Rio. Hattest du diesmal mehr im Fluss gefunden?«

»Ich habe den Rest des Steins verkauft und das Geld Seno und seiner Familie nach Amsterdam geschickt.«

Nana sagte, das sei eine gute Tat, und sie nahm diese Worte nie zurück, auch dann nicht, als sich unser Glück in den folgenden Jahren wendete.

Sie trat vor den Spiegel und drehte den Kopf hin und her. »Das sind meine schönsten Ohrringe.«

Dieser Meinung war nicht nur Nana; alle machten ihr Komplimente. Die Diamanten waren wundervoll geschliffen, es brauchte kaum Licht, um sie erstrahlen zu lassen. Aber sie brachten kein Glück. Nach einer Woche entzündeten sich ihre Ohrlöcher, und dem war auch mit einer neuen Fassung – erst einer goldenen, dann einer silbernen – nicht abzuhelfen. Um sie zu trösten und mich wieder aufzubauen, sagte ich: »Bewahre sie für besondere Anlässe auf.«

In jenen Momenten musste ich an den großen Diamanten denken, doch an anderen Tagen wollte ich nicht an ihn erinnert werden.

Brander schickte mir, wie versprochen, die Belege für alle von ihm getätigten Transaktionen. Und in einem kurzen Begleitbrief beteuerte er, »die verehrte Dame, die fragliche Empfängerin« habe nicht erfahren, wer »ihr Gönner« sei. Zufrieden räumte ich die Papiere in die unterste Schreibtischschublade.

Zwei oder drei Jahre später bekam ich eine Postkarte aus Amsterdam. Sie zeigte das Hotel Linda. Auf der Rückseite stand: »War auf Geschäftsreise in der Hauptstadt. Hier sieht man, wie die Begünstigte ihre Penunzen angelegt hat. Freundl. Gr., Max Brander.«

13

Nach dem letzten Schluck Tee überlege ich, ob ich hinter den Tresen gehen und mir einfach noch ein Glas nachschenken soll, wie ich es die Stammkunden von Sal Meijer habe tun sehen, doch wie die meisten Dinge, die mit einer körperlichen Anstrengung einhergehen, muss ich auch diese Idee schnell wieder fallen lassen. Es stimmt, dass Gedanken allein einen schon ermüden können. Versuche, dir nicht mehr so viel vorzunehmen, Jonah, denk dir lieber nichts aus, was du sowieso nicht in die Tat umsetzen kannst. Hier zu sein ist aufregend genug.

»Meneer Maurits«, sage ich, »hätten Sie eine Ingwerschnecke für mich?«

»Soll ich sie ein bisschen warm machen?«

Ist mir völlig egal. »Gerne. Oh, und dürfte ich Sie noch etwas fragen?«

»Natürlich.«

»Kennen Sie Bobby Delmonte?«

»Delmonte … Sagt mir nichts. Wie alt?«

»Wie ich, Ende achtzig.«

»Nein. Tut mir leid. Aber ich frag mal Mok. Mok weiß alles.«

Maurits geht zu dem Tisch am Fenster und spricht mit einem der Männer dort. Sie sehen alle zu mir herüber. Der Mann nickt, steht auf und schlendert wie ein Cowboy auf mich zu. »Sie suchen Bobby Delmonte?«

»Ja.«

»Mein Vater kannte ihn. Ein Schacherer, schmucker Bursche, immer gut gekleidet. Ich glaube, er konnte auch ganz gut boxen.«

Ich muss ein Lachen unterdrücken. »Stimmt, das ist er.«

»Der ist nach Israel gegangen. Gott weiß, wann. Keine Ahnung, ob er noch lebt. Gut möglich. Die waren ganz schön zäh, die Jungs vom Widerstand.«

Ich sehe ihn zwar, diesen Meneer Mok, und ich bin mir sicher, dass ich mich für die Ingwerschnecke bedankt habe, die man mir hingestellt hat, aber meine Sicht verschwimmt und Geräusche dringen kaum mehr zu mir durch. Wieso Widerstand?

»Und darf ich fragen, wer Sie sind?«

»Jo… Jonah Brander.«

»Woher?«

»Aus Brasilien.«

»Von Brander Diamonds?«

»Ein Neffe.«

Ich versuche, so selbstbewusst wie möglich dreinzublicken, während ich Mok etwas über das Unternehmen meines angeblichen Onkels erzähle, doch es will mir nicht gelingen. Ich entschuldige mich, sage, ich sei alt und leide unter Jetlag.

Mok unterbricht meine Litanei, gibt mir die Hand – »alles Gute« – und kehrt an seinen Tisch zurück. Seine Gestalt flimmert, als wäre der Fußboden des Sandwichshops aus heißem Asphalt. Ich halte mich mit beiden Händen am Rand des Tisches fest.

Besorgt bietet Maurits an, mir ein Taxi zu rufen. Nur halbherzig lehne ich das Angebot ab und lasse mich zehn Minuten später in das Auto verfrachten, das mich zum Hotel zurückbringt.

14

Noor sitzt an ihrem Platz, den Hörer am Ohr. Als sie mich erblickt, verdreht sie die Augen und gibt mir zu verstehen, dass die Person am anderen Ende der Leitung einfach nicht aufhören will zu reden.

Ich gehe an der Rezeption vorbei zum Aufzug. Schade, dass sie keine Zeit für mich hat. Ich hätte ihr gern von Bobby Delmonte erzählt. Oder von mir. Im Grunde genommen ist das ein und dasselbe.

Erst einen Tag bin ich in Holland, und schon ist er wieder da, genau so, wie ich ihn vor langer Zeit hier zurückgelassen habe. Die Hände in die Seiten gestemmt, das Kinn in die Luft gereckt, den Hut schräg auf dem mit Brylcreem glatt zurückgekämmten Haar. Den gelben Stern auf der rechten Brusttasche seines guten Anzugs.

Dank dieses lausigen Boxers, des falschen Helden, schlägt die lange verdrängte Trauer um die Toten in meinem Leben in Wellen über mir zusammen. Familie und Freunde sehe ich, die längst zu Staub geworden sind. Beerdigt oder eingeäschert. In eine Grube geworfen oder in Rauch aufgegangen – nein, nein, Jonah, du musst dich zusammennehmen, halte dich gut fest.

Langsam steige ich die Treppe hinauf, bleibe auf jeder Stufe stehen. Mein Brustkorb hebt und senkt sich rasch.

Wie kann etwas, das so weit weg war, plötzlich wieder so nah sein?

Ich sehe die Menschen, die nicht mehr sind, vor meinem inneren Auge einen nach dem anderen an mir vorbeiziehen. Der Letzte in der Reihe – ich meine, Landau zu erkennen – flüstert mir zu, dass ich doch selbst am besten wisse, wohin mit meiner Trauer.

Ich höre das Stimmengewirr, Lieder und Gebete. »Seid ihr da?«, frage ich. Natürlich bekomme ich keine Antwort, aber jetzt, da ich weiß, wo ich hingehen kann, fühle ich mich weniger einsam. Vielleicht gelingt es mir sogar, wieder zu der Erkenntnis zu gelangen, dass nicht die Dinge selbst mich verwirren, sondern meine Sichtweise dieser Dinge.

Ich spüre eine Hand an meinem Rücken.

»Ein bisschen Hilfe kann sicher nicht schaden. Haken Sie sich doch bei mir ein.«

Ein Unbekannter begleitet mich zu meinem Zimmer. Drinnen weiß ich nicht mal mehr, ob es ein Mann oder eine Frau war.

Ich lege mich hin und stelle mir vor, dass sie mich hier tot auffinden, vollständig bekleidet und mit Schuhen an den Füßen. Ein alter Mann aus Belo Horizonte. Ein kleiner Junge aus De Pijp.

Ich schließe die Augen und sehe mich wieder in dem Radkasten unter einem Waggon hängen. Das Bild kündigt einen Traum an, den ich lieber überspringen würde. »Bleib wach«, sage ich, doch da lässt die Lokomotive schon Dampf ab. Ich höre metallisches Klappern, Wind kommt auf.

Wenn der Zug Fahrt aufnimmt, fürchte ich hinunterzufallen und von den Rädern zermalmt zu werden, doch sobald er seine Fahrt verlangsamt, überkommt mich die Angst, entdeckt zu werden.

Sie finden mich, ich werde wüst beschimpft, die Böschung hinaufgejagt und an Ort und Stelle erschossen, doch gleichzeitig bleibe ich unbemerkt, passiere die belgisch-französische Grenze, krieche aus meinem Versteck, ziehe den Overall aus, gehe los und setze mich mit der größten Selbstverständlichkeit in die zweite Klasse zu den anderen Fahrgästen.

So wechseln sich meine Schicksale miteinander ab: tot neben den Schienen, lebendig in Paris.

Ich rede mir gut zu. Keine Angst, dir passiert nichts, du schaffst es über die Pyrenäen, durch Spanien und Portugal, über den Atlantik bis nach Brasilien.

Die Schwierigkeit der ganzen Unternehmung blende ich lieber aus, darüber kann ich mir immer noch Gedanken machen, wenn ich nicht mehr so angespannt bin. Erst muss ich zusehen, dass ich mein ängstliches Ebenbild durch Nordfrankreich lotse.

Der Zug donnert weiter. Ich sehe, wie ich durchgeschüttelt werde, wie der Schweiß mir in Bahnen über das schmutzige Gesicht rinnt. »Verdammt, Jonah«, rufe ich, »hörst du mich denn nicht? Ein tolles Leben liegt vor dir! Du findest die schönste, liebste Frau der Welt und ein paar Diamanten noch dazu. Jetzt bist du nicht gerade in der besten Verfassung, aber nicht mehr lange, und du stehst wieder deinen Mann. Ach, was sage ich? Du wirst sogar in hohem Alter noch boxen, wie findest du das? Komm schon. Hab keine Angst. Alles wird gut. Und schließlich wirst du hier landen, in Lindas Hotel, Zimmer 206. Du wirst alt. Du wirst noch eine Menge erleben, ehrlich.« Ich muss schreien, um den Lärm zu übertönen. »Halt dich gut fest, Jonah Jacobson, du schaffst das!«

Ich schrecke aus dem Schlaf, begreife, wo ich bin, und schäle mich aus dem Bett.

Wasche mir das Gesicht, kämme mir das Haar.

Hinter dem Tresen sitzt niemand.

Auf der Straße ist nichts los.

Ich gehe aufrecht.

Mein Atem ist ruhig.

Eine halbe Stunde später stehe ich vor der Synagoge in der Gerard Doustraat. Sie hat die gleiche Fassade aus rotbraunen Klinkern mit weißen Putzbändern wie Catharinas Hotel. Nicht das Tor unter der Jahreszahl in hebräischen Ziffern, sondern die Tür neben der Hausnummer 238 dient als Eingang. Dort steht ein Mann, der ab und zu jemanden hineinlässt.

»Ich bin als Kind regelmäßig hergekommen«, sage ich.

Der Wächter sieht mich forschend an, als würde er in Gedanken eine Reihe möglicher Feinde durchgehen.

»Teschua Israel«, bringe ich zu meiner großen Überraschung heraus, »Israels Rettung«. Ich empfinde die Tatsache, dass ich den Namen meiner alten Schul kenne, als ganz passablen Beweis für meine Vertrauenswürdigkeit, doch der Mann tritt immer noch nicht zur Seite.

An seiner Art, sich zu strecken, meine ich zu erkennen, dass er es bedauert, so klein zu sein. Der schüttere Spitzbart, an dem er ständig zupft, sieht aus wie nachlässig ans Kinn geklebt.

»Ein Levit oder ein Cohen?«, fragt er schließlich.

Ich muss ihn enttäuschen: Ich darf nicht den Segen über die Thora sprechen.

»Leider weder noch. Mein Name ist Jacobson.«

Der Wächter sieht mich mit einem »Ach, was soll's«-Blick an und lässt mich seufzend passieren.

In der Eingangshalle nehme ich eine Kippa aus einer Holztruhe und setze sie mir auf den Kopf.

Ganz unwillkürlich gehe ich zum ehemaligen Platz meines Vaters. Wo ich nach seinem Tod zusammen mit Landau saß, weiß ich nicht mehr.

Ich kann dem Gottesdienst noch mühelos folgen, als hätte ich das Gebetbuch auswendig gelernt, bevor ich es in eine Kiste warf und aus Amsterdam flüchtete.

»Auf, mein Freund, der Braut entgegen. Das Angesicht des Schabbat wollen wir empfangen.«

Bei der letzten Strophe hätte ich, wenn ich nicht so steif und langsam wäre, als Erster aufstehen können: »Kehre ein in Frieden, Krone des Mannes, ja in Freude und Jubelsang, bei des auserwählten Volkes Treuen.«

Ich sehe mich um. Zwanzigjährige sind da, Vierzigjährige, Sechzigjährige, Achtzigjährige, aber garantiert keiner aus dem Jahrgang 1921. Ich bemerke einen kleinen Jungen, einen rotblonden Bengel mit langen Peies, der wunderbar zu singen anhebt. Ein paar andere in seinem Alter rennen durch den Gang. Ich sehe mich selbst vorüberlaufen. Auf und ab, auf und ab. Die Ermahnungen der Älteren klangen nie streng genug, um sie ernst zu nehmen. Wenn ich an meinem Vater vorbeikam, gab er mir einen Klaps auf den Po.

So sehe ich ihn vor mir: Seine kräftigen Arme liegen auf der Rückenlehne der Holzbank vor ihm, er ist im Gespräch mit dem Metzger. Dessen Namen habe ich nie erfahren. Es gab einen Van Tijn in der Rijnstraat, unseren Metzger, doch der kam nie in die Synagoge. Dieser Metzger hier hatte buschige Brauen, die sich ständig hoben und senkten. Manchmal blieben sie hoch oben über seinen weit aufgerissenen Augen stehen und sanken dann, fast geräuschvoll, in Richtung Nasenwurzel hinunter. Wenn der Metzger sprach, ergriff er die Handgelenke meines Vaters. Schwarze Haarbüschel wuchsen auf seinen Fingern, unter den Nägeln hatte er Ränder von geronnenem Blut.

Ich hatte keine Ahnung, worüber sie sich unterhielten. Sogar als ich einmal ein bisschen länger in ihrer Nähe blieb und jedem Wort lauschen konnte, verstand ich kaum etwas. Zusammen brachten sie ein ernstes Brummen hervor, das man hörte, sobald nicht mehr gesungen oder gebetet wurde – wie ein Motor, der die ganze Zeit im Leerlauf dreht.

Ich denke an Papa, an den Metzger, an die Männer und die Jungen, daran, wie sie klangen und wie sie rochen, in diesem Raum, zu jener Zeit – unbekümmert.

Sch'ma Israel, A-donaj E-lohejnu, A-donaj Echad.

Und nach all den Jahren sitzen sie wieder da, oder vielleicht immer noch, und die Geschichte hat nicht nur unsere Schul, sondern auch ihre Besucher in Ruhe gelassen.

Noch vor dem Ende des Gottesdienstes stehe ich auf. Auf dem Weg zum Ausgang durchzuckt mich ein stechender Schmerz im Rücken. Ich weiß, dass es nur meine alten Knochen sind, sehe mich aber trotzdem suchend um nach der Hand meines Vaters.

15

Irgendwie ist mir die Zeitspanne zwischen meinem Besuch der Synagoge und dem Moment, in dem ich Noors lackierte Nägel über die Tasten fliegen sehe, abhandengekommen.

»Alles in Ordnung, Meneer Jacobson?«

Das werde ich inzwischen immer häufiger gefragt, und allmählich glaube ich, dass dies nicht aus reiner Höflichkeit geschieht. Ich weiß ja: Wenn ich müde bin, werde ich so blass.

Vicky fragte mich kürzlich, ob ich Angst vor dem Sterben hätte. Nein, sagte ich, wunderte mich aber doch darüber, dass diese Möglichkeit bestand und dass ein anderer es nötig fand, mich darauf aufmerksam zu machen.

Schon mein ganzes Leben lang halte ich den Tod für nichts anderes als eine Veränderung – nein, das stimmt nicht, so etwas muss einem erst vermittelt werden, und in meinem Fall hat das Kosmann getan, der beim Boxunterricht von Marc Aurel erzählte.

Vicky fragte: »Ist es Ihnen denn egal?«

Ich antwortete, das sei nicht gleichgültig oder verächtlich gemeint, im Gegenteil, doch würde ich den Tod als Teil des Lebens akzeptieren.

Sie wollte wissen, ob ich der Meinung sei, dass ein hohes Alter den Abschied erschwere; ich müsse mittlerweile doch ziemlich am Leben hängen? »Sie haben viel erlebt, alter Mann!«

Ich antwortete ihr, wie lange man lebe, sei egal, denn man könne immer nur den gegenwärtigen Zeitpunkt verlieren, das sei für alle Menschen gleich.

Danach erzählte ich ihr, wie ich Kosmann und Marc Aurels Buch kennengelernt hatte, einfach nur, weil ich Lust dazu hatte und sie mir immer höflich zuhörte.

Ich musste mich in der Turnhalle melden. Schmale, hohe Fenster, Linoleumfußboden, zwei Boxsäcke, die in einem Schrank verstaut waren, wenn unser Club die Halle nicht benutzte.

Neun oder zehn wartende Jungen. Ein paar Klappergestelle und einige kleine Dickerchen, doch alle hatten wir die gleiche weit geschnittene kurze Hose an und die gleichen roten Flecken an den Beinen – von der Kälte. Oder aus Nervosität. Unaufgefordert stellten wir uns ordentlich in einer Reihe auf und warteten, dass der Trainer etwas sagte.

Wir wollten alle boxen lernen, doch ich konnte mir nicht vorstellen, dass die jetzt schon ängstlich dreinblickenden Kleinen in unserer Gruppe sich im Ring länger als eine Minute auf den Beinen halten würden. Ich hatte gehofft, mich mit größeren und stärkeren Jungen messen zu müssen. Der Trainer entsprach als Einziger meinen Erwartungen, doch der war alt, mindestens fünfunddreißig, ein Mann, gegen den ich nur verlieren konnte.

»Mein Name ist Kosmann, aber das wisst ihr ja schon.«

Alle nickten und ein paar Jungen murmelten: »Ja, Meneer Kosmann.«

»Ich habe vor, so wenig wie möglich zu tun«, fuhr unser Trainer fort. »Nicht mal meine Worte habe ich mir selbst ausgedacht.« Er nahm ein grünes Buch mit Goldprägung von einem Tisch an der Wand und näherte sich damit dem Jungen ganz außen in der Reihe. »Das hier sind die weisen Worte eines Kaisers, der glaubte, dass man mit der Haltung eines Boxers und nicht mit der eines Gladiators durchs Leben gehen muss. Gladiatoren haben ein Schwert, das sie in die Hand nehmen und wieder weglegen. Boxern stehen ihre Hände immer zur Verfügung, sie brauchen sie nur zur Faust zu ballen.«

Das tat ich ganz automatisch und musterte meine Fäuste, als wären sie mir ganz neu.

»Ich bringe euch bei, wie ihr euch bewegen müsst«, sagte Kosmann, »und dieser Mann hier bringt euch zum Nachdenken. So. Wie heißt du?«

»Dirk, Meneer Kosmann.«

»Was steht hier, Dirk?«

»›Marc Aurel, Wege zu sich selbst‹, Meneer Kosmann.«

Kosmann schlug das Buch auf und rief: »Genug des elenden Lebens, des Murrens und des äffischen Benehmens!« Er zeigte dem Jungen, wo er weiterlesen sollte. »Und jetzt du.«

»Waaas?«

»Lies. Hier.« Kosmann legte den Finger auf die Seite.

»Warum bist du unruhig?«, flüsterte Dirk.

»Weiter, weiter. Abschnitt 37.«

»Was findest du hier so unerhört? Was bringt dich außer Fassung? Die ur… ur… ur… ursächliche Kraft der Dinge? Besieh sie nur! Aber vielleicht der Stoff? Besieh ihn nur! Außer diesen aber gibt es ja nichts. Sei also doch endlich einmal argloser und f… freundlicher gegen die Götter! Ist es ja einerlei, ob du hu… hundert oder nur drei Jahre lang diese Untersuchungen anstellst.«

»Gut«, sagte der Trainer, »und jetzt zehn Minuten Seilspringen. Ohne Pause. Los, holt euch alle ein Seil aus der Kiste.«

Als der Nachmittag vorbei war, sahen wir uns ein bisschen ähnlicher. Alle zehn waren wir gleich müde, alle gleichermaßen beeindruckt von Kosmann, der, wie angekündigt, nicht mehr getan hatte, als uns zuzurufen, dass wir uns, ganz egal wobei, mehr Mühe geben sollten. Im Umkleideraum lachten wir alle über Dirk, der den Text vorgelesen hatte, ohne ihn zu verstehen.

»Erzähl uns doch noch mal was über die ur... ur... ursächliche Kraft der Dinge!«

Auch ich fragte mich, was ein römischer Kaiser mit dem Boxen zu tun hatte, freute mich aber dennoch darauf, in einer Woche mehr über Aurels Vorstellungen zu erfahren – »Bei jedem Training ein Abschnitt«, hatte Kosmann gesagt. Es war, wie in etwas Unsichtbares und Unbegreifliches eingeweiht zu werden, das ich trotzdem nach und nach verstehen würde.

Ich stopfte die Hose in meine Tasche und ging in die Halle, um mich vom Trainer zu verabschieden, doch da war niemand mehr. Nur der Geruch nach Schweiß hing noch in der Luft.

Vicky hielt das für ein schönes Ende. Ich war vor allem deshalb zufrieden, weil es mir gelungen war, Delmonte aus der Geschichte auszuklammern. In dieser ersten Boxstunde hatte ich ihn zwar nicht wahrgenommen, aber er war ganz bestimmt da gewesen.

»Deswegen sind Sie also jetzt so weise«, sagte sie.

Ich wollte ihr schon widersprechen, merkte aber gerade noch rechtzeitig, dass sie sich über mich lustig machte. »Ich will mal so sagen: Kosmann hat mich seither nicht mehr losgelassen.«

»War das so jemand wie, wie hieß er noch gleich, Luizão?«

»Luizão war einfach ein guter Geschäftsmann. Boxen für Senioren, darauf muss man erst mal kommen! Nein, das war nichts Besonderes.«

Trotzdem fehlen mir die Vormittage in der kleinen Sporthalle immer noch. Achtzig sei ein gutes Alter, um aufzuhören, hatte ich gesagt, als hätte mein Kopf das beschlossen. Dabei hatten einfach meine Gliedmaßen den Dienst verweigert. Spazieren gehen. Das konnte ich noch. Zuerst ging ich stundenlang durch die Nachbarschaft, jetzt schaffe ich es nur noch um den Block.

»Solange Sie in Bewegung bleiben, alter Mann.«

Wie es Vicky wohl geht? Sie hält die Wohnung in Schuss, darauf kann ich mich verlassen. Abends hockt sie vor dem Haus. Neben meinem Schaukelstuhl. Die Jungen aus der Straße rennen barfuß hinter einem Ball her. Ein Nachbar, der Kleine mit dem Walrossbart, streitet mit seiner Frau. Von irgendwoher hört man den Lärm einer Bohrmaschine. Eine Boeing von Total Linhas fliegt tief über die Häuser hinweg.

Alles ist wie immer, bloß ohne mich.

»So, das könnte was für Sie sein«, sagt Noor, »Pekelhaaring in der Van Woustraat. Hat bis Mitternacht geöffnet und ist höchstens eine Viertelstunde zu Fuß von hier entfernt.«

Sie schreibt mir die Adresse auf einen Zettel.

Ach ja, so war das gewesen: Ich hatte mich einen Moment hingelegt, war wahrscheinlich eingenickt und dann – mit einem seltsamen Hungergefühl, das, wie ein verwöhntes Gör, sowieso nicht zur Ruhe gebracht werden konnte – hinuntergegangen, um Noor zu fragen, wo ich hier in der Gegend etwas essen könnte.

»Sie schaffen es doch, ein kleines Stück zu Fuß zu gehen, oder?«

Ich möchte ihre Zweifel zerstreuen, indem ich, wie früher, ein paar Mal in die Luft boxe, rechts, links, rechts, aber mehr, als den Daumen zu heben, ist nicht drin. Ich nehme den Zettel an mich und gehe hinaus.

16

Der Himmel ist dunkelblau, ohne Sterne. Es ist fast windstill. Noor sagte, es sei schönes Wetter, und wenn sie damit meint, dass es heute nicht besonders kalt ist, dann hat sie recht. Trotzdem ist es lange her, dass ich einen so warmen Mantel anziehen musste.

Ich biege links um die Ecke und bleibe gleich stehen. Ich weiß nicht, was zuerst da war: die Erinnerung an den Schmerz oder der Schmerz selbst. Zum zweiten Mal schon greife ich mir an den Brustkorb, als würde das helfen.

Das ist dein Viertel. Hier hast du deine Jugend verbracht, Jonah. Bleib ganz ruhig, Jonah. Alles liegt bereits hinter dir, nichts wird sich mehr ändern.

Ich gehe ein paar Schritte, finde meinen Rhythmus wieder und setze den Weg fort. Im Licht einer Straßenlaterne schaue ich auf Noors Zettel: »Kurz vor der Rustenburgerstraat, linke Seite, 127 und 129, Firma Pekelhaaring.«

Das verstehe ich nicht. Essen bei einer Firma? Darüber denke ich nach, während ich ein paar Meter weitergehe. Fünf oder sechs bloß, dann bleibe ich stehen und blicke in ein Schaufenster. Ich versuche, mich zu erinnern, welche Läden zu meiner Zeit dort gewesen sind. Die Firma De Lange! Ein Gefühl, als fiele mir plötzlich wieder ein, wo ich einen Schatz vergraben habe. Und mir fällt noch mehr ein: Der Laden von De Lange lag ein Stück weiter weg, von unserer Wohnung aus nach links, stadtauswärts. Hinter De Lange kam die Buchhandlung Vos.

Ich weiß, wo ich bin.

Ungefähr hier war ich, als Mevrouw Van Groen mir entgegenkam und sagte, ich solle schnell nach Hause gehen, Mutter würde sich bestimmt Sorgen machen. Das war im Winter. Ich war zum ersten Mal allein im Dunkeln auf der Straße und muss irgendwie geahnt haben, dass mich zu Hause nichts Schönes erwarten würde.

Pronk, unser ehemaliger Vermieter aus der Weesperstraat, lieferte uns die Nachricht ab wie eine angefahrene Katze. Er wollte seinen warmen Mantel nicht ablegen. Er schien nicht mehr berühren zu wollen als den Boden, über den er sich zögerlich schob, blieb mitten im Zimmer stehen und sprach die Worte leise eins nach dem anderen aus.

Für mich starb mein Vater in jenem Moment, doch wann genau sein Tod in Wirklichkeit eingetreten war, konnte Pronk uns nicht sagen. Mitzuteilen, dass Meijer tot war, fiel ihm schon schwer genug, uns zu sagen, was er noch wusste, war ein Ding der Unmöglichkeit. Er stammelte und geriet ins Stocken, Mama hingegen geriet immer mehr außer sich und packte ihn schließlich zornig bei den Schultern, um die Wahrheit aus ihm herauszuschütteln. Als ihr aufging, was sich abgespielt hatte – nicht nur am vergangenen Abend in dem von giftigem Kohlenmonoxid erfüllten Schlafzimmer in unserer ehemaligen Wohnung, sondern auch in all den Monaten davor –, dankte sie Pronk eisig fürs Überbringen der Nachricht und komplimentierte ihn zur Tür hinaus. Dann machte sie das Radio an und setzte sich in den großen Lehnstuhl, Papas Sessel. Dass sie nicht allein war, drang wohl erst zu ihr durch, als ich ihr die Schulter streichelte. Sie drückte mich an sich. Ich roch ihren süßen Duft. Ich hörte, wie sie sich, ihren Mann und mich aus tiefstem Herzen beklagte. Sie weinte, weil sein Leben zu Ende gegangen war, aber auch, weil sie sich unser Leben ohne ihn nicht vorstellen konnte.

Die ersten Stunden nach Pronks Besuch standen unter dem Eindruck des Unglücks, erst danach, als ihr kein weiteres Unheil mehr einfiel, brach die Zeit der Wut an. Obwohl sie keine Ahnung hatte, wer die Frau war, die neben ihrem Mann im Bett gelegen hatte, sagte sie, dass sie hoffe, die Schlampe möge in der Hölle schmoren.

Mein Vater wurde am nächsten Tag begraben. Meine Mutter wollte nicht, dass auch nur ein Kleidungsstück eingerissen wurde, aber immerhin war sie bereit, ein paar Eier extra zu kochen – weil ich die so gern mochte.

Die Menschen, die uns in dieser Woche besuchten, waren traurig, da bin ich mir ganz sicher, doch im Beisein meiner Mutter wagten sie nicht, sich ihrem Kummer hinzugeben. Einer nach dem anderen machten sie sich schon nach wenigen Minuten mit einem flüchtigen Händedruck und einer gemurmelten Beileidsbekundung wieder aus dem Staub.

Der Ewige tröste Sie.

Der Ewige tröste Sie.

Ein Wadenkrampf, Seitenstechen. Übelkeit, Schwindel. Alles bloß Zipperlein, wenn ich nicht jeden Tag und immer stärker darunter zu leiden hätte. Ich erschrecke bei dem Gedanken, dass ich vielleicht an der Firma Pekelhaaring vorbeigegangen bin und zurückkehren, eine noch größere Anstrengung unternehmen muss, wo ich doch jetzt schon so müde bin. Ich sehe auf und stelle fest, dass ich vor einem Restaurant mit orientalischen Spezialitäten stehe. Und ich entdecke eine Plakette, eine Gedenktafel für Kohn und Cahn. Zuerst lese ich die Wörter, dann taucht wie aus dem Nichts der fröhliche Glatzkopf von Ernst Cahn auf, dem Eismann, der vor einem Menschenleben von den Nazis erschossen wurde.

Über die Folgen hatte ich nie nachgedacht; ich glaube, das taten nur wenige von uns Jungs. Wir schlugen zu, gewannen mühelos jeden Kampf, doch außerhalb des Rings galten andere Regeln, und Unschuldige wurden Opfer unserer so genannten Heldentaten. Repressalien. Dieses Wort kannte ich nicht einmal.

Seit Jahren, noch vor der Besetzung der Niederlande, wollten wir in Aktion treten. Gegen das Unrecht natürlich, aber auch, weil unsere Muskeln gestählt waren und unser Durchhaltevermögen ungeheuerlich; mit einem Schlag wollten wir den Feind ausschalten. Wir sehnten uns danach, ihm gegenüberzustehen.

Wahrscheinlich war es Delmonte, obwohl ich mich davor hüten muss, ihm die ganze Schuld in die Schuhe zu schieben, aber jedenfalls brachte einer der jüdischen Jungen im Umkleideraum das Gespräch auf Herschel Grynszpan, der in Fresnes, nahe Paris, festgenommen worden war, weil er einen deutschen Diplomaten erschossen hatte. Wir kannten seine Beweggründe nicht, wir wussten überhaupt nichts über ihn, außer dass er Mitglied des Sportclubs Bar Kochba in Hannover gewesen war. Obwohl wir ihn für einen Fußballer hielten oder, schlimmer noch, für einen Geräteturner, erklärten wir Boxer uns dennoch solidarisch und beschlossen, Grynszpan aus dem Gefängnis zu befreien. Wenn er ganz allein eine so große Tat vollbracht hatte, mussten wir doch alle zusammen in der Lage sein, so etwas Simples zu bewerkstelligen? Wir waren alle aufgeregt, daran erinnere ich mich noch gut, doch kaum hörten die Zeitungen auf, über Grynszpan zu berichten, verflog auch unser Elan, einen Plan auszuarbeiten. Einige Wochen später behauptete einer von uns, Grynszpan sei wahrscheinlich nicht mal mehr in Fresnes, und wir stimmten ihm alle ohne zu zögern zu.

Aus Gründen, die mir für immer unbegreiflich bleiben werden, ließen wir nicht nur Herschel Grynszpan im eigenen Saft schmoren, sondern sprachen, soweit ich mich erinnern kann, auch nie über die Folgen des Attentats vom 7. November.

Es war Augusto, der zwanzig oder dreißig Jahre später – ich weiß nicht mehr, wann er sich welches Thema vorknöpfte – fragte, wie wir in Holland auf die Reichskristallnacht reagiert hätten, als überall in Deutschland, aber auch in Österreich und im Sudetenland Synagogen, jüdische Geschäfte, Krankenhäuser, Schulen und selbst Gräber zerstört und Menschen umgebracht worden seien. »Der Anfang der Judenverfolgung, Azulão!«

Er konnte nicht verstehen, dass ich mich damals kaum damit befasst hatte und auch jetzt nicht mit ihm darüber sprechen wollte. Später, um ihm einen Gefallen zu tun, erzählte ich meinem Freund von unserer Absicht, Grynszpan zu befreien. Augusto fand das großartig, doch ich sagte: »Eine Kinderei, im Nachhinein betrachtet.«

Wir erzählten es Kosmann nie, trotzdem war er nicht sonderlich erstaunt, als die meisten von uns sich drei Jahre später sofort bereit erklärten, auch außerhalb der Turnhalle zu zeigen, was in ihnen steckte.

Wie spannend es war, zusammen mit unserem Anführer für die gute Sache zu kämpfen, konnte Augusto sich gut vorstellen. Das waren Worte, die er hören wollte. Die gute Sache, sich einsetzen fürs eigene Volk.

Als Ernst Cahn aus seinem Laden geschleift und auf der Waalsdorpervlakte niedergeschossen wurde, hörte ich damit auf. Wenn ich ein höheres Ziel gehabt hätte, wenn ich ein Amsterdamer Grynszpan gewesen wäre, dann hätte ich weitergemacht, doch diese vagen romantischen Ideale, meine Jungsabenteuer, waren keinen Toten wert.

Vom Eissalon Koco ist nichts mehr übrig. Kein Namenszug am Schaufenster, keine farbenfrohen Stühle, keine Tische, keine Theke. Es sind keine Besucher da; nicht eine ungeduldige Mutter, kein kleckerndes Kleinkind. Ich kann die Eismaschinen nicht laufen hören, den Vanilleduft nicht riechen. Dennoch sehe ich ihn vor mir. Ernst Cahn. Ich …

Ich wollte, ich könnte sagen, dass ich nach dem Tod meines Vaters nie mehr ein Eis bei Koco gegessen habe, doch das stimmt nicht. Diese Dinge haben nichts miteinander zu tun. Vater starb, als Hitler in Deutschland an die Macht kam, und Cahn verlor sein Leben als direkte Folge von dessen Machtergreifung – in diesem Sinne verband der Führer alle Juden miteinander –, aber was ich jetzt mache, heute Abend in der Van Woustraat, ist nichts anderes, als Gegenwart und Vergangenheit auf seltsame Weise miteinander zu vermischen.

Essen. Ich muss etwas essen. Das wird mir guttun.

Ich lehne die Stirn an die Hauswand. Eine Tür geht auf, ein junger Mann fragt, ob er mir behilflich sein könne, zumindest schließe ich das aus seinen Gesten. Anscheinend hat er etwas mit den orientalischen Spezialitäten zu tun. Wir können uns nicht verständigen. Ich zeige ihm Noors Zettel. Er hakt sich bei mir unter, und zusammen spazieren wir zurück zum Restaurant. Er lotst mich durch die schweren Vorhänge im Eingangsbereich und übergibt mich einem großen Mann mit kahl rasiertem Schädel, der sich erkundigt, ob ich reserviert hätte. Ich schüttele den Kopf, und er sieht mich besorgt an. »Bleiben Sie lange?«

»Ich möchte gerne etwas essen«, antwortete ich, »nur eine Kleinigkeit.«

»Kommen Sie mit.« Er geht zu einem Ecktisch und gibt mir ein Holzbrett mit ein paar Seiten darauf, die von einer Klammer zusammengehalten werden.

»Ich würde Ihnen etwas von der kleinen Karte empfehlen. Das Tagesgericht ist Antipasto mit Fisch. Drei Stockfischkroketten auf einem Bett von Rucola und süßen roten Zwiebeln, wie hört sich das an?«

»Ausgezeichnet. Fisch ist mein Lieblingsge…«

»Und zu trinken? Ein Glas Wein?«

»Orangensaft bitte. Ist hier immer so viel los, Meneer?«

»Ja, besonders am Freitagabend.«

»Viele junge Leute«, sage ich.

Der Kellner nickt. Ich glaube nicht, dass er mich gehört hat. Ich ziehe den Mantel aus und hänge ihn über die Lehne.

Das Restaurant ist bis unter die Decke angefüllt mit Geräuschen. Von Zeit zu Zeit schnappe ich einen Satzfetzen auf, doch sobald woanders lauter gesprochen wird, nimmt mich dieses neue Gespräch gefangen, und so schlingere ich von einer Unterhaltung zur nächsten. Ich würde gern mitreden. Eine Meinung haben. Zu irgendetwas. Was wäre ein geeignetes Thema für einen Abend wie diesen? Über die Liebe weiß ich einiges – Liebe ist schließlich zeitlos. Vielleicht könnte ich erzählen, wie ich Nana kennengelernt habe, aber dazu müsste ich bei meiner Ankunft in Brasilien anfangen.

Ich sehe den Kellner näher kommen, er bringt mir mein Essen. Stolzer Gang. Der Mann scheint mir ein geeigneter Zuhörer zu sein. Eine lange Seereise geht zu Ende, ein junger Mann geht von Bord. Sein Gesicht ist braun gebrannt, seine Brust breit. Selbstbewusst, frohen Mutes geht er wie ein dunkelhaariger Wikinger an Land.

»Einmal die Fischkroketten.«

»Wissen Sie, wie Salvador auch genannt wird, Meneer?«

»Wie bitte?«

»The Capital of Happiness.«

»Ihr Saft kommt gleich.«

»Sie haben viel zu tun.«

»Ein Irrenhaus. Guten Appetit.«

The Capital of Happiness, ja, aber Gott weiß, wie einsam ich da war. Ich brauchte ein paar Tage, um zu begreifen, dass ich nicht nur meinen Feinden, sondern auch meinen Freunden entkommen war. Hier würde mich niemand finden können. Die Flasche Rum, mit der ich meine Freiheit hatte begießen wollen, leerte ich in einer einzigen schlaflosen Nacht bis zur Neige. Am Kai, wo die Serpa Pinto gleichgültig auf Passagiere nach Europa wartete, sank ich am nächsten Morgen auf die Knie und erbrach alles wieder. Dann stand ich langsam auf.

An Bord, zur Untätigkeit verdammt, hatte ich beschlossen, auf direktem Wege nach Minas Gerais aufzubrechen, um dort meine Diamanten zu finden. Auf See hatte ich sie schon in meinen Händen funkeln sehen. Jetzt sah ich nur noch eine schmutzige Stadt am Rand eines unendlich großen, unbekannten Erdteils.

Ich hörte jemanden schreien. Ein Straßenköter rannte jaulend an mir vorbei. Der Stein, der ihm hinterherflog, schien uns beiden zu gelten. Ich folgte dem Tier, weg von der Stelle, wo ich fast die Selbstbeherrschung verloren hätte.

Nicht denken jetzt, nicht mehr denken.

Ich wankte durch die Straßen, stieß auf eine Werkstatt und kaufte für dreihundert Gulden – keine Ahnung, wie viele *cruzeiro* das waren – eine Indian Sport Scout mit Beiwagen, den der Vorbesitzer angeschweißt hatte. Der Verkäufer schenkte mir noch eine volle Tankladung und eine Landkarte dazu, und so fuhr ich, keine Stunde, nachdem ich mich um ein Haar wieder nach Holland eingeschifft hätte, in Richtung Vitória da Conquista. Die Straßen waren schlecht, ich wurde durchgerüttelt, der Staub verstopfte mir die Nase und die Sonne brannte mir ein Loch in den Schädel, doch mit jedem Meter spürte ich, wie meine Stimmung sich aufhellte. Nach ein paar Stunden Fahrt war nichts mehr von meinem Einsamkeitsgefühl übrig, und spontan schrie ich laut heraus. Ich war frei! Die Welt gehörte mir. Das würde ich auch Ihnen gönnen, Meneer. Dass Sie Ihrem Irrenhaus entkommen. Wo alle immerzu in Eile sind.

»Und hier ist Ihr frisch gepresster Orangensaft.«

Ich wundere mich über den dicken Strohhalm. Und danach frage ich mich, warum ich mir Gedanken über eine solche Lappalie mache. Warum alles in meinem Kopf zu zittern scheint.

Lasst mich doch mitmachen. Gebt mir etwas Sinnvolles zum Nachdenken.

Die Frau am Nebentisch – sie kann nicht viel älter sein als dreißig – lächelt mir zu. Möchtest du vielleicht wissen, wie ich mir zusammen mit Nana ein Leben aufgebaut habe? Sie war die Erste, die ich dort, in dem fremden Land, näher kennenlernte. Am Anfang genügte es mir, Bekannte zu haben. Sie unterstützten mich, wenn nötig, doch das Meiste schaffte ich allein. Ich bewegte mich mit großer Leichtigkeit. Gerade so, als wäre ich aus dem Ring gestiegen und würde durch die ganze Welt tänzeln.

Damals war ich stark und geschmeidig. Jetzt möchte ich mich auf jemanden stützen, weil es mir schwerfällt, mich auf den Beinen zu halten, aber ich bin immer zu spät dran. Alles geht zu schnell. Jeder rennt an mir vorbei. Ich verstehe nicht, was gesagt wird, begreife nicht, was man mich fragt. Die Leute hängen immerzu am Telefon, überall ist laute Musik.

In meinem Hotel ist ein hilfsbereites Mädchen, seinen Namen habe ich vergessen ... Nicht nur die Namen und die Gesichter entgleiten mir, auch Orte und Dinge kommen mir abhanden. Sie, das Mädchen von unten, sagt, dass sie das mal eben für mich kugeln wird. Kugeln? Hat sie das wirklich gesagt?

Nein, haha, googeln!

Ihre Finger fliegen über die Tastatur und sie nennt mir Straßen, Hausnummern, Namen … Sie fragt, ob sie es mir aufschreiben soll, und hat das schon getan, bevor ich überhaupt Ja sagen kann. Sie schiebt mir den Zettel zu und geht ans Telefon, blickt wieder auf ihren Bildschirm, lacht über irgendetwas, während ihr Ton ernst und höflich bleibt. In der Zwischenzeit scheucht sie mich freundlich von ihrem Tresen weg; sie muss sich auch noch um andere Dinge kümmern. Ich möchte mich ihrem Willen beugen und Platz machen, aber sogar das Umdrehen geht nur langsam, und auf dem Weg nach draußen spüre ich den Ärger der Menschen, die vorbeiwollen, die keine Zeit zu verlieren haben.

Mir dauert es auch zu lange. Hoffentlich glaubt ihr mir das. Ich möchte gern nach Hause. In meinem Kopf ist ein Sturm, und er will sich einfach nicht legen. Ich frage mich, ob das an euch jungen Menschen liegt, an all der Hektik, die ihr veranstaltet, dass ich so unruhig geworden bin; all der Lärm, all die Wünsche, das viele Essen und Trinken. Ich verurteile das nicht, versteht mich nicht falsch. Vielleicht beneide ich euch sogar darum. So vieles ist möglich, aber nicht mehr für mich. Ich … Verzeihung.

Mein Teller ist leer, ich lasse den Orangensaft stehen, erhebe mich und ziehe den Mantel an. Der Kellner bringt die Rechnung. Ich bezahle mit einem Zwanzigeuroschein, nehme mir ein Pfefferminzbonbon von der Untertasse und lasse das Wechselgeld liegen.

Draußen halte ich vergeblich Ausschau nach dem jungen Mann von den orientalischen Spezialitäten.

Ich gehe in die richtige Richtung, da bin ich mir sicher, aber ich spüre mich selbst nicht mehr, ich sehe und höre fast nichts. Als ich den Kopf hebe, um mich zu orientieren, stoße ich mit dem Fuß gegen einen Stein, eine lose Gehwegplatte vielleicht, und verliere das Gleichgewicht. Erst taumele ich noch – man wird mich für einen Säufer halten –, doch dann beginne ich zu fallen. Der erste Knock-out kommt auf mich zu, so viel steht fest. Meine Beine geben nach, in meiner Lunge entsteht ein Vakuum. Ich greife mir an die Kehle, obwohl ich natürlich die Arme schützend um den Kopf legen sollte, um den Sturz abzufangen. Mein Kopf schlägt auf den Pflastersteinen auf. Ich schreie. Vor Schmerzen. Oder vor Schreck. Und dann liege ich da, für mein Gefühl unendlich lange, als wäre es Morgen und ich müsste all meinen Mut zusammennehmen, um aus dem Bett zu kommen.

Mir ist kalt und es ist sehr laut. Der Lärm kommt von zwei Seiten: ein Dröhnen, das klingt, als würde es von meinem Brustkorb zum Kopf aufsteigen, und der Radau da draußen. Ich höre, wie ein Rollladen hinuntergelassen wird. Und Schritte, immer schneller, immer näher. Jemand schreit, man müsse einen Krankenwagen rufen. Für wen, frage ich mich noch.

»Wohin? Wie heißt das hier, Leute? Schnell!«

»Ecke Van Wou, Stadhouderskade.«

»Ecke Van Wou, Stadhouderskade!«

»Nicht an ihm rumzerren, du Idiot. Hör doch auf damit!«

»Ob es das Herz ist?«

Ich versuche mir vorzustellen, wie sich mein Herz verzweifelt abrackert. Ein nasser, fetter, rot-weißer Klumpen in meinem Brustkorb, mit Fasern daran, die hinein- und wieder herausführen; nun ist es meiner alten Pumpe also doch zu viel geworden.

17

Guten Abend, meine Herren, kommen Sie mich holen? Ich stamme von hier, das ist meine Heimat, aber alles hat sich verändert. Früher habe ich hier Hunderte von Menschen gekannt – Mädchen, in die ich verliebt war, Schulkameraden, Jungs aus dem Boxclub, Nachbarn, Ladenbesitzer –, aber jetzt kommt mir niemand mehr bekannt vor. Die meisten Menschen von damals sind natürlich nicht mehr hier, das ist mir schon klar, aber sie müssten es auch nicht einmal sein, wenn sie nur zum selben Schlag gehörten, Verwandte oder Gleichgesinnte, ich weiß nicht …

Helfen Sie mir bitte hoch. Ich schaffe es nicht mehr aus eigener Kraft. Aber seien Sie vorsichtig, bitte. Ich bin zwar groß, aber zerbrechlich. Am liebsten würde ich Ihnen den Gefallen tun, aufzustehen und mitzukommen, aber ich kann mich nicht mehr rühren, ganz ehrlich, kein Körperteil tut mehr, was er soll. Mein Mund will sich nicht öffnen. Meine Lider … Ihr Mantel leuchtet. Wie ist das möglich? Nein, nehmen Sie es mir nicht übel. Ich …

Ich würde gerne mithelfen, an etwas anderes denken, die rasenden Schmerzen unterdrücken. Ab und zu drängen Bilder aus der Vergangenheit oder aus der Gegenwart sie ein paar Sekunden lang zurück, aber rachsüchtig kehren sie wieder. Bald werden sie mir, mit einem lauten Freudenschrei, den Gnadenstoß verpassen. Mir wird klar, dass ich in Ohnmacht fallen soll, dass das der Sinn der Sache ist.

18

Zuerst war im Dunkeln nur Stille.

Jetzt kratzt und quietscht es. Eine milchweiße Wand schiebt sich langsam nach vorn. Ein Fleck formt sich zum Buckel, zum Kopf. Eine Hand, ein Arm, eine Brust. Es ist eine Frau, ja, jetzt kann ich sie erst richtig erkennen, eine Frau. Sie arbeitet sich vor, klopft sich unsichtbaren Staub von den Schultern und sagt: »So, dann wollen wir die ganze Chose mal ausmessen.«

Schwester? Fräulein, sind Sie Krankenschwester? Hört sie mich denn nicht? Ich hole tief Luft und schreie erneut, doch dieser Ruf bleibt irgendwo in meiner Brust stecken.

Unbeirrt zieht die Frau ein Metermaß aus der Schürze und lässt es knallen wie ein Lasso. Sie platziert ein Knie auf dem Bett und beugt sich vor. »Dann wollen wir mal mit der großen, dicken Beule auf dieser Seite anfangen.« Sie legt das Metermaß um meinen Bizeps, bringt dabei den Mund dicht an mein Ohr.

Mangoduft.

»Dreißig.« Dann schwingt sie das andere Bein über meine Taille und setzt sich. Ich finde es angenehm. Sie ist nicht schwer.

Als sie nach hinten rückt, spüre ich, wie sich mein Penis, vom Druck befreit, langsam aufrichtet. Sie zieht die Decke weg, schiebt zwei Finger unter das Gummi meiner Unterhose und hakt es hinter den Hoden fest. »Und das hier«, sagt sie, während sie das Ende ihres Maßbands zwischen meine Beine sinken lässt,

»sind auch ganze … Mal sehen, fünfzehn, sechzehn, siebzehn, achtzehn, neunzehn … Mensch, zwanzig … War es das? Ja, fast zwanzig Zentimeter. Ein stattliches Bürschchen.«

Sie richtet sich auf, stemmt sich etwas in die Höhe und lässt sich wieder niedersinken. Ich spüre, wie gut wir zusammenpassen. Die Frau beugt sich vor und küsst mich auf die Wangen.

Mit ihrer Zunge leckt sie mir Tränenflüssigkeit aus den Augenwinkeln. Langsam bewegt sie sich auf und ab, hin und her, auf und ab. Dort, genau unterhalb der Mitte, passiert etwas, worauf der Rest meines Körpers offenbar nicht viel Einfluss hat. Es ist ein angenehmes Gefühl und ich wünschte, es würde unendlich lange dauern, doch in meiner Erinnerung wird es schnell heftiger, dann unbeherrschbar und entlädt sich in einem dumpfen, kehligen Laut, einem Schrei.

Sie klammert sich an meinen Armen fest, presst den Kopf an meinen Hals. Ihr Mund findet mein Ohrläppchen und sie knabbert daran. Dann spannen sich ihre Beinmuskeln an und sie stößt einen tiefen, stockenden Seufzer aus, gefolgt von einem hohen Ton, irgendwo tief aus ihrem Innersten. Dann richtet sie sich wieder auf und steigt vom Bett.

Mein Penis schmiegt sich an den Hodensack. Sie zupft meine Unterhose zurecht.

»Jetzt wollen wir mal sehen, wie schwer du bist.«

Mit einer Hand unter den Achseln und der anderen unter den Knien hebt sie mich hoch. Sie wiegt mich sanft hin und her, stupst ihre Nase gegen meine – »Nase, Nase« – und legt mich vorsichtig wieder ab.

»Ganze viertausend Gramm, ohne Kleider.«

Sie stellt einen Wischeimer auf den Nachttisch neben dem Bett. Er ist aus Metall, der Henkel klappert. Wasser spritzt heraus. Ich rieche ihn, bevor ich ihn sehe: ein grauer Wischlappen.

Sie holt ihn heraus und ich sehe, dass er voller schwarzer Haare ist. Sie bleiben ihr an den Händen kleben. Das braune Wasser kleckert herunter in den Eimer und auf den Boden. Klatsch! Der Wischlappen landet auf meinem Bauch. Vor Schreck stockt mir der Atem.

»Ganz ruhig bleiben«, sagt sie.

Mit beiden Händen zugleich beschreibt sie Achten auf meiner Brust. Der Geruch von grüner Seife steigt mir in die Nase. Kein Fleck bleibt trocken.

»So, jetzt kommt noch das hübsche Köpfchen dran und dann sind wir fertig.«

Sie zieht eine Schublade auf und nimmt ein kleines Beil heraus. Ich sehe ihre Hand mit der Waffe hochschnellen, aus meinem Blickfeld verschwinden und dann wie ein Raubvogel herabsausen. Mit einem Schlag trifft sie mich oben am Kopf, genau in der Mitte. Krachend birst der Knochen. Ich spüre, wie mein Schädel in zwei Teile zerbricht und kalte Luft hineinströmt.

»Angenehm, was?«

Sie steckt die Hände in meinen Kopf, greift nach dem Gehirn und knetet es so lange, bis es matschig ist und zerfällt. Dann wringt sie jedes einzelne Teil aus wie einen Schwamm.

19

Es geht ganz leicht; ich drehe die Augen von rechts nach links und wieder zurück, doch sobald mein Blick an etwas hängen bleibt, wird mir übel. Was ist das für eine Farbe? So eine Farbe habe ich noch nie gesehen. Irgendetwas zwischen Gelb und Weiß. Eine Art unappetitliche, schmutzige Sahne.

Wo kommt der Gestank her?

Da ist sie wieder, die Frau, die aussieht wie eine Krankenschwester. Ich kneife die Augen zusammen und sehe, dass sie das auch tut. Wie eine Katze in der Sonne.

Na, komm. Lass dich von mir streicheln.

Sie greift nach meinem Handgelenk. Legt mir die Hand an die Stirn. Einen nassen Lappen. Ihr Mund klappt auf und zu. Buch für Sie? Da ist ein Buch für Sie? Ich muss Nana fragen. Nana, hast du verstanden, was sie da gesagt hat? Nana?

Diese Kälte! So kalt ist mir noch nie gewesen. Stechende Schmerzen irgendwo in einem entlegenen Winkel meines platt gewalzten Körpers.

Wo … Ach, da steht sie ja. Oder ist es jemand anders? Reglos. Trotzdem bewegt sie sich. Sie ist ein kleiner Schiffsmast. Er tanzt auf und ab. Auf und ab, auf und ab. Gelb oder weiß? Weiß, gelb, blau, matt, kalt, dunkles Wasser.

Ich sehe Lichter. Blinkende Nadelköpfe. Meilenweit entfernt, doch ich weiß, was es ist: Da sind die Häuser, in die ich gehen werde. Da sind die Straßen, auf denen ich fahren werde. Da wohnen die Menschen, zu deren Leben ich bald gehören werde. Sie wissen es noch nicht, aber ich bin schon unterwegs: der Gringo, ihr Nachbar, ihr Freund, ihr Geliebter, der Glückssucher, der Schatzfinder, der Holländer, der ihre Sprache lernen wird, der Mann, der ihnen erzählen wird, wie man etwas in seiner Heimat sagt. Essen, Trinken, Klagen, Wünsche, Glück, Kummer.

Die Küste verschwindet. Eine Welle rollt mit ungeheurer Geschwindigkeit aus der Ferne heran. Ich balle die Fäuste, gehe ein bisschen in die Knie und stelle den linken Fuß vor den Körper.

»Na los, ich weiche vor niemandem zurück!«

Mein Magen krampft sich zusammen, meine Speiseröhre füllt sich mit bitterer Flüssigkeit.

Wenn es sein muss, erbreche ich alles wieder, aber zurück gehe ich nicht, nicht zurück nach … Mensch, warum … Nein! Nicht an Holland denken. Es ist vorbei und ich bin am Leben. Den Ozean überqueren, wieder von vorn beginnen.

Ich hole ein paar Mal drohend aus. Rechts, links, rechts. Ich springe, tänzele vor der Welle, die aus der Nähe betrachtet gar keine Welle mehr ist, sondern eine dunkelblaue Wand, die gleich einstürzen wird. Ich klammere mich an der Reling fest.

»Ich habe keine Angst, überhaupt nicht!«

Das Wasser kommt mit tosendem Brausen auf mich zu und drückt das Boot auf der Backbordseite hinunter. Einen Moment lang glaube ich, dass wir kentern werden, doch wir schlingern wieder zurück und treiben wild schaukelnd weiter. Ich schmecke Salz auf meinen Lippen. Halte nach den Lichtern in der Ferne Ausschau und spüre, dass jemand neben mir steht. Ich drehe mich um. Ein Mann. Er trägt einen glänzenden Anzug. Nass vom Meerwasser, denke ich zuerst, doch bei genauerem Hinsehen erkenne ich, dass es Seide ist.

»Du!«

Älter, feister, aber er ist es.

»Da bist du ja, du Feigling!«

Er tut so, als hätte er mich nicht gehört, und ruft, er sei ein Helfer des Gottes Neptun und habe die Ehre, mir einen anderen Namen zu geben, da ich zum ersten Mal in meinem Leben über den Äquator gefahren sei.

»Ich will keinen anderen Namen«, schreie ich und stoße ihn über Bord, weil ich ahne, dass er mich fragen will, wie ich denn heiße, und ich mich verraten würde, weil ich die Antwort nicht kenne.

20

Das ist eine Überdecke. Weicher Stoff, kleine Quadrate, wie heißt so was, Waffeln? Seit wann bin ich hier? Nicht zu Hause. Und auch das ist nur ein Wort. Wo ist zu Hause? Und wo ist hier? Hier, das ist ein Raum, der winzig klein oder unermesslich groß sein kann. Keine Fenster oder Türen. Was sind das für Geräusche? Hohe Töne. Worte. Es knackt. Ich bin nicht allein.

Eine Frau – eine andere als die Frau, die ich vorhin gesehen habe, so viel ist mir immerhin klar – nimmt meine Hand und stellt mir eine Frage. Leicht vorgeneigt wartet sie meine Antwort ab. Ihr Gesicht kommt mir bekannt vor. Wo ich bin? Sagen Sie es mir, bitte. Ich habe wirklich keine Ahnung.

»Meneer Jacobson«, flüstert sie, »Sie sind im Krankenhaus.«

Meneer Jacobson?

Ich hieve mich ein wenig hoch, lege den Kopf zur Seite und sehe einen durchsichtigen Schlauch, der unter der Decke hervorkommt, sich über die Bettkante schlängelt und aus meinem Blickfeld verschwindet. Dunkelgelbes Zeug wird durchgespült. Ich schließe die Augen.

Wo war ich, bevor ich …? Es gab da einen anderen Ort, einen anderen als diesen. Weit weg von hier.

Ich ging durch einen Gang, einen Gang, der endlos lang zu sein schien, aber trotzdem irgendwo endete, und stieß auf einen von hohen Mauern umgebenen Platz. Hinter mir näherten sich Stimmen. Schritte hallten durch den Gang. Ich ging zur Mauer, kletterte hinüber und landete auf der Wiese gleich neben dem Nilpferdgehege.

Ich entdeckte meine Freunde. Sie hatten auf mich gewartet. Ihren Anführer. Den Größten und Stärksten. Ich nahm den Fußball in beide Hände und schoss ihn in die Luft. Dann stieß ich mich ab und flog hinterher, drehte eine Runde über Artis, dem Zoo. Ich sah die Randbezirke der Stadt, die Rundung der Erde, einen Ball, unseren Ball, einen Punkt, ein Pünktchen, und weg war ich.

21

Jemand fragt, wozu das gut sei. Es hat etwas mit mir zu tun. »Das« ist etwas, was mich mit etwas anderem verbindet. Ich spüre es an meinem Arm. »Das da …«

Aua.

»… Wozu ist das gut? Sind das Nährstoffe oder so?«

»Nicht anfassen, Walter.«

»Nein, nur Flüssigkeit mit etwas Zucker und Salz. Damit Meneer nicht austrocknet.«

Meneer, das bin ich. Ein Körper, dem etwas fehlt. Sie mustern mich, wollen alles Mögliche wissen. Ich kann ihnen nichts sagen, ich weiß nichts. Mühsam versuche ich, die Augen zu öffnen. Verklebt vom Schlaf. Der muss weg.

»Schau mal, er wacht langsam auf. Was für wunderschöne blaue Augen!«

»Wie fühlen Sie sich, Meneer Jacobson? Nein, tun Sie das nicht … Bleiben Sie ganz ruhig liegen. Hören Sie mich, Meneer Jacobson?«

Was macht sie da? Und warum spricht sie so komisch? Ich versuche mich zu erinnern, wie sie klingen sollte. Ihre Stimme ist da, irgendwo in den Höhlen meines Kopfes. Dort hinein gehe ich und finde die Worte, die sie zurückgelassen hat. Wie Stalaktiten hängen sie von der Innenseite meiner Schädeldecke. Ich breche hier und da ein paar ab, schüttle sie, doch es ertönen nur unverständliche Laute.

Wie klingt Mamas Stimme? Wahrscheinlich so, wie die Ingwerschnecke von Blom schmeckte. Maison Blom, koschere Feinbäckerei und Chocolaterie! Na bitte, ich weiß es noch. Alles in Ordnung mit meinem Gedächtnis. Ach, schau mal, wie schön, es gibt sie noch! Sag bloß, was ist das denn für eine Riesenschüssel, gibt es hier was zu feiern? Ich nehme mir eine. Zerreiße den klebrigen Teig, beiße ein Stück Ingwer entzwei … Nein, das ist doch etwas anderes. Was habe ich da im Mund? Warum sehen die mich nur so an?

»Machen Sie sich keine Sorgen. Wir passen gut auf ihn auf.«

Wo ist Mama?

»Wir passen gut auf Sie auf, Meneer Jacobson, habe ich gesagt.«

Wo ist sie denn bloß abgeblieben?

»Dann können wir ja wieder gehen, Sonja.«

»Lass uns noch ein bisschen bleiben.«

Komm zurück.

»In dieser Phase ist es sehr wichtig, dass Meneer bekannte Gesichter sieht. Da hat Ihre Frau schon recht.«

»Bekannte Gesichter? Wir haben den Kerl doch noch nie gesehen!«

»Ich möchte ihn nicht einfach allein lassen.«

Das ist wohl doch kein Ingwer. Dafür ist es viel zu zäh, zu hart.

»Ach Mensch, schau ihn dir doch mal an …«

»Ich verstehe nicht, warum dich das so berührt, du kennst ihn doch gar nicht.«

»Leise, Walter, er kann uns hören.«

»Hör doch mal, wie er schmatzt.«

»Sei still.«

»Warum musste diese Schnepfe vom Hotel … Wie heißt sie noch gleich?«

»Nicolette. Sei nicht so unfreundlich.«

»Warum musste sie dich unbedingt anrufen?«

»Weil sie weiß, wie nahe ich Oma Kat stehe. Und überhaupt, was ist denn so schlimm daran?«

»Gott sei Dank hat der gebrechliche alte Knacker sich nicht bei uns einquartiert. Ich habe echt kein Geld für diesen Blödsinn. Ob er wohl überhaupt eine Versicherung hat?«

»Jetzt hör schon auf, Walter. Er ist sowieso ganz unruhig, sieh nur …«

»Kleiner Mann.« Ich höre meine Mutter diese Worte sagen.

Was sah sie vor sich, wenn sie mich so nannte? Eine kindliche Ausgabe ihres Mannes? Ein liebes Kerlchen, wenn ich mir das richtig gemerkt habe. Ich glaube, ich galt als liebes Kind. Ich kann niemanden mehr fragen, ob das wirklich so war.

Eines weiß ich noch: Ich wachte auf und sah sie. Sie hob mich hoch und nahm mich mit. An einen warmen Ort. Ja, vom Warmen ins Kalte und wieder ins Warme, so war das. Sie trug einen roten Morgenmantel mit goldener Stickerei. Später sollte ich ihr sagen, dass sie darin aussah wie die Königin. Sie schlug den Morgenmantel auf. Eine süßliche Duftwolke kam mir entgegen. Ich sah einen Hügel und spürte, wie die Spitze gegen meine Lippen gedrückt wurde. Ich schnappte danach, nuckelte, schmeckte.

Lange Wimpern flatterten über ihren dunklen Augen. Ihr Haar war zu einem lockeren Pferdeschwanz zusammengebunden, eine Strähne fiel ihr auf die Wange. Sie schob die Unterlippe schräg vor und pustete sie aus dem Gesicht. Ich trank, roch, füllte mich mit ihr. Sie war ein einziges Strahlen.

»Hallo? Hallo? Können Sie mal kurz kommen? Ich finde, dass er so merkwürdig guckt. Und er strampelt die Laken immer wieder weg …«

»Schau mal, Sonja, er trägt sogar eine Windel!«

»Dann geben wir ihm eben Lorazepam. Er ist einfach nur ein bisschen verwirrt. Das wird schon. Ganz ruhig bleiben, Meneer Jacobson. Hier, nur zu, einfach runterschlucken.«

»Nur zu, kleiner Mann«, sagte sie, »nur zu.«

So war das, »kleiner Mann, schau mal, kleiner Mann«, bis es plötzlich aufhörte. Vielleicht war ich eingeschlafen. Oder sie musste gehen.

22

Sie lächelt mir zu. Gott sei Dank ist sie wieder da.

Tanzt du, Mama?

Natürlich hört sie mich nicht.

Sie hat immer gern getanzt. Vor allem zu den Liedern von Eddie Lang und Carl Kress. Später wurde der Gitarrist Django Reinhardt ihr Favorit. Wenn er am Ende eines Liedes »O yeah« rief, klatschte sie begeistert in die Hände.

Es überraschte mich immer wieder, welche Dinge sie glücklich machten.

Eines Tages hielt sie ein Foto von mir in den Händen. Sie sagte, ich würde Django täuschend ähnlich sehen. »Er könnte dein Vater sein!« Als ihr aufging, dass sie dann ja seine Frau sein müsste, wurde sie feuerrot. Ich antwortete, sie habe früher einmal behauptet, ich ähnele Tarzan.

»Stimmt«, erwiderte sie, »eigentlich bist du eine Mischung aus Django und Tarzan.«

Das war der letzte Film, den wir uns zusammen ansahen: *Tarzan, der Affenmensch*. Freigegeben erst ab vierzehn Jahren, doch ich wirkte älter und durfte rein. Es war an einem warmen Sommerabend im Jahr 1933, ein halbes Jahr nach dem Tod meines Vaters. Für meine Mutter war es ein besonderer Abend. Sie war aufgeregt, nervös. Als das Licht im Saal erlosch, flüsterte sie: »Ich stelle dir bald jemanden vor. Einen Mann. Nicht so einen wie deinen Vater, aber, na ja, einen Mann eben. Die Frau des Rabbis hat mich mit ihm bekannt gemacht.«

Ich wusste nicht, was ich sagen sollte.

Auf der Leinwand erinnerte sich die bildschöne Jane Parker, überlebensgroß, an Dinge, die ihr Vater ihr einmal erzählt hatte. Zum Beispiel, dass ein Elefant weiß, wenn er sterben muss. Wenn der Tod ihn ruft, trottet er von selbst an einen geheimen Ort, wo seine Knochen bald neben denen seiner Urahnen ruhen werden. Der Elefantenfriedhof jenseits des Mutier-Steilhangs.

»Allein ist man einsam. Das verstehst du doch, oder?«

»Zieht er zu uns?«

»Vielleicht, irgendwann später. Er wohnt ganz in der Nähe, in der Pieter Aertszstraat.«

»Wird dann alles anders?«

»Ein paar Kleinigkeiten vielleicht. Ich weiß nicht.«

»Und das Boxen? Darf ich weiter boxen?«

Im Saal schrie jemand: »Tarzan, pass auf!« Der Affenmensch griff nach einer Liane, als habe er die Warnung gehört, und schwang sich aus der Gefahrenzone.

Die Antwort meiner Mutter ließ lange auf sich warten. Woran sie wohl dachte? Daran, dass der Neue das Boxen ablehnen würde, oder daran, wie sehr ihr verstorbener Ehemann es geliebt hatte?

Ich stellte mir vor, mein Vater würde meine Mutter in die Arme schließen und sie mit einem Tarzanruf hoch oben in den Bäumen in Sicherheit bringen.

»Na gut«, sagte sie, »ich kann dich ja doch nicht davon abhalten.«

23

Eines Abends erwarteten wir Landau zu Besuch. Tagelang hatte meine Mutter ihn mir angepriesen. Bei allen gut angesehen und hoch geschätzt sei er. Die von ihm hergestellten Zigarren seien sehr beliebt. Er habe ein sehr angenehmes Wesen und könne gut zuhören. Es war fast so, als wollte sie mich überreden, einen Straßenköter bei uns aufzunehmen.

Mir fiel beim besten Willen nichts ein, was ich an Landau auszusetzen haben könnte, außer dass er keinerlei Ähnlichkeit mit meinem Vater hatte. Er war klein, kleiner noch als meine Mutter. Nicht nur von der Statur, sondern auch von seinem Auftreten her: Er war vorsichtig, still, zurückhaltend.

»Außerdem«, sagte meine Mutter und machte eine Pause, um anzudeuten, dass sie eine Überraschung für mich in petto hatte, »hast du dank Meneer Landau vielleicht die Möglichkeit, bei Asscher einzutreten.«

»Aber Landau ist doch Zigarrenhersteller?«

»Jetzt schon, aber er war viele Jahre Diamantschleifer. Und du willst doch auch ins Fach?«

Ich bejahte, weil ich keine rechte Vorstellung hatte, was ich in Zukunft machen wollte, außer zu boxen. Und weil es mir leid tat, dass ich meiner Mutter bisher noch in keiner Weise entgegengekommen war.

Sie zupfte meinen Pullover zurecht, fuhr mir mit der Hand

durchs Haar. Ich wusste, worum sie mich bitten wollte, und sagte: »Geht in Ordnung.«

Es klingelte, und ich machte die Tür auf. Landau sah zu mir hoch. Er nahm den Hut ab und sagte: »Guten Tag, Jonah.«

»Guten Tag.«

Nebeneinander, ungeschickt zusammenstoßend, traten wir in den Gang, wo Mutter uns mit verschränkten Händen erwartete.

»Hoppla«, sagte sie.

»Guten Abend, Hannah.« Landau schluckte. Sein Adamsapfel war ebenfalls kleiner als der meines Vaters.

Während er seinen Mantel aufhängte, ging ich weiter durch ins hintere Zimmer. Ich wusste nicht, ob meine Mutter diesen Mann küssen würde oder nicht – ich konnte es mir nicht vorstellen, aber ich wollte auf gar keinen Fall dabei sein.

Auf dem Tisch stand ein Tablett mit einer Teekanne, drei Tassen, drei Untertassen und einer Keksdose. Dort wurden ernste Angelegenheiten besprochen. Vaters Beerdigung. Meine Zukunft.

»Setz dich«, sagte meine Mutter. Sie schenkte Tee ein.

»So.«

Landau führte die Tasse zum Mund und pustete. Seine Brillengläser beschlugen.

Mein Vater hätte einen Witz darüber gemacht. Gelacht, mich angestupst, auf die Tischplatte geschlagen. Es schmerzte mich, an ihn zu denken, und dafür schämte ich mich; wenn ich nicht aufpasste, würde ich noch vor den Augen dieses Zigarrenherstellers anfangen zu flennen. Ich versuchte, mir eine von Kosmanns Lektionen ins Gedächtnis zu rufen.

Mit seiner breiten Brust, hart wie ein Eisenschild, sah ich ihn vor meinem geistigen Auge auf und ab hüpfen. Er vollführte diese lustigen Tanzschritte, die wir imitieren sollten. Fast stieg mir sein Geruch in die Nase, eine Mischung aus Süß und Salzig. Plötzlich schnellte seine linke Faust vor, der Handschuh traf meine Schulter. Tränen schossen mir in die Augen. Ich versuchte zurückzuschlagen, doch das gelang mir nicht. Nach einer Weile hielt Kosmann inne und nahm mich beiseite.

»Denk dran«, sagte er, »du darfst den Schmerz fühlen, ihn aber nicht verurteilen.«

Ich hörte, wie ein Löffel gegen eine Tasse geschlagen wurde.

»Jonah? Meneer Landau möchte dir etwas übers Diamantenschleifen erzählen.«

»Ja.« Ich wandte mich unserem Besucher zu. »Gerne.«

Landau räusperte sich in seine zur Faust geballten Hand. »Weißt du, warum es so schön ist, Diamanten zu bearbeiten?«

Ich schüttelte den Kopf.

»Weil Gott die Welt absichtlich unvollendet erschaffen hat und die Menschen dazu auffordert, sie zu vollenden. Wächst denn das Brot an den Bäumen, Jonah? Nein, aber Gott hat für alle Zutaten gesorgt. Wir können Brot backen. Genauso hat Er die Diamanten rau und uneben erschaffen und fordert uns auf, das Schönste und Reinste an ihnen zum Vorschein zu bringen.«

Landau verstummte.

»Denkt Gott auch so über Zigarren?«, fragte ich.

»Niemand weiß, was Gott denkt, doch ich glaube, Er verlangt, dass wir stets unser Bestes geben. Meine Augen sind nicht mehr gut genug zum Schleifen. Ich beklage mich aber nicht. Im Gegenteil, ich schätze mich glücklich, dass ich die Tabakblätter sehen kann.«

Mutter sagte: »Eigentlich geht der Beruf vom Vater auf den Sohn über, aber …«

Ich unterbrach sie mit einem höflichen Dankeschön, gab Landau die Hand und stand auf. »Ich gehe ins Bett.«

Über Väter und Söhne wollte ich nichts hören.

Landaus Stimme drang bis in mein Zimmer. Mich störte das monotone Geräusch, das sich einen Platz zwischen dem Ticken der Uhr und dem Tropfen des Wasserhahns erobern wollte, doch als es verstummte, wünschte ich mir nichts sehnlicher, als es wieder zu hören.

Genau ein Jahr nach diesem Abend trat meine Mutter mit Landau in den Stand der Ehe, schnell und schlicht.

»Alleine lebe ich ohne Freude, ohne Segen und Glück«, hatte Landau zu ihr gesagt, »und du lebst ohne Thora und ohne Schutz.«

Bei den Hochzeitsverhandlungen gelang es meiner Mutter, ihren Zukünftigen davon zu überzeugen, dass die Rituale, auf die er Wert legte, bei einer zweiten Ehe weniger gebräuchlich waren. Was den Tag betraf, waren sie sich einig: Dienstag, der Tag der Schöpfung, an dem Gott gesehen hatte, dass alles gut war. Dass meine Mutter die rituelle Waschung in der Mikwe vollzog, um völlig gereinigt in die neue Ehe einzutreten, war selbstverständlich, genauso wie das Fasten am Tag selbst, die Segnungen und das Zerbrechen und Zertreten des Glases. Sie hatte auch nichts dagegen einzuwenden, dass man ihnen »Masel tov« wünschte, und selbstverständlich mussten die Gäste eine Mahlzeit vorgesetzt bekommen, und sei sie noch so bescheiden. Doch sie ließ nicht zu, dass gefeiert wurde, und die Hochzeitswoche, die Landau sich gewünscht hatte, mit noch mehr Gebeten, Essen und Trinken, wurde ebenfalls gestrichen.

Es schien so, als wolle meine Mutter sich durch nichts an den Tag der Eheschließung mit Meijer Jacobson erinnern lassen.

Die Perücke, die Landau ihr feierlich überreichen wollte, nahm meine Mutter nicht an. »Die trage ich ganz bestimmt nicht.«

Landau versuchte noch eine ganze Weile, sie zu überreden, doch meine Mutter blieb standhaft. »Niemals.«

Von der Hochzeitsfeierlichkeit ist mir vor allem das ganze Hin und Her in Erinnerung geblieben – später sollte ich hinzufügen: und das alles für nur sieben Jahre – und der Regen; es regnete ohne Unterlass. Es mag abergläubischer Unsinn sein, doch man könnte fast meinen, der Himmel habe damals bereits den Tod dieser beiden Menschenkinder beweint.

24

Kurz nach der Hochzeit zog Landau mit seinem Zigarrenhandel bei uns ein. Es war merkwürdig, zu erleben, wie eine derart kleine Person so viel Raum einnehmen konnte.

Ich fand Gefallen daran, Landau beim Entrippen der Tabakblätter und beim Rollen der Einlagen zu helfen, doch ich merkte sehr bald, dass zusammen mit seinen Zigarren auch die Gesetze bei uns Einzug gehalten hatten.

Landau verlangte koscheres Essen – das meine Mutter kochte, weil sie das Gefühl hatte, auf zu viele seiner Forderungen nicht eingegangen zu sein – und am Samstag kam nun Mevrouw Van Groen, um unseren Ofen anzuzünden, und Landau sprach von der *neschama jetera*, der zusätzlichen Seele, die am Schabbat zu uns komme. Wir Juden hätten auf diese Weise mehr Muße für Erholung und Genuss. Dank dieser Seele könnten wir mehr essen und trinken, ohne unter Verdauungsstörungen zu leiden.

»Am Schabbat herrscht Friede und Ruhe«, dozierte Landau, »ab Freitagabend sind wir eins mit dem Kosmos.«

Kosmann verwendete in den Boxstunden ähnliche Worte. Wenn ich ihn richtig verstanden hatte, meinte er damit, dass alles Vergangene und alles Zukünftige ein und denselben Ursprung hatte. Alles sei von derselben Art und Form. So in etwa. Ich versuchte mir ins Gedächtnis zu rufen, wie Kosmann uns in der Turnhalle rangenommen hatte; wenn ich mich in diese Zeit und an diesen Ort zurückversetzt hatte, konnte ich ihn die ersten Worte eines Abschnitts von ›Wege zu sich selbst‹ vorlesen hören – ja, sie fielen mir sogar wieder ein: »Wer das jetzt Vorhandene gesehen, der hat alles überschaut.«

»Hat dein Vater dir eine Geschichte zur Schabbatfeier mit auf den Weg gegeben?«, fragte Landau. Ich wollte meinem Vater nicht in den Rücken fallen, indem ich Landau die Geschichte erzählte, doch sie war so typisch für Vater, dass ich es trotzdem tat: »Er konnte es kaum erwarten, dass dieser Tag vorbeiging. Damit auch ich etwas zu tun hatte, trug er mir auf, am Samstagabend besonders aufmerksam zu sein. Sobald es draußen ganz dunkel war und ich drei Sterne gezählt hatte, sollte ich ihm Bescheid geben. Dann nämlich wäre der Schabbat vorbei.«

Landau wirkte zufrieden. »Das hat er sich nicht aus den Fingern gesogen. Genau so ist das.«

»Er mochte keine Regeln«, sagte ich, um das Andenken an meinen Vater dem Zugriff dieses frommen Mannes zu entziehen.

»Ich möchte dir doch auch nichts verbieten«, antwortete Landau, »ich will dir nur Ratschläge geben.«

Ohne ihn namentlich zu erwähnen, äußerte Landau seine Vorbehalte hinsichtlich des Lebenswandels meines Vaters. Vor allem die Welt der Vergnügungen missfiel ihm. Um mich von ihr fernzuhalten, zitierte er den Talmud, in dem wir dem Gott unserer Ahnen dafür danken, dass wir ins Lehrhaus und in die Synagoge gehen, und nicht zu den Männern gehören, die in Theater und Zirkusse laufen. Mit fisteliger, aber dennoch gewichtiger Stimme erklärte Landau: »Ich arbeite und sie arbeiten; ich warte und sie warten; mich erwartet das ewige Leben, sie die Zerstörung.«

»Ich verstehe«, sagte ich. Das schien mir die einzige Antwort zu sein, die ihn zum Schweigen bringen würde. Selbstverständlich waren auch Kinobesuche unerwünscht, doch dieses Vergnügen ließ ich mir nicht nehmen, weder von dem Mann, der nicht mein Vater war, noch von dem Gott, den er anbetete.

»Dann ist ja gut.«

Landau riet mir, die Thora zu lesen, den jüdischen Unterricht bei Rabbi De Hond zu besuchen und den gojischen Mädchen nicht mehr so oft hinterherzuschauen. Gegen das Boxen hatte er zum Glück nichts einzuwenden. »Solange du dich wie ein Gentleman benimmst.«

An dem Freitagabend, an dem ich zum ersten Mal mit ihm in die Synagoge ging, fragte ich meinen Stiefvater: »Wie soll ich dich nennen?«

»Du bist doch fast Bar-Mizwa, oder? Sieh mal, du bist genauso groß wie ich mit meinem riesigen Hut. So ein stattlicher Bursche wie du darf mich ruhig Landau nennen.«

Seine Komplimente erfüllten mich mit Stolz, doch als wir kurze Zeit später nebeneinander auf der Bank saßen und ich eine tiefe, dunkle Leere an der Stelle sah, wo mein Vater immer gesessen hatte, schämte ich mich, dass ich mich hatte einwickeln lassen.

Meine Mutter hatte sich für einen Mann entschieden, der in allem das Gegenteil meines Vaters war, doch sie tanzte immer noch – vielleicht tanzte sie sogar öfter –, und zwischen ihr und mir hatte sich nichts geändert.

»Ich hätte mir keinen besseren Sohn wünschen können«, sagte sie.

Weder der Qualm des Zigarrenbetriebs noch sein koscheres Gehabe konnten aus Landau ein vollwertiges Familienmitglied machen. Unsere Familie, das waren nur wir zwei, meine Mutter und ich. Für mich blieb Landau eine Art Kostgänger, und welche Rolle er in Wirklichkeit im Leben meiner Mutter spielte, habe ich nie erfahren. Nur aus einer plötzlichen Stille, meistens spätabends, schloss ich, dass sie möglicherweise dem Bedürfnis nach körperlicher Liebe nachgaben. Solange wir drei in der Tolstraat wohnten, stellte ich mir diese beiden Menschen kein einziges Mal zusammen in ihrem großen Bett vor. Später, als sie weg waren, tat ich das durchaus. Und hoffte von Herzen, dass sie, wo auch immer sie sein mochten, beieinander sein konnten und sich liebten, sämtlichem Hass auf der ganzen Welt zum Trotz.

Ich akzeptierte Landau erst als Vaterersatz, nachdem er aus meinem Leben verschwunden und wahrscheinlich sogar schon lange tot war.

Vor dieser Zeit, in einem Land, das untätig auf den Feind wartete, duldeten wir einander nur. Meine Mutter sagte, Landau wolle mein Freund werden, doch mich konnte er nie von dieser Absicht überzeugen. Irgendwann vielleicht, wenn der Krieg nicht ausgebrochen wäre …

Mein Vater hätte genauso wenig wie Landau unternommen, als die deutsche Armee anrückte. Er blieb immer sorglos und leichtlebig. Landau behielt sein Gottvertrauen und wartete brav auf die Anweisungen der Menschen, die Ihn verfluchten.

Am 10. Mai 1940 stellte er genauso viele Zigarren her wie am Tag zuvor, und als die Dämmerung anbrach, ging er zur Schul und dankte Gott, dass wir noch Schabbat feiern durften.

Es hat Momente gegeben, in denen ich glaubte, mit seiner unbegreiflichen, unerträglichen Duldsamkeit habe Landau meine Mutter mit in den Tod gerissen, doch eigentlich war mir bewusst, dass mein Vater sie genauso wenig hätte beschützen können und dass ihr Ende deshalb unvermeidlich war. Meine liebe Mutter …

Als ich klein war, erzählte sie mir, sie sei geboren worden, um mich zu lieben.

»Und wenn du mich nicht mehr lieb hast, was dann …?«

Das war keine Frage, es war eine Rätselaufgabe. Ich lachte, als ich sie ihr stellte, doch sie erschrak und antwortete: »Ich werde dich niemals nicht mehr lieben, Jonah!«

»Dann bist du tot!«, rief ich. »Wenn du tot bist, kannst du nichts mehr tun.«

»Du hast recht, aber selbst dann wirst du meine Liebe noch fühlen.«

Das stimmte. Ich habe ihre Liebe immer gefühlt, allerdings konnte ich mir auch nie vorstellen, dass sie wirklich tot war.

Erst als ich Nana kennenlernte, begriff ich allmählich, wie sehr ich mich ohne Grab, ja selbst ohne Sterbedatum, weiter nach meiner Mutter gesehnt hatte.

Aufgefallen war es mir sofort, doch ich brauchte Monate, bis ich es nach vielen hinkenden Vergleichen sicher wusste: Nicht ihre Augen oder ihre Hände, nicht ihre Art, sich zu bewegen oder sich auszudrücken, sondern Nanas Duft – am ausgeprägtesten in ihrem Nacken – war derselbe wie der meiner Mutter. Ja, so war das: Nana roch exakt wie die Frau, die ich 1942 zum letzten Mal gesehen hatte.

Mit ihren langen Beinen und ihrer aufrechten Haltung. Stolz und glücklich. So wollte ich sie in Erinnerung behalten. Die Wirklichkeit, die ich von ihr besaß, war eine Lüge in Schwarz-Weiß, eine Momentaufnahme, gebannt auf ein fünf mal zehn Zentimeter großes Rechteck mit gezacktem Rand. Darauf lächelt sie mir, ihrem Fotografen, zu, doch ich weiß noch, wie ängstlich ihr Blick war, als ich den Apparat wieder sinken ließ.

25

In der ersten Nacht lag ich wie gelähmt neben Nana im Bett. Ihre Haut war elektrisch aufgeladen. Die Rotorblätter des Deckenventilators verschnitten langsam, aber unaufhörlich ihren Duft mit dem der Orchideen vor dem Fenster unseres Zimmers in der Pension.

»Eu te amo«, flüsterte sie.

Als ich in sie eindrang, weinte ich wie ein kleiner Junge. Oder zumindest so, wie ich mir vorstellte, dass kleine Jungen weinen, denn aus meiner Kindheit war mir keine einzige Träne in Erinnerung.

26

Irgendjemand sagt, er sei heute allein gekommen. Und es sei ein schöner Tag für diese Jahreszeit. Die Worte treiben in meine Richtung. Die Stimme gehört einer jungen Frau. Als sie neben mir steht, erkenne ich sie sofort wieder.

»Guten Tag«, sagt sie, »wie geht es Ihnen?«

Es ist so lange her; ich brauche einen Moment, um mich an die Vorstellung zu gewöhnen, dass sie einfach so bei mir ist.

»Ich bin Sonja, können Sie sich noch an mich erinnern?«

Sonja? Auch gut. Ich bin überglücklich, sie zu sehen, aber schon so wach, dass ich sie nicht verrate. Erst als ich sicher bin, dass niemand in der Nähe ist, der uns belauschen könnte, bedeute ich ihr näher zu kommen. Ich sage, ich hätte sie gesucht und sei froh, dass sie mich gefunden habe. Sie lächelt, als wäre ich vollkommen senil, und fängt an, über Gott und die Welt zu reden. Das kann ich nicht; ich kann nicht so tun, als wäre nichts. Ich hatte mir unser Wiedersehen anders vorgestellt.

Bei Gelegenheit werde ich mich für mein kindisches Benehmen entschuldigen, aber im Augenblick sehe ich keine andere Möglichkeit, als mir das Laken über den Kopf zu ziehen und aus ihrem Blickfeld zu verschwinden.

Ich höre sie mit jemandem reden – wie gut, dass ich auf der Hut war.

»Dann gehe ich eben.« Sie klingt aufrichtig enttäuscht.

Was wolltest du denn, Kat?

Ich will mich nicht verstellen; am liebsten hätte ich dich in die Arme genommen, aber wir werden beobachtet, das weißt du doch? Oder hast du ernsthaft geglaubt, dass die Krankenschwestern echte Krankenschwestern sind und die Patienten echte Patienten? Es war besser, so zu tun, als würde ich dich nicht sehen. Du sollst nicht wegen meines Leichtsinns vor meinen Augen niedergeschossen werden, damit will ich mein Gewissen nicht noch einmal belasten.

Nach einer Weile tauche ich wieder auf. Du bist weg, doch wie erwartet kommt ein Mann auf mich zu, um mich über deinen Besuch auszuhorchen. Irgend so ein Kapitän, als solcher stellt er sich jedenfalls vor, aber er trägt keine Uniform. Seine Verhörmethoden sind so lächerlich durchsichtig. Außerdem hört er sich gern reden, also brauche ich nichts weiter zu tun, als ab und zu ein bisschen mit dem Kopf zu wackeln.

27

»Guten Tag, Meneer Jacobson, ich bin Suze. Sind Sie endlich einmal ein bisschen wach? Wissen Sie, welcher Tag heute ist?«

Ich habe keine Ahnung. Warum fragen die mich das ständig? Außerdem kann es ihnen doch egal sein, ob ich schlafe oder mich nur schlafend stelle.

Sie streicht über mein Bettzeug. Als sie sich wieder aufrichtet, ordnet sie ihre blonden Locken und lächelt mir zu. Sie hat Grübchen in den Wangen. Ich habe Lust, den Finger hineinzubohren.

»Und?«

»Guten Tag, junge Frau.«

»Ja, guten Tag! Das Datum, wissen Sie, welcher Tag heute ist?« Sie zeigt auf einen gelben Kalender an der Wand gegenüber und sagt: »Sehen Sie, heute ist Dienstag, der 15. März.«

Mir fällt etwas ein. »Geburtstag!«, sage ich. Mensch, bekomme ich wirklich nur dieses eine Wort heraus?

Suze sieht in einem Ringordner nach. »Fast richtig, Sie sind am 26. April geboren und werden dann, ähm … Mal nachrechnen … Dann werden Sie neunzig Jahre alt! Ein stattliches Alter, Meneer Jacobson.«

»Nein, ich …«

»Doch. Oder?«

Nein, das meinte ich nicht. Ich dachte an den Geburtstag von jemand anderem. Aber von wem? Und was macht das schon aus? Ach, all die Gedanken, all die Worte … Wie Mäuse rennen sie durchs Zimmer.

»Und alle zusammen werden wir Sie wieder auf Vordermann bringen. Ihre Enkelin kommt jeden Tag und …«

Meine Enkelin? Aber ich habe doch gar keine.

»… ich habe auch gesehen, dass Sie sich gestern mit dem Mann einer Ihrer Zimmernachbarinnen unterhalten haben. Sehr gut.«

Zimmernachbarn? Daher also das Gejammer die ganze Nacht! Und warum piepst es hier so? Schwester. Verflucht! Können Sie das Bett ausschalten? Dieses Schaukeln treibt mich noch in den Wahnsinn. Ein schaukelndes Bett, wer kommt denn auf so eine Idee? Ich will dieses Lockenmädchen darum bitten, doch es ist bereits verschwunden. Als ich gerade die Augen schließen möchte, steht urplötzlich ein Mann am Fußende des Bettes.

Noch nie habe ich einen solchen Schreck bekommen.

»Papa«, flüstere ich, »bist du das?«

Du kommst aus einem anderen Jahrhundert, aber trotzdem bist du hier nicht fehl am Platz, mit deinem Tweedanzug und dem glatt zurückgekämmten Haar. Warum sprichst du so langsam und überdeutlich? Glaubst du, ich könnte dir sonst nicht folgen? Ich verstehe wirklich alles. Du willst wissen, ob ich etwa glaubte, nur Mama hätte mich geliebt. Ich möchte dich unterbrechen, aber du bist anscheinend entschlossen, deine Sicht der Dinge darzulegen. Das habe dir seit deinem Tod keine Ruhe mehr gelassen, sagst du. Ob ich denn nicht mehr wisse, dass du mich überallhin mitgenommen hättest? Die Kalverstraat, der Leidseplein, Artis – einmal sogar nach Zandvoort, nicht wahr? – und ob ich mich noch an den Abend in der Wagenstraat erinnere?

»Die Wagenstraat«, wiederhole ich leise.

Und alles kommt zurück.

Ein geheimer Treffpunkt, das war es doch, Papa, oder? Eine Art Clubhaus, ganz versteckt, und ich durfte niemandem davon erzählen. »Was da passiert«, hattest du gesagt, »findet unser Bürgermeister nicht gut. Deshalb muss es ein Geheimnis bleiben.«

Ich musste rennen, um mit dir Schritt zu halten. Wir kamen an einem Standbild vorbei. »Der große Herr da, das ist Rembrandt«, sagtest du. Du legtest mir eine Hand auf die Schulter. »Schau, ein Stück weiter in diese Richtung liegt die Wagenstraat. Da müssen wir hin.« Ich sah, dass der Finger, mit dem du dorthin zeigtest, zitterte.

Männer schoben sich durch die enge Gasse. Sie sahen sich laufend um. Jemand erkannte dich, sie wichen zur Seite und ließen uns sofort durch. Einem Kerl, der noch größer war als du, gabst du Geld. Du versichertest mir, dass ich keine Angst zu haben bräuchte, dabei hatte ich gar keine. Wirklich nicht.

In dem Haus führte eine hohe Leiter zum Dachboden. Die mussten wir hinauf. Ich sah deine großen, glänzenden Schuhe, bonk, bonk, bonk, endlos lange, immer höher hinaufgehen. Deine Schultern waren breiter als die Sprossen. Jedes Mal, wenn du den Fuß hobst, blitzte ein Stück deiner dicken Wade auf, weiß mit roten Pickelchen. Wir drangen in eine Wolke aus Schweiß und Zigarrenrauch ein. Ich hörte Männer lärmen und mit den Füßen stampfen. Dein Kopf war schon auf dem Dachboden. Ich sah, wie der Rest deines Körpers eine Vierteldrehung machte.

»Meijer, hier!«

Du klettertest weiter, bis dein Oberkörper im Raum war, und dann bliebst du stehen, dein muskulöser Hintern in einer engen

Hose gefangen. Man begrüßte dich überschwänglich, die Leiter wippte auf und ab.

»Los, komm«, riefen die Männer, und du schobst dich ganz in den Raum. Jetzt war der Durchgang frei, und plötzlich drangen Licht und Lärm mit solcher Gewalt zu mir herunter, dass ich mich an der Leiter festhalten musste. Ich atmete tief ein und nahm zwei Sprossen auf einmal. Dein Arm kam wie eine dicke Schlange herab. Du packtest mich und zogst mich das letzte Stück hinauf.

Ich erblickte eine Gruppe von gut fünfzig Männern Schulter an Schulter auf Holzbänken. Sie sahen dir alle ein bisschen ähnlich, diese Männer in der Wagenstraat. Einige waren etwas größer als du, die meisten ein bisschen kleiner, doch alle strahlten dieselbe Unbeugsamkeit aus.

Ich folgte deinem Blick und sah zu der erhöhten Plattform in der Mitte des Dachgeschosses. »Die Bima …«, flüsterte ich. Du beugtest dich zu mir hinunter und fragtest: »Was hast du gesagt, mein Junge?«

»Da, die Bima!«

Du stießest deinen Nebenmann an und sagtest: »Hast du gehört, was der Kleine gesagt hat? Die Bima!«

Dann habt ihr beide gelacht, weißt du noch? Und ich wollte dir gerade sagen, ich wisse sehr wohl, dass das hier nicht die Schul sei, als plötzlich jemand rief, wir sollten mal still sein. Alle hörten auf ihn.

»Und jetzt, meine Herren«, fuhr der Ansager fort, »darf ich um Ihre besondere Aufmerksamkeit für Bril und Beest bitten!«

Für einen Augenblick – darüber hättest du ruhig lachen dürfen – dachte ich, dass gleich ein echtes Biest, ein böser Hund oder gar ein Tiger, käme und klammerte mich an dein Sakko. Ich spürte, wie deine Brust schwoll, und als ich dir ins Gesicht sah, glänzten deine Augen im Schatten der Hutkrempe. Ich habe nie vergessen, wie sehr ich mich erschreckte, als du plötzlich losschriest.

»Mach ihn platt, Bennie!«

Ich erkannte deine Stimme nicht wieder. Ich konnte kaum glauben, dass dieses Gebrüll von dir kam. Dass du so etwas überhaupt denken konntest.

Ein ernst dreinblickender junger Mann stieg zwischen den Seilen hindurch auf die Plattform. Sein glatt gekämmtes schwarzes Haar war streng gescheitelt. Auf seine weite, weiße Hose war ein blauer Davidstern aufgestickt. Er wartete, auf und ab hüpfend, bis sein Gegner in den Ring geklettert war.

»Bra…ham … Beest!«, rief der Mann in der Mitte. Er zog Bennie und Beest zu sich.

»Das ist der Chasan«, sagtest du, »und gleich singen wir alle zusammen.«

Ein Gong ertönte, gefolgt von weiterem Gebrüll. Bennie tänzelte los. Es sah aus, als würde er einfach nur ein bisschen zum Spaß hin und her springen, doch plötzlich schnellte sein linker Arm vor und seine Faust traf mit einem dumpfen Schlag den Kopf von Bram Beest.

Das Publikum johlte. Beest drohte zu Boden zu gehen. Das konnte nicht sein, er musste doch stehen bleiben! Um zurückzuschlagen oder um noch mehr Schläge einzustecken. Das war mir ganz egal …

Kannst du dich noch an das eine Mal erinnern, als ich Seno geschlagen habe? Er saß weinend auf der Couch. Mit blutiger Lippe.

»Sieh mal, was du da angerichtet hast«, sagte Mama, »das macht man nicht, Jonah. Du darfst deinen Cousin nicht schlagen!«

Mit strengem Blick baute sie sich vor mir auf und schob mit den verschränkten Armen ihren Busen hoch. Du standest hinter ihr und strecktest den Daumen in die Luft. Als Mama sich umdrehte, verbargst du deine Hand hinter dem Rücken, als wäre sie ein Geschenk.

»Sag doch auch mal was, Meijer!«, zischte sie.

»Hör auf deine Mutter, Jonah.«

Murrend stampfte sie in die Küche.

»Mach dir nichts draus«, flüstertest du damals.

Es war mir wirklich ganz egal, Hauptsache, der Kampf ging weiter. Nach ein paar Schlägen traute ich mich auch zu brüllen. Und da saßen wir dann, alle zusammen, und sahen uns etwas an, was es eigentlich nicht geben durfte, aber das kümmerte niemanden.

Der Boden bebte.

Es sah aus, als wäre der gesamte Staub des Dachbodens im Schein der auf den Boxring gerichteten Lampen gebündelt. Bennie schlug Beest und Beest schlug Bennie. Niemand fand das schlimm. Der große Mann im Viereck rief ab und zu etwas, und dann hörten die beiden widerwillig auf. Die Mahnungen richteten sich meist an Beest. Bennie Bril war schneller, seine Linke holte öfter aus.

Ich saß auf deinem Schoß. Zusammen bewegten wir uns mit Bennie mit: links, rechts und wieder links.

Unser Favorit blickte nicht so wütend wie sein Gegner; er war bloß konzentriert. Vielleicht dachte er ja nicht an den ganzen Menschen, sondern nur an die Teile, die er gut treffen musste.

Beest schlug inzwischen öfter zu und würde trotzdem verlieren. Das konnte sogar ich erkennen. Jedes Mal, wenn der Gong eine neue Runde einläutete, stürzte er sich auf Bril. Immer öfter wurde er zurückgepfiffen und mit ernsten Worten bedacht, doch Beest schien die Zurechtweisungen kaum mehr zu hören.

»Mach ihn fertig, Junge«, riefst du, »los, mach ihn fertig!«

Vielleicht hätte ich mich vor dir gefürchtet, wenn du mir nicht die Geschichte vom Vulkan erzählt hättest. Weißt du noch? Einmal, als du furchtbar wütend warst, merktest du, wie sehr ich mich ängstigte, und sagtest, du seist ein Vulkan – ein grollender Berg, der die Leute vom Schlafen abhalte.

»Niemand weiß, wann ich ausbrechen werde, außer dir.«

»Wie denn?«

»Wenn mir Dampf aus den Ohren quillt, dann weißt du, dass es nicht mehr lange dauert.«

Ich blickte hoch. Ein Dunstschleier lag um deinen Kopf, doch ich sah nicht das kleinste Dampfwölkchen aus deinen Ohren kommen.

Der Gong ertönte wieder. Der Mann in der Mitte schob die Boxer auseinander. Jeder von ihnen wurde in seiner Ecke abgerieben und bekam etwas zu trinken. Um den Ring palaverten alle lautstark, dann gab man dem großen Mann ein Zeichen. Er rief die Burschen wieder zu sich, packte sie bei den Handgelenken. Bennie stand mit gesenktem Kopf da, sein pomadisiertes Haar immer noch ordentlich gescheitelt.

»Pass gut auf!«, sagtest du, als würde etwas Unerwartetes bevorstehen.

»Und der Sieger i-hi-ist … Bennie … Bril!«

Bevor ich wusste, wie mir geschah, saß ich auf deinen Schultern. Als hätte ich den Wettkampf gewonnen. Der junge Boxer ging in den Umkleideraum. Seine Brust war nass. Alle klopften ihm auf die Schultern, riefen: »Gut gemacht, Ben!« Mir war klar, dass der Sieger müde war, erschöpft, doch seine großen Augen sahen aus, als würde immer noch Feuer darin lodern.

Langsam setzten sich die Männer in Bewegung. Einer nach dem anderen verschwand in der Luke. Du unterhieltest dich mit einem Mann im Sportdress. Ab und zu warft ihr mir einen Blick zu. Und lächeltet. »Na komm, du Leichtgewicht«, sagtest du, »ab nach Hause.«

Draußen zupfte ich an deiner Jacke und flüsterte: »Das da, da drinnen, das will ich auch.«

Wir gingen durch die Wagenstraat, bogen nach links, nach rechts, folgten der Amstel. Ab und zu rief jemand »Meijer!«, doch du schienst es gar nicht zu hören. Erst in der Tolstraat sagtest du wieder etwas. »Weißt du, von wem Bennie Bril das hat, diese Art, sich zu bewegen? Von den Tigern und Pumas im Zoo.«

Als wir zu Hause ankamen, saß Mevrouw Van Groen am Fenster. Ich winkte. Du nicktest. Wir stiegen die Treppe hinauf. Du drehtest leise den Schlüssel im Schloss um und sagtest: »So, jetzt wollen wir deine Mutter mal ärgern.«

Sie erwartete uns bereits. Irgendwie war sie uns auf die Schliche gekommen. »Du nimmst den Jungen nie mehr dahin mit!«

»Dann geht er eben selbst zum Boxen«, sagtest du, »eins von beidem.«

Ich hielt die Luft an. Noch nie hatte ich mir etwas so sehr gewünscht. Das Gezanke, das auf diese Worte folgte, nahm ich in Kauf. Nach einer Weile einigtet ihr euch, an meinem zwölften Geburtstag würde ich in den Boxclub Olympia eintreten. Ich war überglücklich: Ich durfte zum Boxen, und ihr hattet, zum ersten Mal seit Langem, einen Kompromiss gefunden.

Mein Vater versetzt dem Bett einen Tritt. Die Erschütterung verursacht mir Schmerzen, doch ich schweige. Seine Augen funkeln.

Siehst du nun, dass ich dich genauso lieb hatte?

Ich bejahte, aber als ich ihn frage, ob er Mama ebenfalls geliebt habe, ballt er nur die Fäuste und ruft: »Na, was ist? Boxen? Boxen? Boxen?«

Dabei schaffe ich es bloß noch, die Hand zur Brust zu führen, um mich zu kratzen, wenn es juckt. Ich kann die Hand nicht mehr zur Faust ballen, geschweige denn zuschlagen.

Dann war es also doch das letzte Mal gewesen, an jenem Morgen in Luizãos kleiner Sporthalle.

Sie machten sich über mich lustig. Das war mir schon klar. »Hopp, hopp, Azulão! Weiter mit deinen langen Stelzen!«

Lahm wie ein alter Zirkusgaul schleppte ich mich mit meinem großen Körper Runde für Runde durch den Ring. Meine Oberschenkel füllten die Hosenbeine der Shorts immer noch größtenteils aus, doch meine Beine waren krumm und schief geworden, und beim kleinsten Hüpfer bahnten sich Schmerzen einen Weg von der Taille bis zum Nacken. Trotzdem war ich froh, dass ich nach all den Jahren noch wusste, wie man sich im Ring zu bewegen hatte.

Vielleicht hatte ich ja angenommen, dass ich es mit einem bisschen Training noch zu was bringen könnte. Dass ich einfach nur ein wenig außer Form war, weiter nichts.

Erst jetzt, da meine Hand wie ein lebloser Gegenstand neben mir liegt, geht mir auf, dass es endgültig vorbei ist. Ich versuche, die Arm- und Beinmuskeln anzuspannen, atme so tief ein, wie ich kann, doch mein Brustkorb hebt sich kaum.

Zwischen meinen Beinen liegt faul und weich Nanas Tier. Auch das war das letzte Mal, an jenem Abend bei ihr im Bett, vor unendlich langer Zeit.

»Na, dann will ich ihn mal zähmen«, sagte sie. Sie packte ihr

Tier beim sich aufbäumenden Hals, schloss die Lippen um seinen Kopf und kitzelte den Spalt mit der Zunge.

Sie summte das Lied vom *azulão*, dem schönen blauen Vogel.

»Meneer Jacobson? Meneer Jacobson?«

»Wer sind Sie?«

»Ich bin Suze. Es wäre besser, wenn Sie eine Weile wach bleiben würden. Was meinen Sie, kriegen Sie das hin?«

Ich hebe den Kopf ein bisschen an und lasse ihn wieder sinken. Meine Augen bleiben an dem Infusionsschlauch an meiner Hand hängen. Die Haut ist in einem unregelmäßigen Muster von Altersflecken bedeckt. Jetzt fällt mir mein zerfurchtes Gesicht ein, die kahle Stelle am Hinterkopf. Ich kann mich noch ans Älterwerden erinnern, nicht mehr ans Ältersein.

Der Mensch ist ein Seelchen, belastet von einem Leichnam. Wer hatte das noch gesagt?

Ich gähne.

Wie lange muss ich noch wach bleiben?

28

»Pass gut auf, Jonah, gleich bist du an der Reihe.« Landau war nervöser als ich.

Um meiner Mutter einen Gefallen zu tun, hatte ich mich mit allen Formalitäten meiner Bar-Mizwa-Feier einverstanden erklärt. Beim Rabbi hatte ich einen hebräischen Text auswendig gelernt. Ich wusste jetzt sogar, wie man einen Teil aus der Parascha singt. Weil ich erst so spät angefangen hatte zu lernen – aber auch, weil Landau nicht mein richtiger Vater war –, genügten ein paar Zeilen aus dem Levitikus. Die Propheten durfte ich auslassen.

Es machte mir nichts aus, auf der Bima zu stehen und aus der Thora vorzulesen. An diesem Montagmorgen hörten mir ohnehin nur wenige zu, und soviel ich wusste, waren keine Jungs aus dem Olympia in der Synagoge.

Ganz egal, was Landau in Angriff nahm, es war alles nur bescheiden. Er schenkte mir einen schlichten Gebetsmantel, und die Tefillin, die er mir gab, waren bereits so abgenutzt, dass sie beim Anlegen zu zerreißen drohten.

Er hatte es mir ein paar Mal gezeigt; es war schön zuzusehen, wie er die Lederriemen um den Kopf und den linken Arm – »Pass auf, Jonah, sieben Mal« – exakt so band, dass die schwarzen Kapseln schließlich mitten auf der Stirn und dem Oberarm lagen, »so nah wie möglich beim Herzen«. In diesen kleinen

Würfeln, erklärte Landau, befanden sich Texte aus dem Exodus und dem Deuteronomium über die Einheit Gottes, die Allmacht Gottes, den Auszug aus Ägypten.

»So sind wir mit Geist, Herz und Hand an Gott gebunden.«

Ich gönnte meiner Mutter diesen Mann. Ich gönnte ihr seine Ruhe, sein Vertrauen in Gott und die Menschen. Ihr zuliebe führte ich dieses Theaterstück auf.

»Jonah!« Ich bekam einen Schubs. »Geh schon!«

Ich ging zum Podest in der Mitte der Synagoge. Die Thora lag wie ein Stück Tapete auf dem Tisch ausgerollt. Der Vorsänger reichte mir einen Zeigestab mit einer kleinen silbernen Hand samt ausgestrecktem Zeigefinger an der Spitze, und in dem Singsang, der mir beigebracht worden war, trug ich die ersten Verse aus dem Levitikus vor. Es war ein Text über Gebote, viel mehr als die zehn, die ich in der Schule gelernt hatte.

»Bar-Mizwa«, sagte Landau, »bedeutet ›Sohn des Gebots‹. Du musst jetzt versuchen, dich an die sechshundertdreizehn Gebote der Thora zu halten.« An diesem Montagmorgen würde ich mich von meinen Eltern lösen – vor allem von ihm, meinem Stiefvater – und meine eigenen Entscheidungen treffen, selbst Verantwortung übernehmen.

»Denn ich«, sang ich zum Schluss, »der Herr, Euer Gott, bin heilig.«

Dann erhielt Landau das Wort. »Gelobt seist du, der du mich von der Verantwortung für ihn befreit hast.«

Ich kannte die Rituale, ich wusste, dass dieser Satz kommen würde, und trotzdem schämte ich mich für meinen Verrat. Landau war nicht mein Vater. Ich bin der Sohn meines Vaters, der Sohn von Meijer Jacobson.

Bei der anschließenden Feier, zu der höchstens fünfzehn Personen kamen, überreichte mir meine Mutter das zweibändige

Werk ›Jüdische Riten und Symbole‹ von Rabbi de Vries. Ich dankte ihr für die Bücher – und im Stillen für ihren kleinen Protest gegen Landau, weil sie mir nicht, wie er gehofft hatte, eine selbst bestickte Tasche für den Gebetsmantel geschenkt hatte.

Ich dankte meinem Stiefvater für seine Geduld und seine weisen Worte.

Dem Rabbi dafür, dass er mir die Schriften von Levitikus erklärt hatte.

Dem Chasan für die Gesangsstunden.

Es war eine Derascha, wie sie im Buche steht – eine Rede, bei der ich großmütig gewesen war und niemanden übergangen oder benachteiligt hatte.

Abends räumte ich die Bücher von De Vries in eine Kiste und schob sie unters Bett. Ich konnte sie mir nicht ansehen, ohne daran zu denken, dass mein Vater mir ein Paar Boxhandschuhe geschenkt hätte.

29

»Will Meneer was essen? Die Schwester sagt, ’nen Joghurt dürfen Sie ham.«

Ich wundere mich nicht mehr darüber, dass wieder einmal jemand Unbekanntes bei mir ist und ich immer noch in diesem fremden Bett liege, aber ich verstehe nicht, wo sie alle abgeblieben sind und wie ich so schnell von einem Ort zum anderen gelangen konnte.

»Sie ham den ganzen Tag noch kein’ Besuch gehabt. Schon gemein, so ’n alter Knochen wie Sie, und immer so allein.«

»Ich war in der Synagoge.«

»Aber nicht doch, mein kleines Rabbinerchen! Wie woll’n Se denn da hingekommen sein, etwa im Krankenwagen?«

Ich war wirklich da, jetzt weiß ich es wieder. Vielleicht ist es doch länger her als nur ein paar Stunden. »War das gestern?«

»Sie sind schon fast ’ne Woche hier.«

»Dann eben noch eher. Ich war so lange nicht mehr da, wissen Sie. Früher bin ich immer mit meinem Vater hingegangen. Kennen Sie meinen Vater?«

»Nee, den kenn’ ich nich. Und Ihr’n Opa schon gleich gar nich.«

»Später bin ich mit Landau hin. Als Landau weg war, bin ich nicht mehr gegangen. Ich musste einfach hingehen. Es war ganz in der Nähe von Lindas Hotel, in der Gerard Doustraat. Ich dachte: Das schaffe ich schon.«

»Beim Albert-Cuyp-Markt?«

»Ja …«

»Da ham Se sicher ’nen schönen Einkaufsbummel gemacht?«

»Nein, nein.«

»Ich will Sie doch bloß foppen, Meneer Jacobson. Der Markt is eh nich mehr, was er mal war. Nur noch Jacken und Hosen. Billige Plunder aus dem Ausland. Und ’ne Statue von André Hazes, unserm Schlagersänger, aber die is auch made in Taiwan. Da sieht man's mal wieder! Und die feinen Pinkel in Den Haag finden das alles gut, nich? Na ja, mir kann's ja wurscht sein. Solange ich nich selber mit ’nem Geschirrtuch auf'm Kopp rumrennen muss, oder? So, dann will ich mal weitergeh'n, hier gibt's noch mehr hungrige Mäuler.«

»Vielen herzlichen Dank.«

»Gern geschehen, Meneer Jacobson. Ach, sieh an, Sie kriegen ja doch noch Besuch. Je später der Abend, desto schöner die Gäste, woll'n wir mal sagen.«

Ich habe keine Lust auf Krankenbesuch. Erst recht nicht von Menschen, die ich noch nie gesehen habe. Der stämmige junge Mann, der da so resolut angestiefelt kommt, kennt mich anscheinend. Ohne die Frau mit dem Essenswagen zu begrüßen, nimmt er sich einen Stuhl aus dem Schrank neben meinem Bett, klappt ihn auf und knallt ihn wie einen Liegestuhl auf den Boden. Er macht sich nicht mal die Mühe, sich vorzustellen. Sein Interesse an meinem Zustand ist vorgetäuscht. Ich weiß, worauf er aus ist, solche Typen kenne ich. Es dauert nicht lange, bis er darauf zu sprechen kommt.

»Sonja hat erzählt, dass Sie in Brasilien Diamanten gefunden haben.«

Sonja! Das Mädchen, das mich vor Kurzem besucht hat. Plötzlich fällt mir ein, wer sie ist, ohne dass ich sie kenne. Dieser

Mann gehört also zu ihr. Das ist mir ein Rätsel. Er ist ungeduldig, hört nicht zu, und seine Augen stehen zu eng beieinander. Wenn das hier ein Kampf wäre, würde ich ihn so lange wie möglich auf Abstand halten.

»Stimmt das, die Geschichte mit den Diamanten?«

»Es stimmt.«

»Dann sind Sie also damit reich geworden?«

»Aber sicher.«

Ich drehe mich auf die Seite, der junge Mann rückt den Stuhl näher heran. Er ist nur noch wenige Zentimeter von mir entfernt, und ich kann ihn trotzdem nicht riechen. Seine Geruchlosigkeit verunsichert mich. Stinker sind mir lieber, da weiß ich wenigstens, woran ich bin. »Erzählen Sie mal.«

Zögernd fange ich an, von unserem Grundstück in Milho Verde zu erzählen, doch nach einer Weile lasse ich mich von der Macht meiner Erinnerung mitreißen. Ich weiß nicht mal, wie viel Hektar es hat; so weit das Auge reicht, alles gehört uns. Der Stolz siegt über meinen Argwohn. Barfuß gehe ich über die Fliesen. Das Haus hat sieben Zimmer. In den Kamin passen Baumstämme von anderthalb Meter Länge. Die Veranda ist nach Süden ausgerichtet, und in der Garage ist genug Platz für Nakis Ford und meinen Chevrolet Bel Air.

»So 'ne große Karre mit Panoramascheibe?«

»Hardtop Sport Sedan, mit einem Sechszylindermotor. Das weiß ich von Serafim. Der merkt sich solche Sachen.«

»Wer? Oder Moment mal, gibt's den Wagen noch?«

»Warum nicht?«

»Und wer ist Serafim?«

Ich drehe mich auf den Rücken. Über mir baumelt ein dreieckiger Haltegriff. Wer Serafim ist? Der Mann, der mein Haus gebaut hat, der Monteur, der mein Auto wartet. »Ein Faktotum.«

»Ist er bei Ihnen angestellt?«

»Und dann gibt es da noch Naki, mit dem ich durchs Land ziehe, und Isabella, die für uns kocht.«

»Drei Hausangestellte?«

»Genau.«

»Wo haben Sie die Diamanten gefunden? In einer Mine?«

»Einer Mine? Nein, nein, in Flussbetten. Ich hatte hier in Holland einen Bekannten, der mir davon erzählt hat, noch vor dem Krieg. Wir haben beide in der Schleiferei von Asscher gearbeitet. Brander hieß er, Max Brander. Den Namen müssen Sie sich merken.«

»Lebt er denn noch?«

»Der größte Diamantenhändler der Welt. Er ist 1937 nach Brasilien gegangen und wurde da im Schlaf reich … Wann wurden Sie geboren?«

»1971. Aber Sie können mich ruhig duzen.«

»Ich war zu jung, um mitzugehen. Drei Jahre später brach der Krieg aus. Es mag vielleicht naiv klingen, aber ich dachte wirklich, dass es nicht lange dauern würde … Meine Mutter hat sich auf den Aufruf hin einfach gemeldet, zusammen mit Landau … Landau glaubt, dass Gott uns nie mehr auferlegt, als wir tragen können. Er sagt, wir sollten unserem Schöpfer für alles dankbar sein. Teilen Sie seine Meinung?«

»Äh … ich glaube an gar nichts.«

»Nein.«

»Aber Sonja. Sie hat ein ganzes Bücherregal voll davon. Über Spiritualität. Sie will auch diese ganzen Sendungen sehen, über Buddhismus und so. Ich schaue lieber Fußball.«

Ich taste nach der Fernbedienung meines Bettes, lasse es erst hochfahren und dann ruckartig wieder nach unten. Das wiederhole ich ein paar Mal, ohne zu wissen, warum.

»Sie hatten von Brasilien gesprochen und von den Diamanten, die man da finden kann.«

»Naki weiß, wo man hinmuss. Ein großes Kind, das ist er, aber ihm habe ich alles zu verdanken. Ein Arbeitstier. Nicht aus der Not heraus oder weil er auf Bewunderung oder Mitleid aus ist. Nein, er tut genau das, was gut für ihn ist: arbeiten, wenn es sein muss, sich ausruhen, wenn das nötig ist. Sprechen Sie mal mit Naki, der kann Ihnen viel mehr erzählen.«

»Haben Sie denn nie an die Menschen gedacht, die Sie hier in den Niederlanden zurückgelassen haben, als Sie so reich geworden sind?«

Die Frage trifft mich, ich spüre es oben in der Brust und greife an die Stelle, wo es schmerzt. Ich höre, wie mein Besucher weggeschickt wird. Ein Vorhang wird um mein Bett gezogen. Ich sehe den jungen Mann durch einen Spalt lugen. Seine letzten Worte schweben noch über dem Bett.

Ich weiß, worauf du aus bist, du Dreckskerl. Namen! Du willst Namen aus mir herauskitzeln. Was für eine Antwort kann ich dir geben, ohne dass ich jemanden verrate?

»Linda«, flüstere ich, »ich habe immer an Linda gedacht.«

Ich sehe seinen erstaunten Blick. Gott sei Dank. Er hat keine Ahnung, wer Linda ist.

30

Um mich herum passiert alles Mögliche, das weiß ich, doch es scheint endlos lange zu dauern, bis ich wirklich da bin. Endlich entdecke ich die Uhr an der Wand, es ist zehn Uhr morgens. Ich bilde mir ein, die Helligkeit und den Geruch wahrzunehmen, die zu dieser Tageszeit gehören.

Zögerlicher Sonnenschein, Kaffee und Tee.

Meine Beschwerden melden sich der Reihe nach: Mir ist schlecht, ich habe Kopfschmerzen, und es fühlt sich an, als würde jemand auf mir sitzen und mit seinem ganzen Gewicht auf meine Blase drücken. Ich versuche nicht, nachzuvollziehen, wie es mich hierher verschlagen hat – vermutlich nachdem ich in diesem Restaurant in der Van Woustraat war –, doch mir ist klar, dass ich alles loslassen muss. Alles, was ich mir an diesen Abenden mit Vicky in Belo Horizonte von der Reise nach Holland versprochen habe – die Vorsehung scheint sich überhaupt nichts daraus zu machen.

Ein Mann im Arztkittel nähert sich meinem Bett erst schleppend, dann zu schnell und schließlich in einem Tempo, das seiner Statur entspricht. Zum Glück hört dann auch das Flimmern auf und ich bemerke, dass seine freundliche Miene nicht bloß aufgesetzt ist. Er stellt sich vor. Seine große Hand passt genau in meine. »Jan Steenstra, Assistenzarzt. Und das ist Suze, aber die kennen Sie schon, nicht wahr?«

Ich lächele der Schwester zu, die schräg hinter ihm steht.

»Wie geht es Ihnen?«

»Gut.«

»Wissen Sie, welcher Tag heute ist?«

»Nein, tut mir leid.«

»Mittwoch, der 16. März. Wissen Sie, wo Sie sind?«

»Im Krankenhaus, aber ich kann Ihnen beim besten Willen nicht sagen, wie es heißt.«

»Sehr gut«, sagt Dr. Steenstra, »Sie liegen im VU Medisch Centrum. Wissen Sie, seit wann Sie hier sind?«

Plötzlich fällt mir ein, dass ich gestürzt bin. Ich greife mir an die Stirn und spüre ein Pflaster. Es ist an einer Straßenecke passiert, ich war fast da.

»Ich war fast da«, sage ich, »bei Lindas Hotel auf der Stadhouderskade.«

»Richtig. Sie sind Freitagabend im Krankenwagen hergebracht worden. Gut möglich, dass Sie sich nicht genau daran erinnern. Ich könnte mir sogar vorstellen, dass Ihnen von Ihrem Aufenthalt in der Notaufnahme nicht allzu viel im Gedächtnis ist. Sie haben sich eine Kopfverletzung zugezogen. Die ist dort gut versorgt worden. Weil es Anzeichen von Dehydrierung gab, hat man Ihnen einen Tropf gelegt. Und gleich noch ein paar Röntgenaufnahmen gemacht, so sind Sie schließlich zu uns in die Neurologie gekommen. Ich möchte Ihnen gerne etwas über Ihren Zustand erzählen, in groben Zügen. Einverstanden?«

»Ja.«

»Sie sind hier im Überwachungszimmer. Das bedeutet, dass wir Sie gerne ein bisschen im Blick behalten möchten. Wegen eines Harnwegsinfekts haben Sie ziemlich hohes Fieber gehabt. Die Antibiotika schlagen anscheinend gut an, aber wir würden gern sehen, dass Ihre Temperatur noch etwas weiter sinkt.«

Der Assistenzarzt wirft einen Blick in seine Unterlagen und fragt: »Sie sind letzte Woche von Brasilien aus in die Niederlande geflogen, stimmt das?«

»Ja.«

»Das ist eine ziemlich weite Reise.«

So eine weite Reise, so lange unterwegs, um schließlich wieder beim Ausgangspunkt anzukommen. Ich kann mein ganzes Leben, alles, was ich mitgemacht habe, in dieser einen Bewegung festhalten: von hier nach da und wieder zurück.

»Menschen in Ihrem Alter kann eine solche Reise manchmal ein bisschen durcheinanderbringen. Das ist nichts Außergewöhnliches. Sie haben in kurzer Zeit allerlei neue Eindrücke gehabt – wie lange waren Sie nicht mehr in Holland?«

»Ich weiß nicht genau. An die siebzig Jahre.«

»Und was war der Zweck Ihrer Reise?«

Diese Frage kann ich nicht beantworten. Ich hatte angenommen, dass ich Catharina besuchen würde, und gesagt habe ich, dass ich zur Beerdigung meines Cousins Seno wollte, aber vielleicht bin ich in Wirklichkeit zum Sterben hergekommen. Es mag ein bisschen kindisch sein, doch ich spüre, wie mir Tränen in die Augen steigen, die ich nicht mehr zurückhalten kann.

Dr. Steenstra nimmt meine Hand. »Wir haben Ihnen eine Tablette gegeben, damit Sie ein bisschen ruhiger werden. Und gestern Abend haben wir Ihnen einen Katheter gelegt, weil Sie Ihre Blase nicht mehr unter Kontrolle hatten. Es kann sein, dass der Harndrang noch eine Weile anhält, doch ich vermute, das wird sich im Laufe des Tages geben. In Ordnung?«

»Ja. Danke, Doktor …« Ich möchte ihn beim Namen nennen, doch ich muss an Augusto denken, der denselben Haarschnitt hat wie er, und ich stelle mir vor, wie mein brasilianischer Freund mich an einem Seil wieder zurück nach Hause zieht. Die

Vorstellung, dass ich mich immer noch mit ihm, mit seinem Andenken verbunden fühle, ist beruhigend.

»Als Sie hierher verlegt wurden, haben wir ein CT von Ihrem Kopf gemacht.«

Er sieht mich fragend an. Mir wird klar, dass er mir etwas Wichtiges mitzuteilen hat und wissen möchte, ob ich im Stande bin, es zu hören. Ich nicke.

»Ehrlich gesagt, Meneer Jacobson, bin ich nicht so glücklich über das, was ich da gesehen habe.«

»Was haben Sie denn gesehen?«

»Einen pathologischen Befund. Ich bin mir noch nicht ganz sicher, doch es besteht die Möglichkeit, dass es sich um Metastasen eines Tumors handelt.«

Hast du das gehört, Augusto? Haben sie mich am Ende doch am Wickel!

»Ich will heute mit ein paar Kollegen die Ergebnisse der Blutuntersuchung besprechen. Und heute Nachmittag möchte ich gerne Ihre Lunge röntgen lassen.«

»Gut.«

»Schwester Suze hat mir erzählt, dass Sie am Wochenende Besuch hatten. Das ist schön. Waren das Verwandte von Ihnen?«

Besuch?

»Sie werden wohl allmählich müde, Meneer Jacobson. Vielleicht könnten Sie heute Nachmittag vor dem Röntgen versuchen, sich ein bisschen aufzusetzen. Sie könnten sich auf die Bettkante setzen oder auf einen Stuhl, drüben am Tisch. Das wäre noch besser, aber das sehen wir dann. Jetzt lasse ich Sie erst mal in Ruhe.«

Es tut mir leid, dass er weitermuss. Er macht einen sympathischen Eindruck und seine Gesellschaft ist sehr angenehm. Vielleicht könnte ich einmal mit ihm durch den Garten spazieren, wie mit Augusto. Ich drehe mich auf die linke Seite und blicke hinaus. Über eine Reihe von flachen Dächern streicht herrliches, sanftes Frühlingslicht.

31

Die Sonne steht fast an derselben Stelle, ich kann also nicht allzu lange geschlafen haben. Mein Bett bewegt sich. Jemand räuspert sich.

»Bist du das, Delmonte?«

Ein Gesicht, das mir vage bekannt vorkommt, schiebt sich langsam ins Bild. Ein Bauerngesicht. Was für eine dämliche Verkleidung. Ich darf mir nicht anmerken lassen, dass ich ihn durchschaue! Der Mann mustert mich wie einen Gegenstand. Es würde mich nicht wundern, wenn er mir gleich an den Schädel klopfte und fragte, ob da jemand zu Hause sei.

»Kaptein, Simon. Simon Kaptein. Erkennen Sie mich denn nicht? Wir haben uns gestern unterhalten, bis es Ihnen auf einmal zu viel wurde. Wissen Sie noch?«

Nein. Lügen. Unsinn. Darauf falle ich nicht herein.

»Das gehört dazu, ich habe die Schwester gefragt. Es ist eine kindliche Vorstellung: Wenn man die Augen schließt, sieht einen der andere nicht mehr. Ich soll mir nichts daraus machen, sagte sie, so reagieren Menschen in diesem Stadium Ihrer Krankheit nun mal auf schwierige Situationen. Sie hat mir auch gesagt, dass es wichtig ist, einfach weiterzureden, auch wenn der Patient nicht antwortet.«

Der Mann legt mir die Hand aufs Knie.

»Sie waren ziemlich unruhig. Zur Entspannung habe ich Ihnen ein paar, sagen wir mal, alltägliche Dinge erzählt. Da wurden Sie etwas ruhiger. Haben Sie mich gehört?«

Nicht ansehen. Das ist oft am besten.

»Es ist vielleicht seltsam, aber ich hatte das Gefühl, Ihnen alles erzählen zu können. Sie lagen da so … ich weiß nicht, so ergeben. Verstehen Sie, was ich meine? Es ist nicht einfach, wissen Sie, mit so einer Frau« – sein Blick geht nach rechts –, »die ständig irgendwas hat. Erst konnte sie immer schlechter sehen und hören, dann hat sie Gleichgewichtsstörungen bekommen, vor ein paar Jahren ist ihr eine Brust amputiert worden und jetzt hat sie den zweiten Schlaganfall gehabt. Ich habe sie, alles in allem, nur kurze Zeit gesund erlebt: als wir verlobt waren. Ich glaube, sie hatte schon in der Hochzeitsnacht ein Pfeifen im Ohr. Sie klagt ununterbrochen, müssen Sie wissen. Unerträglich. Ihr ewiges Gejammer darüber, dass sie vom Pech verfolgt ist. Ich beklage mich doch auch nicht, dass ich eine Behinderte an der Backe habe? Und das schon mein halbes Leben. Immer musste ich ihr alles zweimal sagen – selbst nachdem wir ein Vermögen für ein Hörgerät ausgegeben hatten –, und die Zeitung hat sie sogar in aller Öffentlichkeit mit einem Vergrößerungsglas gelesen, als wäre sie eine alte Oma, verdammt noch mal. Nie konnten wir ausgehen, nie kamen Leute zu uns, außer Ärzten und so. Ärzte! Dr. Jansen, Dr. Petersen, sie hat sie angehimmelt und ihren Rat befolgt, wenn sie ihr empfahlen, dieses zu lassen oder jenes zu tun. Ich glaube, sie wäre sogar freiwillig gestorben, wenn einer von denen behauptet hätte, dass es ihr dann besser geht. Ganz anders ist sie mit den häuslichen Pflegekräften umgesprungen; in Gegenwart dieser Damen war sie immer nur bockig und besserwisserisch. Hat sich geweigert zu essen, hat gejammert, kaum dass ein Waschlappen ihr Gesicht berührte. Bei den Haushaltshilfen hat sie sich ganz und gar gehen lassen. Beschimpft hat sie

sie oder mit eisiger Nichtachtung gestraft. Es war ein einziges Kommen und Gehen, eine Haushaltshilfe war hässlicher als die andere, aber dann gab es schließlich eine, also, die Frau, von der ich Ihnen gestern erzählt habe …«

Ich habe keine Ahnung, was für ein Spiel er spielt und warum er mir diese seltsame Geschichte erzählt, doch ich beschließe, ihm keine Fragen zu stellen, mich nicht aus der Ruhe bringen zu lassen. Aus den Augenwinkeln sehe ich ihn die Finger der linken Hand in die Rechte legen und geziert seine Nägel inspizieren.

»Ihr verständnisvolles Schweigen, wenn ich so sagen darf, hat mich schon einmal zu einer gewissen Aufrichtigkeit verleitet. Darf ich nun einen Schritt weitergehen und Ihnen etwas gestehen?«

Er wartet meine Antwort nicht ab, sondern beugt sich vor und kommt bis auf ein paar Zentimeter an mein Gesicht heran. Der Abstand zwischen seiner Nase und der Oberlippe ist unwahrscheinlich groß und wird durch einen tiefen Einschnitt in zwei gewölbte Hälften geteilt. Erst denke ich, dass er mich gleich küssen will, doch stattdessen legt er mir den Mund ans Ohr und flüstert mir etwas zu. Sein warmer Atem kitzelt mich, ich kann die Töne, die er hervorbringt, erst nach einer Weile zu Worten zusammensetzen.

»Eva heißt sie. Sehr zuverlässig. Ausgesprochen reinlich. Ganz reizende Person. Und gut aussehend obendrein. Ach, was sage ich? Nichts ›obendrein‹! Sie war schlicht bildhübsch. Vor allem ihre Büste oder besser gesagt bloß ihre Brüste, wenn ich es recht bedenke, ich konnte die Augen gar nicht davon lassen. Das war aber auch nicht Sinn der Sache, glaube ich, sie hatte nämlich immer Shirts mit V-Ausschnitt an, und man konnte alles herrlich hin- und herwogen sehen – wenn Sie verstehen, was ich meine. Sie nehmen es mir doch nicht übel, Jacobson, dass ich anfing, vom körperlichen Kontakt mit der Haushaltshilfe zu träumen? Das ist doch nicht verboten? Diese Fantasien hatten, genau genommen, nicht mal direkt mit ihr zu tun; ich stellte mir vor allem vor, wie es wäre, diese herrlichen dicken Titten anzufassen – ja, Entschuldigung, ich kann mich selbst bei diesen Träumereien nicht beherrschen. Einfach nur mal eben meine Hände darauflegen, das hätte mir genügt. Na gut, und dann eines Tages …«

Der Mann, nein, ich spreche es jetzt einfach mal aus: Delmonte, der sich als Kaptein ausgibt, quasselt in einer Tour. Seine sonore Stimme wirkt hypnotisierend auf mich. Typisch Delmonte – jemanden, der bereits auf den Brettern liegt, noch weiter zu belästigen.

Am liebsten würde ich ihn so hören und sehen, wie ich ihn gekannt habe, und mich an die Geschichte erinnern, wie sie sich in Wirklichkeit abgespielt hat, anstatt mir dieses Geschwätz noch länger anhören zu müssen.

Mein verständnisvolles Schweigen? Na warte, Delmonte, dir verpasse ich noch eine Linke. Jedenfalls, wenn du dich traust, einen Moment stehen zu bleiben. Durch die ganze Stadt bin ich dir nachgejagt. Eva? Bestimmt eine der Damen von der Ruysdaelkade, oder? Bei Sal Meijer kennen sie dich noch, Bobby. Einer von denen meinte sogar, du wärst ein Held des Widerstands! Das ist dir gut gelungen. Dabei hat niemand den Hitlergruß so schneidig hinbekommen wie du. Mit dem Stern bist du herumstolziert, als wäre es ein schickes Einstecktuch, verflucht! Und dann all die Freunde beim Judenrat, und deine anderen Verbindungen und Adressen. Mutter fand dich höflich. Nein, wie sagte sie gleich noch mal?

»Höflich, gut aussehend und zuverlässig.«

Weil du ihren Bruder Louis nach der schlimmen Sache im Eissalon von Kohn und Cahn gewarnt hattest. Dass sie seitdem nichts mehr von ihm gehört hatte, war ihr der beste Beweis für deine Zuverlässigkeit; offenbar hattest du Louis die perfekte Adresse zum Untertauchen besorgt. Landau hatte irgendetwas über ein Lager aufgeschnappt, etwas, was klang wie »aufbrausen«, und dass Louis einer derjenigen war, die dorthin abtransportiert worden wären, doch weil Mama sich damals sehr ängstigte, hatte er nur mir davon erzählt. Für Landau stand fest, dass wir die Auserwählten Gottes waren und uns also nichts zustoßen konnte. Außerdem war er überzeugt, dass sich die Deutschen Hitlers Dreistigkeit nicht gefallen lassen würden. Seine Dreistigkeit! Als wäre der Kerl einfach nur unsympathisch.

Ich hatte keine Lust, mit Landau zu streiten, und hielt es für besser, ihm diese Wahnvorstellung zu lassen, so wie er wiederum meine Mutter vor einer Wahrheit schützen wollte, die sie vermutlich nicht ertragen hätte.

»Das sind Arbeitslager«, sagte Landau, und das Einzige, was er daran auszusetzen hatte, war, dass man dort keinen Lohn für seine Arbeit bekam.

Du hast doch gewusst, was da los war, Delmonte, oder? Meiner Meinung nach wusstest du alles, von Anfang an. Auch das, was erst noch geschehen würde.

Damals hast du besser ausgesehen, das muss ich schon sagen. Ich weiß nicht, wo du diese Lumpen herhast, aber damals hast du immer einen stahlblauen Anzug getragen und hattest noch volles Haar, immer schön eingeölt.

Eines Tages sind wir uns auf dem Markt in der Gaaspstraat begegnet. Ich habe dich hinter den Stand des Gemüsemanns gezogen.

Und dich gefragt, was du da zu suchen hättest, weil dieser Markt ja, soweit ich wisse, nur für echte Juden sei. Du hast eine Augenbraue hochgezogen. Genau wie jetzt! Du hast es also noch nicht verlernt. Da bin ich fuchsteufelswild geworden. Ich habe dich bei der Kehle gepackt, doch es kam kein Flehen, kein Ächzen, gar nichts. Als wäre es dir egal, ob ich dich fertigmachte oder in Ruhe ließe. Ich habe dich nach Onkel Louis gefragt, ob du wüsstest, wo die vielen Leute abgeblieben seien, doch du hast nur verächtlich geschwiegen. So hast du dagestanden, zwischen den Kisten, ein paar Schritte vom Gemüsemann entfernt, der so tat, als wäre nichts, und hast darauf gewartet, was ich als Nächstes tun würde.

Ich habe versucht, mich an Sprüche von Kosmann zu erinnern – Kosmann, den du, seit du nicht mehr im Boxclub auftauchtest, einen hirnlosen Trottel nanntest, der sich ganz umsonst einem Volk widersetze, das das Beste mit uns vorhabe. Ich sah die Wörter zwar vor mir – Vernunft, Geist und Harmonie –, doch es gelang mir nicht, sie zu sinnvollen Kombinationen zusammenzusetzen. Dieser eine Vorfall kam mir allerdings in den Sinn: Einmal hatte mich Marius Jong ganz schön erwischt, mein rechtes Auge erblickte wochenlang kein Tageslicht, und ich hatte Kosmann sagen hören, echten Schaden erleide man nur im Geist. Diesen Satz wiederholte ich, als meine Mutter mich abends jammernd von allen Seiten betrachtete, doch sie verstand mich nicht.

»Wo ist mein Onkel Louis?«

Wieder die Augenbraue.

Ich habe dir einen Leberhaken verpasst. Du bist sofort zu Boden gegangen. Ich habe gehofft, dass du aufstehen würdest, damit ich noch einen Treffer landen könnte, doch du bist hocken geblieben und hast mich gefragt: »Glaubst du wirklich, dass mir das was ausmacht?«

»Dreckskerl.«

»Ganz wie du meinst.«

Inzwischen waren bereits ein paar Leute stehen geblieben. Der Gemüsemann zog mich von dir weg.

»Hör auf mit dem Blödsinn, Junge«, sagte er. »Sonst habe ich gleich noch die Polizei am Hals.«

Deshalb habe ich dich ziehen lassen, Delmonte, um andere vor Schaden zu bewahren.

Ich weiß nicht wie, doch Kosmann hörte von dem Handgemenge. Eines Abends nach dem Training nahm er mich beiseite. Ich müsse vorsichtiger sein, dürfe niemandem mehr vertrauen und solle mich wie ein erwachsener Mensch benehmen. Wütend entgegnete ich, das habe er doch auch nicht gesagt, als wir auf dem Waterlooplein ein paar NSBern ans Leder wollten. Kosmann holte aus, schlang mir einen Arm um den Nacken und riss mich zu Boden. Die Wange auf dem Linoleum, Schweißgeruch in der Nase. Gnade? Gnade!

Eine Woche später wurde er in der Vijzelstraat von einem holländischen Polizisten vom Fahrrad geschossen und sein Kopf anschließend von einem deutschen Lastwagen platt gefahren. Eddy, ein Junge aus dem Verein, hatte das mit angesehen. »Wie eine aufgeplatzte Tomate«, hatte er gesagt, »kein schöner Anblick.« Trotzdem hätte ich lieber mit eigenen Augen gesehen, wie er gestorben war. Um es glauben zu können.

Der Mann, der mir zu lange zu dicht auf die Pelle gerückt ist, erhebt sich endlich. Es ist nicht Delmonte. Ich schätze sein Alter, sein Gewicht und die Anzahl Schläge, die nötig wären, um ihn auszuschalten. Das Ergebnis: fünfundsiebzig Jahre, achtzig Kilo, ein Uppercut und ein linker Jab.

»Es tut mir sehr leid, Meneer ...«

»Kaptein.«

»Meneer Kaptein, ich fühle mich nicht ganz wohl ...«

»Ich habe Ihnen von meiner Frau erzählt, die dahinten liegt, sehen Sie ...« Hinten in der Ecke reckte sich ein magerer Arm in die Luft, als habe die Frau nur auf ein Zeichen ihres Mannes gewartet. »Und dass wir eine brasilianische Haushaltshilfe hatten. Sie wohnen doch in Brasilien?«

Ich freute mich über dieses Wort: Brasilien. Ich denke an den Himmel in Brasilien, an die Berge, die Flüsse und das Meer.

»Oder täusche ich mich?«

»Nein, nein, das stimmt, ich wohne in Belo Horizonte. In der Rua Paraibuna, nicht weit vom alten Flughafen. Meine Wohnung ist recht bescheiden, zwei Zimmer für mich und ein kleines DCE für Vicky, die mich bei allem unterstützt, was ich nicht mehr schaffe.«

Ich höre mich das sagen. Ich weiß, dass ich an seiner Stelle nachfragen würde, und hoffe, dass er es auch tun wird. Der Gedanke an Brasilien schärft meinen Verstand. Namen, Orte, Wörter – ein Strom von Erinnerungen setzt ein. Na los, frag schon, frag mich, was ein DCE ist.

»Sie hatte es nicht dick, unsere Eva, also habe ich ihr ab und zu was zugesteckt. Verstehen Sie?«

»Natürlich.«

Ach, ist ja auch egal.

»Sie wollte nichts davon wissen.«

Ich werde wieder müde. Wie kann man bloß so müde sein?

Kaptein blickt zur Zimmerecke. Wieder scheint seine Frau uns zu grüßen. Jetzt erkenne ich, dass sie am Tropf hängt; es sieht aus, als würde dieser Schlauch ihren Arm in der Luft halten.

»Seit Jahren ist nichts mehr mit ihr los. Wissen Sie, wie oft sie hier im Krankenhaus war? Fünfundzwanzig Mal. Ein Jubiläum! Immerzu hat sie was.«

Falls ich nicht zurückkehre, kann Vicky in der Rua Paraibuna bleiben. Anfangs wird sie noch auf mich warten, mit einer wundersamen Rückkehr rechnen, und sich dann Woche für Woche, Meter für Meter meinen Wohnraum aneignen. Sich in meinen bequemen Sessel niederlassen und endlos lange *novelas* im Fernsehen ansehen. Von meinem Teller essen. In meinen Spiegel schauen. Sich in mein Bett legen. Und wenn es eines Tages bei ihr so weit ist und sie Unterstützung braucht, bittet sie jemanden um Hilfe, und der zieht dann in die …

»Dependência completa de empregada, DCE. Diese Abkürzung verwenden wir in Brasilien. Eine Art Dienstbotenwohnung mit Bad und Toilette.«

Kaptein hört mir einen Augenblick lang zu und fährt dann fort mit der Beschreibung der körperlichen Unzulänglichkeiten seiner Frau und der Unannehmlichkeiten, die ihm das bereitet.

»Ich versichere Ihnen, Meneer Jacobson, dass es wirklich kein Zuckerschlecken ist, neben einer Frau zu liegen, die permanent nach Urin stinkt. Ein ungeheuer durchdringender Geruch. Wie fauler Fisch. Manchmal dachte ich, und das dürfen Sie ruhig wissen, dass es besser wäre, wenn sie … Na ja, wenn sie sterben würde. Dann könnte Eva bei mir einziehen, und dann … Na ja, ich will mal so sagen: Ich glaube, sie ist sich bewusst, dass sie die paar Kröten extra nicht einfach so bekommt, falls Sie verstehen, was ich meine. Ich mag ja alt sein, aber es funktioniert alles noch. In letzter Zeit habe ich überlegt, mir das eine, Sie wissen schon, was ich meine, woanders zu besorgen, aber wenn es bei mir zu Hause stattfinden würde, in meinem Schlafzimmer, wie sich das gehört, wäre das doch besser und außerdem viel günstiger. Was meinen Sie?«

Dieser Besucher verärgert mich maßlos. Ich wappne mich gegen seine Schamlosigkeit, indem ich mir sage, dass es auf der

Welt immer Menschen wie ihn geben wird und dass es keinen Sinn hat, sich darüber aufzuregen. Ja, so ist das. Ich spüre, wie sich mein Gesicht entspannt. Wenn ich nur nicht so schrecklich müde wäre, würde ich vielleicht … Ich versuche zu lachen, muss aber gähnen.

32

Eines Tages – es muss im März 1942 gewesen sein – sagte meine Mutter: »Du hast Landau viel zu verdanken, Jonah. Wenn er nicht vom Fach gewesen wäre, hätte man dich bei Asscher niemals genommen. Dann wärst du ein Schacherer geworden, wie dein Vater. Merkst du dir das?«

Ich sollte diesen beiden Männern für so vieles dankbar sein. Meinem Vater für meine Geburt, Landau für mein Fortbestehen.

»Mache ich«, versprach ich.

An Mutter und Landau war ein Aufruf der Zentralstelle für jüdische Auswanderung ergangen, sie sollten sich am nächsten Tag am Centraal Station einfinden. Von dort sollten sie mit dem Zug zu einem Erholungsheim fahren. Diesen Bären hatte Delmonte ihnen aufgebunden. Ich fragte nicht, wovon sie sich denn erholen sollten. Auch die Bemerkung meiner Mutter, dass sie eben vorübergehend an einen anderen Ort gebracht werden würden, schluckte ich. Erst als sie von diesem Dreckskerl anfing, kam mir die Galle hoch.

»Wir brauchen keine Angst zu haben«, sagte sie. »Dein Freund Bobby sagt …«

»Delmonte ist nicht mein Freund.«

»Wir werden gut behandelt, sieh mal …« Sie zeigte mir den Brief, in dem stand, sie dürften am nächsten Tag kostenlos mit der Straßenbahn fahren.

»Wie großzügig! Das ist für die doch bloß ein Klacks.«

»Jonah!« Landaus Ton war entschieden zu sanft, um mir zu imponieren.

»Ihr habt es ja wirklich gut getroffen«, fuhr ich fort, »mit so einer Zugfahrt. Vielleicht bleiben sie gar nicht an der Grenze stehen, sondern fahren in einem Stück durch bis nach Tirol. Wir Schleifer sind die Dummen; wir sind den Nazis noch zu etwas nütze. Dank der Sperre dürfen wir uns noch für sie totschuften.«

Mutters Blick bewirkte mehr als Landaus Stimme. Ich verstummte und hielt den Mund, bis sie in ihren dicken Wintermänteln – man konnte ja nie wissen – in der prallen Sonne auf dem Bürgersteig standen.

Da kam Mevrouw Van Groen händeringend zu uns. Es wurde zu einem richtigen Abschied, weil sie in Tränen ausbrach, sonst hätte ich einfach nur Auf Wiedersehen gesagt. Und jetzt los, beeilt euch. Auch meine Mutter wurde unruhig.

»Na dann, Jonah«, sagte sie, »versprich mir, dass du gut …«

»Ich bin einundzwanzig Jahre alt, Mama.«

»Das weiß ich doch. Na dann. Junge …«

Ich nahm sie einen Augenblick in die Arme. Beugte mich zu ihr hinunter. Verbarg mein Gesicht in ihrem Nacken. Sie löste sich von mir, zog ihren Ehemann zu sich. Er hielt mir die Hand hin.

»Jonah.«

»Landau.«

Mehr fiel uns nicht ein. »O weh, o weh!«, jammerte Mevrouw Van Groen, als fühlte sie sich für das Unbehagen verantwortlich, das durch unsere Schweigsamkeit entstanden war, und wollte die Stille durchbrechen.

Landau versuchte, sie mit seinem »Alles wird gut«-Gerede zu trösten, doch das verstärkte ihren Gefühlsausbruch nur.

»Du …!«, stieß sie hervor – und sie muss gesehen haben, dass wir alle drei auf ihr übliches »meine Güte« warteten, das immer aufs »Du« folgte, wenn sie zwar aufgebracht war, aber nicht wütend genug, um Gottes Namen ins Spiel zu bringen. Dieses Mal blieb es jedoch bei einem hilflosen »Du«.

Meine Mutter umarmte die Nachbarin. Ich ließ Landaus Hand los.

Zum Schluss blieb nur noch eines: »Auf Wiedersehen.«

Dann hoben sie ihre albernen alten Koffer hoch und gingen zur Van Woustraat. Die Linie 8 näherte sich bereits.

Mevrouw Van Groen packte mich am Handgelenk und sagte, wie schrecklich das alles sei und was für eine Schande. Ich begleitete sie in ihre Wohnung und wollte ihr etwas zu trinken bringen.

»Du glaubst doch nicht im Ernst, dass ich jetzt was trinken kann?«, sagte sie ganz aufgelöst. Und danach, im Flüsterton: »Scheißmoffen.«

Ein paar Tage später fragte sie mich, ob auch ich am Schabbat ihre Dienste in Anspruch nehmen wolle.

»Nicht nötig«, antwortete ich, »ich kriege den Ofen allein an.«

Mevrouw Van Groen warf jammernd die Arme in die Luft. »Wer wird denn jetzt am Samstag für deine Mutter sorgen?« Ich sagte, sie solle sich keine Gedanken machen, doch wahrscheinlich ging es ihr vor allem um ihre Einkünfte – so wenig Landau ihr auch bezahlt hatte – und um die freie Zeit, die sie nun anders füllen musste.

Bei mir war es umgekehrt. Über das Schicksal meiner Mutter und meines Stiefvaters nachzudenken half mir nicht weiter. Rasch fand ich Gefallen daran, die Wohnung für mich allein zu haben und von Landaus Regeln erlöst zu sein.

Einen Tag nach dem Aufbruch meiner Mutter schob ich die

Fenster zur Straße auf. Aufgeschreckt vom Poltern kam Mevrouw Van Groen hoch und erkundigte sich, was los sei; ich sagte, ich wolle ein wenig frische Luft hereinlassen, doch in Wirklichkeit wollte ich vor allem den Geist des Zigarrenherstellers austreiben.

Als ich seine Sachen aufräumte, stieß ich auf eine kleine Holzschatulle mit siebenhundert Gulden darin. Erst dachte ich an mich – zusammen mit meinem Ersparten hatte ich nun fast tausend Gulden –, dann an Landau, der das Geld vermutlich zurückgelassen hatte, weil er sicher war, dass er bald nach Amsterdam zurückkehren würde.

Ungefähr zwei Wochen nach dem Abschied bekam ich eine Postkarte aus Vught, auf der in Landaus Handschrift stand, dass »alles in Ordnung« sei. Ich versuchte, dieses »alles« mit Landaus Augen zu sehen und ab diesem Moment war ich beunruhigt. In einem Brief an meine Mutter schrieb ich, ich hätte Landaus Schatulle gefunden. Falls sie den Inhalt gebrauchen könnten, sollten sie es mich wissen lassen. Ich schloss mit Küssen, Umarmungen und den besten Wünschen.

Es kam keine Antwort.

Das Alleinsein machte mir allmählich doch zu schaffen. Es war still und leer in der Wohnung. Ich machte mir Sorgen, weil sich so vieles in meinem Leben änderte; die Tatsache, dass für Nichtjuden alles beim Alten blieb, fand ich allerdings mindestens genauso beunruhigend. Überall sah ich fröhliche Gesichter. Manche Menschen verhielten sich mir gegenüber übertrieben freundlich und begrüßten mich wortreich, öfter jedoch wurde ich ignoriert oder sie sahen mir hinterher, als würde ich sie bei ihrem Fest stören, als wäre ich so etwas wie ein Gast mit viel zu viel Sitzfleisch.

Von all dem, was Kosmann uns beigebracht hatte, fiel mir eines immer schwerer: über den Dingen zu stehen, über dem

Schmerz und der Begierde. Und was dann? Akzeptieren, was passierte? Unmöglich. Wenn ich blieb, wo ich war, würde ich eines Tages selbst verhaftet und abgeführt werden oder aber ich starb vor Langeweile. Für uns gab es nichts mehr zu tun. Für Juden verboten. Juden nicht erwünscht.

Im Olympia war ich der Einzige aus meinem Jahrgang. Vier Jungen waren nach dem Generalstreik im Februar 1941 nicht zurückgekommen, zwei waren irgendwo untergetaucht und von den Übrigen erschien mir keiner gut genug, um ihn zu einem Kampf herauszufordern. Das Einzige, was mir noch Spaß machte, war, auf den Boxsack einzudreschen.

Ich blieb länger im Bett liegen, ging später zur Arbeit. Im Vorbeigehen tippte ich gewohnheitsgemäß vor dem Fenster von Mevrouw Van Groen an die Mütze. Wenn sie an ihrem Stammplatz saß, winkte sie zögerlich. Falls sie mein Verhalten missbilligte, war sie jedenfalls zu ermattet, zu abgestumpft, um etwas zu sagen. Nur das: ein träges Winken mit ihrer mageren kleinen Hand.

Danach schlenderte ich durch die Tolstraat, den Zaun entlang, an dem seit ewigen Zeiten nicht mehr besetzten Wächterhäuschen vorbei und betrat die Schleiferei. Ich stieg die Treppe ins dritte Stockwerk hinauf und suchte mir in dem fast leeren Saal einen Tisch an der Nordseite.

Der Chef, den ich in jenen Tagen nur noch selten sah, hatte mir von seinen wichtigen Besuchern erzählt und gesagt, man würde sie von dort aus unten auf dem Weg zu seinem Turm vorbeigehen sehen, der für solche Anlässe mit einem beeindruckenden Baldachin geschmückt wurde.

»Unsere Besucher gehören nicht zu den Geringsten«, hatte Asscher gesagt und mir ein Buch mit goldenem Einband gezeigt. »Sieh mal, dieser Krakel stammt vom Kaiser von Japan.« Die Unterschrift eines dicken Deutschen – des einzigen wichtigen Gastes, den ich je hereinkommen sah – war dem Buch erspart geblieben, weil der Chef kurz vor dessen Ankunft in *De Telegraaf* veröffentlichen ließ, das berühmte Goldene Buch sei gestohlen worden.

Asscher hatte mir auch von den Opern erzählt, die früher in der Firma gesungen worden waren. Vor allem unter den Spaltern, sagte er, habe es Sänger gegeben, die mit den Tenören vom Concertgebouw hätten mithalten können. Ich hatte es nie selbst erlebt, doch ich hatte immer das Gefühl gehabt, es könnte jederzeit jemand anheben zu singen.

Jetzt hörte ich nur noch ein paar Drehscheiben.

Es wurde mir immer unangenehmer, das Gebäude zu betreten, nicht wegen dem, was mir dort fehlte, sondern wegen dem, was stattdessen vorherrschte: Angst und Stille. Wenn überhaupt geredet wurde, dann handelte es sich immer um Gerüchte.

In den Lagern würden die Menschen vor Hunger und Erschöpfung sterben.

Unsere Sperre sei nichts wert.

Nicht mehr lange, dann würden auch die Diamantarbeiter abtransportiert werden.

33

An einem dieser trostlosen Tage öffnete in unserer Straße das Lichtspielhaus Thalia seine Pforten. Es wurden nur deutsche Filme gezeigt und ich durfte natürlich nicht ins Kino, dennoch blieb ich auf dem Weg zu Asscher einen Augenblick lang stehen, um mir die Vorankündigungen anzusehen.

»Heute Abend, La Jana in … *Stern von Rio*!«

Ich erkannte die Tänzerin auf der Fotografie. Auch die Gesichter der Männer, Gustav Diessl und Werner Scharf, sagten mir etwas – ich hatte sie als mäßige Schauspieler in Erinnerung, ein paar Jahre zuvor hatte ich sie im Kino gesehen.

Brasilien.

Hitze stieg mir ins Gesicht. Ich zupfte an meinem Hemdkragen.

Max Brander.

Ich sah ihn auf einem Pferd durch die südamerikanische Landschaft reiten. Er nahm den Hut ab und winkte mir damit. Ich betrachtete seine Geste als Einladung, sie konnte aber auch eine Warnung sein: Falls ich ernsthaft nach Brasilien wollte, war dies hier meine letzte Chance.

Dass ich mich nicht mehr in meinem eigentlichen Badehaus waschen durfte, sondern bis in die Andreas Bonnstraat gehen musste, empfand ich als Schikane, genauso wie die irrwitzige Vorschrift, dass ich nicht mehr angeln gehen durfte – als ob ich ein Bedürfnis danach verspürte. Vielleicht richtete ich meine ganze Aufmerksamkeit auf diesen Kleinkram, damit ich mir keine Gedanken über die viel größeren Kränkungen machen musste: keine öffentlichen Schulen mehr besuchen zu dürfen, aus Vereinen austreten zu müssen, zu deren Mitgliedern auch Nichtjuden zählten, nicht mehr Auto fahren zu dürfen …

Ich setzte meinen Weg zu Asscher fort, mit den Gedanken war ich bei meiner Mutter und Landau, von denen ich seit der Postkarte nichts mehr gehört hatte. Es schien fast, als würde mir erst in diesem Augenblick klar werden, wie merkwürdig es war, dass sie schon so lange irgendwo eingesperrt sein sollten. Für welches Vergehen waren sie inhaftiert worden? Wie sollten sie sich dagegen wehren? Meine Mutter würde keinen Widerstand leisten, und auch von Landau erwartete ich keinen Protest. Ich sah seinen gesenkten Kopf vor mir, ich hörte das Jammern meiner Mutter, erstickt in den Falten eines schmutzigen Kopftuchs. Nicht weinen, sagte ich leise, nicht weinen, Mama.

An meinem Platz in der Schleiferei angekommen, las ich zunächst *Het Joodsche Weekblad*, dessen Chefredakteur Asscher war. Bis dahin hatte das Wochenblatt mich nicht sonderlich interessiert, ich hatte es höchstens gelegentlich durchgeblättert, um mich abzulenken, doch als ich an jenem Morgen des 5. Juni 1942 auf der Titelseite las, dass »mit sofortiger Wirkung« ein allgemeines Reiseverbot für Juden gelte, war es, als hätte man mir meinen eigenen Tod angekündigt. Wenn ich jetzt nichts unternahm, war's das.

Einige Wochen zuvor hatte ich auf der Straße Arnold Zipper getroffen – einen mittelmäßigen, aber als Sparringspartner geeigneten Boxer. Es war eine seltsame Begegnung gewesen. Seine Spezialität, das Täuschungsmanöver, schien er jetzt auch auf der

Straße anwenden zu wollen. Ich musste zweimal nach ihm greifen, bevor ich ihn dazu bringen konnte, stehen zu bleiben.

»Jacobson«, zischte er, »was hast du denn noch hier zu suchen?«

»Ich bin vom Fach, Zipper«, sagte ich, »für uns gilt eine Sperre.«

»Und deswegen wiegst du dich in Sicherheit? Ich habe gehört, dass sie auch in Vught Maschinen aufstellen wollen. Dann darfst du bald hinter Stacheldraht arbeiten. Und Gott weiß, was das nächste Reiseziel ist.«

»Wenn die Lage so brenzlig ist, kann ich dich genauso fragen: Warum bist du noch nicht abgehauen?«

Noch bevor er den Mund aufgemacht hatte, wusste ich, was er sagen würde; er war bereits im Aufbruch begriffen, war schon mehr weg als hier.

Über Asschers dämliche Zeitung gebeugt wurde mir klar, dass für mich jetzt nichts wichtiger war, als meinen Boxkameraden wiederzufinden. Vielleicht konnte er mich ja mitnehmen, in irgendein sicheres Land. Und von dort aus weiter nach Brasilien. Warum eigentlich nicht?

34

Zipper war zwar noch nicht weg, doch mitnehmen wollte er mich nicht. Stattdessen gab er mir einen Tipp, an wen ich mich wenden könne. Es gebe da einen Typen, der früher bei uns im Boxclub gewesen sei und der einem für dreihundert Gulden Ausweispapiere beschaffen könne, außerdem gebe es eine Gruppe in der Rivierenbuurt, die sichere Unterschlupfadressen auf dem Land kenne.

Anderthalb Wochen später nannte er mir zwei Namen: Bobby und Linda. »Bobby besorgt dir die Papiere. Linda bringt dich auf den Weg.«

Ich kannte nur einen Bobby bei Olympia und fragte: »Meinst du Delmonte?« Er war's. Ich entgegnete, Delmonte sei nicht vertrauenswürdig, doch Zipper zeigte mir seine gefälschten Papiere. »Die sehen doch astrein aus, oder? Morgen bin ich weg.«

Er sagte, um Delmonte solle ich mich selbst kümmern, und mit Linda habe er vereinbart, dass sie am Sonntagmorgen auf ihrem üblichen Spaziergang durch die Rijnstraat gegen zehn Uhr die Brücke über die Amstel überqueren würde und dass ich ihr an einen sicheren Ort folgen könne, um dort ein paar Dinge zu besprechen.

»Wenn ihr da angekommen seid, fragt sie dich als Erstes, ob du mit mir verwandt bist, verstanden?«

»Ja.«

»Wenn nicht, ist da was faul. Das ist dir klar, oder? Wenn es sicher ist, kannst du weitermachen. Sonst lässt du die Finger davon.«

»Ist gut, ich hab's ja verstanden, du Meisterspion.«

Ich verpasste ihm einen Hieb aufs Kinn. Gut gemeint, aber etwas zu kräftig.

35

Ich musterte mich in einem Schaufenster: Hose, Mantel, Stern. Alles in Ordnung, geh ruhig weiter. Ein bisschen langsamer, gut, und jetzt behalte diese Geschwindigkeit bei; ein konstantes Tempo erregt weniger Misstrauen.

Direkt hinter der Kreuzung mit der Carrillonstraat kam mir Kalf entgegen.

Kalf war ein armer Schlucker, ein Straßenhändler, der in der Synagoge immer auf der Bank vor uns saß. In seinem Gebetsmantel fühlte er sich wohler als im Schlafanzug. An seinem Gang konnte ich erkennen, wohin er unterwegs war: Wenn er nach Hause ging, trödelte er, zur Schul aber rannte er. Ob er wohl glaubte, dass Gott auf seine Eile Wert legte?

Als Kalf langsam an mir vorbeischlenderte, zischte er etwas von einem Minjan, man hätte mich gebraucht, ich sei ja ein halber Goi geworden, und Landau hätte sich bestimmt für mich geschämt.

Ich verspürte Ärger, gleichzeitig aber auch Bewunderung für Kalfs Selbstdisziplin. Mir fiel es immer schwerer, so zu tun, als gäbe es den Feind nicht.

Bei der Brücke über die Amstel sah ich eine Frau, die Enten fütterte. Sie trug einen schwarzen Hut – einem Ofenrohr nicht unähnlich –, und ich fragte mich, wie jemand mit einem geheimen Auftrag eine so auffällige Kopfbedeckung wählen konnte.

Sie drehte sich zu mir um, nickte und ging los. Beim Daniël Willinkplein bog sie um die Ecke und lief direkt in die Arme einer Frau, die sich auf sie stürzte, als habe sie sie seit Jahren nicht mehr gesehen.

Ein baumlanger, kahlköpfiger Kerl besah sich die Szene ein wenig verlegen.

»Ich habe eigentlich keine Zeit«, sagte sie.

»Oh, aber du *musst* ganz kurz ...« Der Mann wurde ihr vorgestellt. »Das ist Jacob.« Die Frau, die sie getroffen hatte, nickte vom einen zum anderen. »Jacob, Catharina. Catharina, Jacob.«

Wie auf Kommando kamen aus dem Hauseingang von Nummer 21 drei Kinder herbei. Zwei Mädchen und ein Junge. Auch sie gaben ihr die Hand.

»Jetzt muss ich aber wirklich los«, hörte ich sie sagen. Sie entfernte sich, halb stolpernd, den Kopf der Gruppe zugewandt, die sie hinter sich ließ. Es schien fast, als würde sie von einem Strom mitgerissen, als hätte sie für einen Augenblick bei dieser Familie Halt gefunden und würde nun allein weitertreiben.

An der Waalstraat bog das Ofenrohr um die Ecke. Ich beschleunigte meine Schritte, aus Angst, die Frau aus den Augen zu verlieren. Etwa hundert Meter weiter erblickte ich sie wieder. Sie erwartete mich in einem Hauseingang. Als ich mich näherte, fragte sie: »Verzeihen Sie, aber sind Sie zufällig mit Zipper verwandt?«

»Ja«, sagte ich, »und Sie sind Catharina, aber ich soll Sie Linda nennen, wenn ich das richtig verstanden habe.«

Wir kehrten der Stadt den Rücken und spazierten zur Amstel. Sie schlug vor, dass wir uns bei den Händen hielten, damit wir aussahen wie ein beliebiges Pärchen beim Sonntagsspaziergang am Fluss.

Es gab nicht viel zu besprechen. Geld musste her. Ob ich genug hätte? Gut. Und ich müsse den Mund halten können. Sie finde es wichtig, geschäftlich zu bleiben. Sofort war mir klar, dass sie das genaue Gegenteil meinte.

Sie stellte sich auf die Zehenspitzen, um mich zu küssen, und sagte, das tue sie, um keinen Verdacht zu erregen. Es sei doch unlogisch, wenn schöne junge Menschen wie wir sich nicht umarmten.

36

»Catharina!«

Sie lacht noch genauso wie damals.

»Ich bin Sonja«, sagt sie, »Catharinas Enkelin. Sie tun ja gerade so, als würden Sie mich zum ersten Mal sehen.«

»Warst du denn öfter da?«

»Fast jeden Tag. Zum ersten Mal letzte Woche Samstag, zusammen mit meinem Mann Walter, danach allein. Gestern konnte ich nicht kommen, also habe ich ihn gebeten, Sie zu besuchen. Können Sie sich noch daran erinnern, dass Walter da war?«

Ich sehe ein paar Männerköpfe vor mir, einer von ihnen muss Walter gewesen sein.

»Groß, dunkles Haar.«

»Ach ja, der, natürlich kann ich mich erinnern, Walter. Ein netter junger Mann.«

Ich habe keinen blassen Schimmer.

»Ehrlich gesagt hatte er erst keine Lust, Sie zu besuchen, doch als er abends nach Hause kam, sagte er, Sie hätten ihm interessante Geschichten erzählt. Ich war froh, dass er sich endlich mal wieder für etwas begeistert. Er ist nämlich schon seit einem Jahr arbeitslos und, na ja, das ist nicht gerade förderlich für die Stimmung zu Hause.«

»Das tut mir leid, Catharina, aber …«

»Sonja.«

»Kannst du mir vielleicht noch mal erzählen, wieso du jetzt hier neben meinem Bett stehst?«

»Nicolette hat mich letzten Samstag angerufen. Sie arbeitet im Hotel Linda. Sie sagte, Sie hätten sich bei Ihrer Ankunft nach meiner Großmutter erkundigt. Nachdem sie mir die ganze Geschichte erzählt hatte, von Ihrem Unfall und so, und dass Sie hier ganz allein im Krankenhaus liegen, musste ich Sie ja wohl besuchen kommen. Walter meinte zwar, dass uns das nichts angeht, aber ich fand es so romantisch, dass Sie den Ozean überquert haben, um sie zu finden, und jetzt … Hoffentlich stört es Sie nicht, dass ich mich Ihnen so aufdränge, aber …«

»Nein, nein, das tust du doch gar nicht. Ich freue mich, dass du da bist.«

»Sie liegen hier schön«, sagt sie. »Und es sieht so aus, als würde es Ihnen auch wieder ein bisschen besser gehen.«

»Manchmal sind Menschen da.«

»Menschen?«

»Tote Menschen, meine ich.«

»Keine Sorge, das träumen Sie bloß. Die Krankenschwester hat mir davon erzählt, sie sagte, Sie wären vor allem nachts unruhig. Deshalb bekommen Sie Beruhigungsmittel.«

Sie sieht mich voll Mitgefühl an. Trotz meiner Verwirrung versuche ich, mich zusammenzureißen. In einem Ton, der ihr zu verstehen geben soll, dass alles bestens ist und ich bei klarem Verstand bin, frage ich sie, ob Catharina noch lebt.

»Oma Kat? Ja, sicher. Sie wohnt in einem Pflegeheim. Im Sint Jacob auf der Plantage Middenlaan. Aber sie ist … na ja, alt natürlich.«

Mit dieser jugendlichen Version von ihr an meinem Bett ist es mir vollkommen unmöglich, mir vorzustellen, wie Catharina in hohem Alter aussehen könnte.

»Kleine Kattie«, sage ich, »um kein Haar verändert.«

»Ich bin Sonja.«

»Ja …«

»Ich sag's nicht gern, aber im Lauf des letzten Jahres hat meine Oma ziemlich abgebaut. Sie ist aufbrausend geworden, will nur noch in ihrem Rollstuhl vom Bett zum Fernseher gefahren werden und bleibt sogar davor sitzen, wenn er aus ist. Außerdem beklagt sie sich neuerdings über alles Mögliche, was sie früher gar nicht gestört hat. Wissen Sie über ihre Prothese Bescheid? Die hat sie schon seit dem Krieg, also …«

»Ich wusste, dass sie einen …« Wie soll ich es nennen? Dass ihr ein schlimmer Unfall zugestoßen ist? Dass sie einen Anschlag überlebt hat?

»… sie tut gerade so, als würde sie ihren Unterschenkel seit ewigen Zeiten vermissen. Früher hat sie Witze darüber gemacht. Dann hat sie die Prothese mitten im Gespräch abgeschraubt und auf den Tisch gestellt, einfach so. Und sie konnte wunderbar kochen, gibt sich aber jetzt mit wässriger Suppe und Plastikkäse zufrieden. Das ist übrigens das Einzige, womit man sie noch aus der Reserve locken kann: Essen. Oma Kat schleppt sich von einer Mahlzeit zur nächsten.«

»Ist sie denn noch klar im Kopf?«

»Ich weiß nicht genau. Eigentlich wirkt sie ganz verständig. Nur schade, dass sie sich über alles ärgert … Ich kann das ja verstehen. Ich finde es auch keine schöne Vorstellung, ins Altersheim zu müssen. Da gibt es eine ganze Menge Verrückte. Manche reden überhaupt nicht, andere murmeln nur so ein bisschen vor sich hin. Ziemlich unheimlich finde ich das. Und wenn man dann bedenkt, wo sie herkommt … Vor wenigen Jahren noch wohnte meine Oma in einem wunderschönen Haus in …«

Mit der Geschwindigkeit, in der Catharinas Enkelin durch

die Zeit rast, kann ich nicht mithalten. Ich verliere den Faden, höre sie zwar reden, verstehe aber immer weniger. Irgendwo in diesem Wirrwarr an Informationen verstecken sich Antworten auf meine Fragen. Manchmal kann ich einen Blick darauf erhaschen, doch je mehr ich mich anstrenge, ihr zu folgen, desto elender fühle ich mich. Allerdings könnte ich eine einfache Bitte formulieren, mich daran festhalten und sie ihr vorlegen, wenn sie einmal ihr Tempo drosselt oder vielleicht sogar einen Moment innehält.

Sie kramt in ihrer Tasche. Ein Handy, genau so ein Ding, mit dem ich Vicky manchmal habe telefonieren sehen. Sie redet weiter mit mir und drückt währenddessen auf ein paar Tasten. »Sehen Sie«, sagt sie, »das ist meine Oma.«

Sie hält mir den Apparat unter die Nase. Ich schiebe ihre Hand von mir weg, damit ich das Bild besser sehen kann. Da ist sie: Catharina Hovenier.

»Das Foto ist schon ein paar Jahre alt«, sagt Sonja, »so habe ich sie am liebsten.«

Eine alte Frau nippt an einem Glas. An ihrem Oberteil klemmt eine Ansteckblume.

»Es scheint fast so, als hätte sie seit meiner Hochzeit weniger Freude am Leben.« Sonja lacht. »Ich allerdings auch. Nie hätte ich … Na ja, sehen Sie mal.« Sie legt zwei Finger auf den kleinen Bildschirm, spreizt sie und zaubert so zu meiner großen Verblüffung eine Vergrößerung von Catharinas Foto zum Vorschein. »Hier ist sie so, wie ich sie immer gekannt habe: eine liebe, starke Frau.«

Das sehe ich auch so. Ich glaube sogar, dass ich nach ihr nie mehr jemanden kennengelernt habe, der diese beiden Eigenschaften so gut unter einen Hut brachte.

Ich würde sie so gern noch einmal berühren …

»Falls es mir je wieder besser gehen sollte, könnte ich ja vielleicht mit dem Taxi zum Pflegeheim fahren und sie dort besuchen? Was meinst du?«

Sonja sieht mich ernst an. Ich weiß nicht, ob sie an den Zustand ihrer Großmutter denkt oder an meinen.

»Ich erzähle ihr, dass Sie da sind«, sagt sie schließlich.

»Das wäre sehr nett von dir.«

Ich verstehe es ja, dass diese kurze Entfernung schwer zu überbrücken ist, aber ich würde so gerne ein paar Dinge zurechtrücken, ein paar Probleme lösen, das vielköpfige Monster der Fantasie erlegen.

»Du kannst dir gar nicht vorstellen, was ich in den letzten Tagen alles erlebt habe«, sage ich leise.

Sonja steckt das Telefon wieder ein und holt mein Adressbuch heraus.

»Ich war gestern im Hotel, um Ihre Sachen zu holen. Entschuldigen Sie meine Neugier, aber ich habe dieses Büchlein gesehen und mich gefragt, ob nicht vielleicht Menschen in Brasilien erfahren sollten, was Ihnen zugestoßen ist.«

Mir fällt nur ein Name ein. »Nana.«

»Ihre Frau?«

»Eine schöne Frau. Das hört sie viel zu gerne. Ich frage sie immer: Warum soll ich es dir denn immer wieder sagen? Dass du eine Schönheit bist, steht unumstößlich fest. Werden Diamanten weniger schön, nur weil man sie nicht bewundert? Oder hässlicher, wenn man etwas an ihnen beanstandet? Und dann sagt sie: ›Aber ich habe hier so einen Fleck‹, und zeigt dabei auf eine kaum sichtbare Sommersprosse am Hals oder weiter unten, je nachdem. Gut, sage ich dann, um ihr einen Gefallen zu tun, dann bist du eben ein VVS … Weißt du, was das ist? Ein Diamant, der nicht ganz lupenrein ist, ein Stein mit einem winzigen Fehler. Very Very Small, heißt das. Ich war Diamantarbeiter. Hatte ich das schon erzählt?«

»Nein, das wusste ich nicht.«

»Und Boxer.«

»Das sieht man.«

»Ach nein … Mein Brustkorb ist ganz eingefallen. Ich habe zu viel Haut, als wäre ich von innen ausgeraubt worden. Und mein Haar ist dünn und grau.«

»Soll ich Ihre Frau anrufen?«

»Ja, gern. Sie macht sich bestimmt Sorgen.«

»Und welche ist Ihre Nummer? Ich sehe hier nur jemand namens Vicky stehen.«

»Ja, Vicky soll auch wissen, dass ich hier bin.«

»Ist das Ihre Tochter?«

»Meine Tochter?«

Mir fallen die Augen zu. Als würde sich jemand mit seinem ganzen Gewicht an meine Lider hängen. Wieso bin ich bloß so müde? Ein Schleifer, ein Boxer. Ich krieche auf Knien durch den Schlamm des Rio de São Francisco. Naki geht vor mir her. Einen einzigen Stein suche ich noch, hier irgendwo muss er sich vor mir verstecken.

»Ich fange einfach mit Vicky an, dann sehe ich ja, wie weit ich komme.«

Die Matratze gibt unter mir nach. Sie ist aufgestanden. Ich suche ihre Hand, ihren Arm, zur Not auch ihren Ärmel. Das Mädchen darf mir nicht entwischen.

Bleib doch noch einen Augenblick hier. So spät ist es gar nicht. Bleib bei mir. Das würde ich gerne sagen.

37

Wir fuhren auf der Indian durch das Landesinnere Brasiliens, um eine Bleibe für uns zu suchen. Meinen Krempel hatten wir solange bei Nanas Eltern untergestellt. Im Lauf der Monate hatten sich meine Kenntnisse von Nanas Sprache zwar gebessert, doch wir kamen mittlerweile auch ohne Worte gut zurecht.

Nana hatte ein Seidentuch um den Kopf geschlungen. Eine Sonnenbrille sollte ihre Augen vor Staub schützen. Ihre nach oben gebogenen Mundwinkel verrieten mir, wie zufrieden sie mit ihrem Platz im Beiwagen war. Während ich bloß hoffte, Erfolg zu haben, war sie offenbar überzeugt davon, dass wir direkt darauf zusteuerten.

Ihr Vater hatte sich über alles Mögliche gewundert – ich war der erste Europäer, den er sah, und er behielt mich die ganze Zeit im Blick, als könnte ich mich plötzlich verwandeln –, bloß nicht über mein Vorhaben, Diamanten zu suchen. Als Lastwagenfahrer kannte Carlos da Silva nicht nur Tausende Quadratkilometer Land, sondern genauso viele Geschichten von Kopfgeldjägern, Goldgräbern und Diamantensuchern. Er hatte gelernt, seine Ziele immer auf dem kürzesten Weg anzusteuern; Umwege lehnte er genauso ab wie Unsinn. Carlos konnte Wahrheit und Lüge so gut unterscheiden, dass die Menschen in seiner Umgebung ihm lieber zuhörten, als selbst Geschichten zu erzählen, da er ohnehin immer alles besser wusste.

Anfangs hielt er mich auf Abstand. Mir war klar, dass die Unterstützung, die er mir anbot, eigentlich seiner Tochter galt. Nachdem Nana ihrem Vater meine Pläne erläutert hatte, erklärte er ihr mit Hilfe einer eigenhändig skizzierten Karte des Bundesstaats Minas Gerais, wo dieser Gringo – eine wedelnde Handbewegung in die Richtung, wo ich saß – am besten nach Diamanten suchen könne. Aus dem Gespräch zwischen Vater und Tochter schloss ich, dass ich im Stromgebiet des Rio Paranaíba die beste Aussicht auf Erfolg hätte. Als ich Carlos danach fragte, antwortete er Nana. Ja, das sei die richtige Gegend.

In der Stille, die nach diesen Worten eintrat, nahm ich Nanas Hand und hielt sie über die Karte ihres Vaters. Offenbar begriff Nana, dass sie bestimmen durfte, wohin wir fahren würden. Sie schloss die Augen und legte ihren schönen Zeigefinger auf Três Marias.

Ihr Vater faltete die Karte zusammen, klapste Nana damit auf die Schulter und wünschte uns viel Glück.

So machten wir uns auf den Weg. Über weite Strecken, viele Kilometer lang, waren wir zwei die einzigen Menschen auf der Erde. Wann immer der Weg nicht allzu holprig oder kurvig war, sah ich zur Seite. Zu meiner schönen Beifahrerin.

Wir hatten einen kleinen Koffer mit ein paar Dingen zum Übernachten dabei, Lebensmittel, Getränke und natürlich mein Buch über Brasilien, dessen Abbildungen Nana genauso faszinierten wie mich zuvor der Text.

Es war naiv von mir gewesen, zu glauben, dass Nana sich in ihrem Land auskannte, das zweihundertvierzig mal so groß war wie meines und in dem mehr unterschiedliche Kulturen nebeneinander existierten, als es in ganz Europa gab. Ich sah ihren Blick von einem Bild zum nächsten springen, als würde sie Brasilien zum ersten Mal sehen.

Noch keine hundert Kilometer von ihrem Heimatort entfernt fragte sie sich bereits, wo um Himmels willen wir gelandet waren. Bei den Zwischenstopps, im kühlen Schatten der Bäume, hielt sie die Karte ihres Vaters verkehrt herum und kicherte über ihre Unwissenheit. Wir beschlossen, bei jeder größeren Kreuzung nach dem Weg nach Três Marias zu fragen. Ein paar versprengte Reisende konnten uns Auskunft geben, doch die Einheimischen sahen uns alle bloß mit großen Augen an. Ich nahm an, sie hätten vielleicht noch nie ein Motorrad mit Beiwagen gesehen, doch Nana wusste es besser: Der besondere Anblick war ich.

Am ersten Tag fuhren wir bis Lelivéldia. Laut Nanas Berechnungen hatten wir etwa vierhundert Kilometer zurückgelegt. Die doppelte Anzahl hätte ich ihr auch abgenommen. Meine Muskeln waren völlig verkrampft vom Abfedern der Erschütterungen, und ich hatte das Gefühl, meine Nieren wären zur Lunge hochgerutscht.

Dort, in dem Ort mit dem unvergesslichen Namen, in dem wunderschönen Flusstal des Rio Jequitinhonha, durfte ich Nana nehmen. Und sie mich. So war das wirklich: Wir schenkten uns einander. Hier, das ist meine Haut, fühl mal, wie zart sie ist. So rieche ich, wenn mir von dir ganz heiß wird. Und so schmecke ich.

An jenem Abend gab Nana mir meinen Kosenamen. Sie benannte mich nach einem exotischen blauen Vogel, weil ich von einem anderen Kontinent herübergeweht worden war und meine Augen dieselbe Farbe hatten wie das Federkleid des *azulão*.

Am nächsten Tag erreichten wir Planalto de Minas. Die Straßen waren noch schlechter als am ersten Tag, doch von dieser Fahrt blieb mir nur das Kribbeln in Erinnerung, das mich vom Scheitel bis zur Sohle durchlief.

Es kommt mir vor, als wären wir eine Woche unterwegs gewesen, aber wahrscheinlich waren es nur zwei oder drei Tage. Ich habe sie als die glücklichsten meines Lebens in Erinnerung, doch auch hier blieben, wenn ich aussieben müsste, weniger übrig. Manchmal rang ich mit der Vergangenheit, wie die Indian, wenn sie einen steilen Hügel bezwingen musste.

Meine nüchterne Art, die mir bei der Flucht durch Europa geholfen hatte, nützte mir hier nichts. Dort hatte ich meine Situation in ihre Einzelteile zerlegt und sie mir von allen Seiten angesehen, ohne ein Urteil darüber zu fällen. Nur so konnte ich verhindern, dass meine Emotionen mich unter sich begruben.

Doch hier brauchte ich nicht länger auf der Hut zu sein, und so bekam auch die Trauer um die Menschen, die ich zurückgelassen hatte, die Gelegenheit zuzuschlagen. Landau, Kosmann, die Jungs vom Olympia … Ich knatterte durchs Paradies, der Gefangenschaft, dem Tod entronnen. Das Schicksal hatte mich davonkommen lassen und sich statt meiner andere geschnappt. Nein, so ist das nicht, so war das nicht …

Der Kopf meines ehemaligen Trainers, eine aufgeplatzte Tomate. Meine erschossenen Clubkameraden. Mama und Landau mit ihren Koffern in der Tolstraat.

Bald würde ich mich zwingen, mir diese Nachricht anzuhören; jemand würde mir mitteilen, dass sie nicht von ihrer Reise zurückgekehrt waren. Ich wusste es schon längst. Es hatte eigentlich keinen Sinn, darüber nachzudenken. Im Grunde brauchte ich nicht mal Kontakt aufzunehmen.

In den Momenten, in denen ich mich zwingen musste, einfach weiterzumachen, gab ich gedankenlos ein bisschen mehr Gas. Selbst wenn der Straßenbelag dafür nicht geschaffen war. Nana hatte keine Angst. Ich hörte ihr Lachen.

38

Als ich nicht allzu lange nach unserem Aufbruch aus Tapirama auf dem Platz vor der Santa-Rita-Kathedrale von Serro das Motorrad parkte, trafen wir einen Mann, der ausgezeichnet Englisch sprach: Augusto de Farias. Er lud uns zum Abendessen ein.

Er war, so erfuhr ich später, nur wenige Jahre älter als ich, doch sein Bauch hing damals schon über seinen Hosenbund. Während Nana sich mit seiner Frau Lia bekannt machte, schlug Augusto vor, mir den Garten zu zeigen. Noch bevor De Farias zu Ende gesprochen hatte, wusste ich, welchen Platz er in unserer Geschichte einnehmen würde – das war der erste Satz unserer Freundschaft. Mit diesem Mann ging ich an jenem Abend spazieren und noch unendlich viele Male danach.

Gegenwart, Zukunft und Vergangenheit – ein magisches Dreieck, das man von allen Seiten betrachten konnte. Ich war davon überzeugt, dass Augusto, ohne es zu wissen, Tausende von Kilometern von meinem Geburtsort entfernt, auf mich gewartet hatte.

Wie alte Männer, die Hände auf dem Rücken, schlenderten wir durch Augustos Garten. Bei jeder neuen Blumensorte enthüllte er mir einen Lebensabschnitt. Er hatte ein schönes, übersichtliches Dasein.

Wohlhabende Eltern, eine glückliche Jugend in Belo Horizonte – »Can you see those star-shaped flowers? Orchids! They come in many colours« – Medizinstudium – »Roses, of course« – kleine Hausarztpraxis in Serro, Heirat.

»Come, let's eat.«

Auch das Gericht schien bereits ersonnen worden zu sein, als ich noch auf der Serpa Pinto unterwegs war.

Bolinhos de bacalhau, erklärte Augusto, seien Bällchen aus klein geschnittenem, getrocknetem Kabeljau mit Kartoffeln, Ei und Knoblauch, frittiert und zusammen mit frisch gepresstem Limettensaft und *pimenta* serviert. Unnötig zu sagen, dass ich nichts lieber aß als Fisch. Das eiskalte Bier schmeckte herrlich dazu.

Beim Essen konnte ich mit meinen Zukunftsplänen geschickt von meiner Vergangenheit ablenken.

Später sagte Augusto, er habe mich deshalb spontan ermutigt, weil ich so begeistert gewesen sei, er habe nämlich noch nie jemanden kennengelernt, der tatsächlich Diamanten gefunden habe. Doch an jenem Abend legten wir uns einen Plan zurecht: Ich würde von Serro aus Tagesreisen in die Umgebung unternehmen, innerhalb weniger Monate steinreich werden und ein Jahr später ein prachtvolles Haus in der Nähe des Ehepaars De Farias beziehen. Auf jedes einzelne Element unserer Zukunftspläne stießen wir mehr als einmal fröhlich an.

»Und wäre es dann nicht besser«, schlug Lia vor, »wenn Nana bis zu deiner Rückkehr bei uns bleibt?« Über diese Möglichkeit hatten die Frauen offenbar bereits gesprochen, denn auch Nana sah mich erwartungsvoll an, als wäre ich der Letzte, der noch in diesen Teil des Plans einwilligen musste.

»Ich könnte Lia in Augustos Apotheke helfen.«

»Genau«, bekräftigte die Frau des Arztes.

Der Hausarzt ballte die Hände zu Fäusten, wartete mein »Okay« ab und reckte sie dann triumphierend in die Luft.

Nachts, in dem kleinen Zimmer in unserer Pension, breiteten Nana und ich die Karte ihres Vaters auf dem Bett aus. Nana fuhr mit dem Finger die Route nach Três Marias entlang, dann weiter nach João Pinheiro und Cristalina, bis sie bei Valparaiso de Goiás von der Karte abkam, über meinen Oberschenkel weiterfuhr und schließlich bei meinem Penis landete, den sie kitzelte, bis er aufrecht stand und sich störrisch weigerte, sich wieder hinzulegen.

Im Nachhinein betrachtet verstehe ich nicht, dass ich all die Jahre nie an meinem Vorhaben gezweifelt habe. Bei meiner ersten Expedition verirrte ich mich und musste die Nacht auf einem Feld verbringen, beim zweiten Versuch, auf den ich mich besser vorbereitet glaubte, blieb ich mit einem leeren Tank in einem Kaff liegen, keine hundert Kilometer von Serro entfernt.

Den Glauben, Nana hätte mit ihrem Glücksfinger auf der Karte just den richtigen Ort erwischt, gab ich auf, zumal mich die Fahrt nach Três Marias mehrere Tage kosten würde und es kindisch war anzunehmen, dass ich ausgerechnet dort, wie bei einem Kreuz auf einer Schatzkarte, Diamanten finden würde. Stattdessen fuhr ich einfach drauflos, in alle Himmelsrichtungen, fragte hier und da nach dem Weg und stieß manchmal sogar selbst durch Zufall auf eine günstige Stelle, um ein Flussbett zu durchkämmen. Der einzige glänzende Stein, den ich fand, stellte sich jedoch als eine in dem Kies am Grund des Flusses glatt geschliffene Glasscherbe heraus.

Während ich träumend durchs Land zog, fand Nana am Rand der bewohnten Welt ein Haus für uns, mit einem wundervollen Blick auf die Berge. Sie half ein paar Stunden pro Woche in der

Apotheke von *doutor* Augusto aus und führte einem alten Bauern, den ich nur bei seinem Vornamen Benedito kannte, den Haushalt.

Sobald ich mit der Indian angefahren kam, ließ Nana alles stehen und liegen – »Azulão!« –, stürzte nach Hause und zog mich hinter sich her nach drinnen, zum Bett, wo wir übereinander herfielen, als hätten wir jahrelang auf die Liebe verzichten müssen.

So lebten wir, einfach und glücklich. Wir zimmerten unseren Haushalt zusammen – mit Vereinbarungen und Gewohnheiten, Liebhabereien und kleinen Macken. Mir gefielen ihre Spielchen: das des kleinen Mädchens und das der koketten Frau. In Gesellschaft war Nana immer die Schönste. Nicht einmal Lia, eine reizende Erscheinung, die am Ende jedes Essens mit mir flirtete, konnte ihr das Wasser reichen.

Ein Jahr nachdem ich die Indian vor der Santa Rita geparkt hatte, heirateten wir dort. Unsere Hochzeitsreise führte uns, auf exakt derselben Strecke wie auf dem Hinweg, zurück nach Tapirama.

Das Fest feierten wir im Haus von Nanas Eltern. Ich brauchte keinen Dolmetscher mehr, um Carlos zu verstehen. Durch die Heirat mit seiner Tochter war ich in seinen Augen zum Landsmann geworden. Mit einer ausholenden Armbewegung deutete er an, wo meine Zukunft lag – »Viva o Brasil!« –, und später, als wir beide zu viel getrunken hatten, zeigte er mir mit beiden Händen vor dem Bauch, was er sich noch dazu vorstellte.

Ein paar Jahre nach dem Fest sollte ich ihm, genauso beschwipst, erzählen, ich könne nicht dafür sorgen, dass er Großvater würde. Eine Neuigkeit, die er mit derselben Gelassenheit aufnahm wie alles andere, was seinen Pfad kreuzte: Es ist, wie es ist.

Carlos blickte immer nur nach vorn.

Mein Leben vor Brasilien interessierte ihn nicht sonderlich. Er wusste, dass in Europa ein Krieg wütete, und er glaubte mir auch, als ich Nana bat, zu erklären, dass Juden dort kein leichtes Leben hatten. Doch ich nehme an, die Geschichte des Abenteurers, des jungen Mannes, der in einer mächtigen Staubwolke in das Leben seiner Tochter hineingebraust war, gefiel ihm besser.

Augusto de Farias war neugieriger. Im Geist war er ein Weltenbummler, obwohl er sich am liebsten in seinem Garten aufhielt. Die Entfernungen, die er zurücklegte, berechnete er in Zeilen, nicht in Kilometern. Er las alles Mögliche, und wenn eine Geschichte ihn packte, schickte er eher einen Patienten nach Hause, als dass er sein Buch für eine Weile beiseitegelegt hätte.

Bei unserer ersten Begegnung fragte er mich, was ich von Hitler und dem Dritten Reich hielte. Ich antwortete ihm wahrheitsgemäß, dass Politik mich nicht interessierte, doch um seine Neugier auf andere Länder wenigstens ein bisschen zu stillen, erzählte ich ihm dieses Mal und in den folgenden Jahren mit schöner Regelmäßigkeit immer wieder von meiner Reise nach Brasilien.

Am liebsten hörte er die Geschichte von meiner neunzehntägigen Fahrt auf der Serpa Pinto von Lissabon nach Salvador. Er drängte mich, ihm so viele Details wie möglich zu erzählen, und machte sich einen Sport daraus, meine Geschichte mit Informationen zu ergänzen, die er zwischen unseren Treffen in der Bibliothek ausgegraben hatte. So wusste er, als ich sagte, wir hätten bei einer Insel vor der brasilianischen Küste angelegt, dass es sich um die Ilha dos Flores handelte, und ein paar Wochen nachdem ich ihm erzählt hatte, ich hätte in einer Hängematte aus Segeltuch im Schiffsbauch geschlafen, teilte er mir mit, er habe begriffen, dass ich mir keine der hundertdreizehn Kabinen in der ersten Klasse habe leisten können und dass auch eine der zweihundertachtzig Kajüten zweiter Klasse vielleicht etwas zu teuer gewesen wäre, doch glücklicherweise habe ich ja in einer der hundertdreißig Kojen dritter Klasse unterkommen können.

Als ich sagte, der Name des Kapitäns sei Américo dos Santos gewesen, übertrumpfte mich Augusto mit dem ersten und zweiten Taufnamen des Schiffes – Ebro und Princesa Olga – und bemerkte beiläufig, das große mittelalterliche Gebäude, das ich steuerbords gesehen hätte, als wir in Lissabon ausliefen, heiße Mosteiro dos Jerónimos.

Dieses Spiel setzten wir fort, bis wir uns über alle Details der Überfahrt ausgetauscht hatten.

Mit diesen Geschichten bereitete ich dem Arzt eine große Freude, doch ich wusste, dass er sich nach mehr sehnte; dass er mehr in die Tiefe gehen wollte.

Saudade, Azulão, *saudade!*

Augusto war ein Schwärmer, ein Melancholiker. Wenn er nach der zweiten oder dritten Flasche Bier auf *cachaça* umstieg – eine Rumsorte, die mir beinahe die Eingeweide zerfetzte –, wurde seine Stimme einige Oktaven tiefer und das, was er zu sagen hatte, wirrer. Der Kern seiner Geschichte war immer derselbe: Sehnsucht.

Manchmal konnte er sein Verlangen in Worte fassen. Dann wünschte er sich, seinen verstorbenen Vater wiederzusehen, noch einmal in den Armen seiner Mutter zu liegen oder den ersten Kuss seiner Frau auf den Lippen zu spüren. Häufiger fehlten ihm aber die Worte, um auszudrücken, was er fühlte, und er fasste seinen Versuch mit schwerer Zunge und der französischen Floskel »Je ne sais quoi« zusammen. Anschließend stürzte er sich mit größerem Erfolg auf die Umschreibung des Gemütszustandes seiner Gesprächspartner.

Er sprach von fernen Ländern, Gegenden in Übersee und der Diaspora. Er verwendete Wörter wie »emptiness«, »tragic« und »loss« und sah dabei furchtbar gequält aus. Sein Mitgefühl war so groß, dass ich mich für meine Sachlichkeit fast schämte. Ich sagte, es habe keinen Sinn, zurückzublicken. Ob ich das damals wirklich so meinte, weiß ich nicht mehr, aber zweifellos habe ich mit einer Entschiedenheit, die zu meinem Alter passte, behauptet, die Vergangenheit sei ein bodenloser Abgrund und die Zukunft ein gähnendes Loch, in dem alles verschwinde.

Mein »we live now« klang wahrscheinlich genauso pathetisch wie seine »good old days«, doch trotzdem nahmen wir uns am Ende immer in die Arme.

39

An dem Tag, an dem ich mir vornahm, meine Diamantensuche einzustellen, um an Nanas Stelle bei dem Bauern zu arbeiten, schlug Nana mir vor, Benedito zu fragen, ob er nicht vielleicht jemanden kenne, der mir behilflich sein könne. So lernte ich seinen Vetter Naki kennen.

Naki, sagte Benedito, habe nicht alle Tassen im Schrank, doch er würde die Gegend wie seine Westentasche kennen und mich – wenn ich seiner Familie ein paar *cruzeiros* gäbe – an Orte bringen, die mir entgangen waren.

Ich bat Nana, noch ein Jahr durchzuhalten, und gab ihr die idiotischsten Versprechen – danach keinen Fuß mehr aus Serro herauszusetzen, für immer ihr Sklave zu sein –, weil ich überzeugt war, dass mein Plan diesmal von Erfolg gekrönt sein würde.

Naki war ein kräftig gebauter, immer zum Lachen aufgelegter Mann, der mich in seinem fünfzehn Jahre alten Ford A Pick-up zu einem Seitenarm des Rio São Francisco brachte, um sich dort, wie ein Kind vor mir herhopsend, auf die Suche nach meinen ersten Steinen zu machen.

Nach etwa einer halben Stunde Fußweg gelangten wir zum Fluss. Naki sprang schnurstracks hinein. Das Wasser reichte ihm bis zur Taille. Ich folgte seinem Beispiel und wartete auf Anweisungen.

»Olhe«, sagte Naki.

Er legte den Zeigefinger unter ein Auge und drehte den Kopf übertrieben von rechts nach links. Erst als ich hineintappte, begriff ich, wonach wir Ausschau halten sollten. Fluchend, weil ich mir den Fuß verletzt hatte, stand ich in einer Kuhle am Flussgrund.

Naki bedeutete mir, dass ich dort schöpfen müsse. Wir füllten unsere Eimer mit einem Gemisch aus grobkörnigem Sand und Steinen, das wir anschließend in eine *batea*, eine hölzerne Waschpfanne, schütteten. Wir ließen Wasser darüberlaufen und wuschen so den Sand und Lehm aus, übrig blieb das Mineral. Manchmal sah ich etwas aufleuchten, als würde Licht eingeschaltet werden. Meistens waren es gewöhnliche Kieselsteine. Ab und zu musterte Naki ein paar größere, matte Steine unter der Lupe und warf sie anschließend über die Schulter zurück ins Wasser.

Wir arbeiteten, bis der Abend anbrach, machten ein Feuer, kochten eine einfache Mahlzeit und schliefen auf der Ladefläche des Ford. Am nächsten Vormittag arbeiteten wir ein paar Stunden und fuhren dann zurück nach Serro. Die ganze Zeit über wechselten wir kaum ein Wort. Ich bin nie dahintergekommen, ob Naki überhaupt ganze Sätze bilden konnte. Manchmal summte er das Lied vom *azulão*, wahrscheinlich, weil er gehört hatte, dass Nana mich so nannte.

Fünf Monate vergeblicher Suche konnten seiner guten Laune nichts anhaben. Er machte sich nichts aus meinen Zweifeln und ignorierte meine Aufforderungen, es ruhiger angehen zu lassen, doch meine Hoffnung auf Erfolg schwand allmählich.

Bis Naki an einem Freitagnachmittag, am Tag vor meinem sechsundzwanzigsten Geburtstag, drei oder vier größere Steine, die ich ihm gegeben hatte, eingehend betrachtete und dann einsteckte. Ich weiß noch, wie ich versuchte, an seinem Gesichtsausdruck abzulesen, ob sie wohl wertvoll sein könnten, doch er hob sich alles, sowohl die Funde als auch seine Freude darüber, für später auf, wenn der Arbeitstag vorbei war.

Ich zog mir gerade die Stiefel aus, da hörte ich ihn »Diamante, diamante!« rufen, als hätte er sie eben erst gefunden. Noch merkwürdiger war es, als ich merkte, dass es ebendiese unansehnlichen Steine waren, über die er sich so freute.

»Pedras«, sagte ich. Steine. Weil ich das passende Adjektiv nicht kannte, zuckte ich die Achseln. Ganz gewöhnliche Steine. Nichts Besonderes.

»Não!«, berichtigte mich Naki streng. »Pedras de felicidade!«

Felicidade? Ob er wohl *lucky stones* meinte, im Gestein verborgene kleine Diamanten, über die ich die Schleifer bei Asscher gelegentlich hatte reden hören? Ich konnte es kaum glauben.

Im Auto, auf der Rückfahrt nach Serro, sagte Naki: »Velho chico!«, und schlug mir auf den Rücken.

Nana sagte später, Beneditos Cousin habe mich seinen alten Freund genannt, doch Augusto war sich sicher, dass Naki den Spitznamen des Flusses gemeint hatte.

»Velho chico!«

Ich lächelte bloß.

Zu Hause, in Serro, warf er die Steinchen achtlos auf den Tisch. Er schien das Interesse an ihnen bereits wieder verloren zu haben. Als ich ihm vorschlug, am nächsten Tag mit mir nach Diamantina zu fahren, um einem Schleifer den Fund zu zeigen, drückte er mir schnell seine Autoschlüssel in die Hand, als hoffte er, dass ich mich damit zufriedengäbe. Er schien nicht zu verstehen, dass ich den Erlös mit ihm teilen wollte. Je mehr ich darauf drängte, desto misstrauischer wurde er. Erst als ich ihn Ruhe ließ, lachte er wieder.

Nana wollte mich gern begleiten. Diesmal rutschte ich hinters Steuer, während sie sich auf meinem Platz niederließ. Der Pick-up setzte sich mühsam in Bewegung. Nana schälte Äpfel und ich pfiff Lieder. Sie fütterte mich mit Schnitzen und ich küsste ihr die Hände. Nachdem der Ford mühsam einen Hügel erklommen hatte, sauste ich sozusagen zur Belohnung ohne zu bremsen oder Gas zu geben hinunter.

Ein Diamantschleifer in der Rua das Mercês öffnete die Steine an zwei Stellen. So konnte ich einen Blick auf unser Vermögen werfen. Mit dem, was ich da sah, wäre ich in der Lage, ein Haus zu kaufen, vielleicht sogar mehr als das, und Naki, den Mann, der Diamanten aufspürte wie Schweine Trüffeln, in Dienst zu nehmen.

Der Schleifer beglückwünschte mich überschwänglich. Aus den Augenwinkeln sah ich, was für einen zufriedenen Blick Nana mir zuwarf. Als hätte sie sich das ganz genauso ausgemalt und würde sich einfach nur freuen, dass alles nach Plan verlief.

Mein größter Fund, einige Jahre später, ergab sich völlig überraschend. Wenn ich bei meiner Geschichte ein paar Zeilen umschreiben dürfte, würde ich Naki auf dieser Seite einen Augenblick Unachtsamkeit andichten. Wäre es nicht besser gewesen, wenn er sich mit seinem großen Stiefel auf den Stein gestellt und ihn in den Grund des Rio São Francisco zurückgedrückt hätte? Darüber grübelte ich immer wieder nach, aber nie zu lange, weil ich es vorzog, mich zu beherrschen, als mich von meiner Fantasie mitreißen zu lassen. Alles hängt davon ab, wie man eine Sache betrachtet.

An jenem Tag jedoch, am 26. April 1947, fand ich mein Leben unvorstellbar schön. Ich war in Brasilien, hatte gefunden, wonach ich suchte. Es war eigentlich bloß ein Katzensprung, doch mit Nakis Ford brauchten Nana und ich endlos lange von Diamantina bis nach Serro. Einmal hielten wir am Wegesrand an, um uns zu beweisen, wie sehr wir uns liebten, und ein anderes Mal, um an einem Straßenstand eine Flasche Bier zu kaufen.

Auf den letzten Kilometern lehnte Nana den Kopf an meine Schulter.

»Vai, Azulão«, sang sie, »Azulão, companhero, vai.«

40

Um acht Uhr bekomme ich Frühstück. Immer dasselbe, ein dunkles Brötchen mit Käse. Angeblich habe ich selbst darum gebeten. Die Mahlzeit wird mir von einer Person gebracht, die mich zu kennen scheint, doch das ist nicht weiter bemerkenswert; manchmal habe ich das Gefühl, dass ich der Einzige bin, der ein großes Geheimnis nicht kennt, der nicht auf dem Laufenden ist.

Das Geheimnis bin ich, oder besser gesagt, es ist mein Zustand. Wie es mir geht, welches Ende es mit mir nehmen wird. Weiter abwärts bis zum Tod, mehr ist nicht drin. Das ist nicht so schwer zu verstehen, aber ich kann mir vorstellen, warum sie um den heißen Brei herumreden; schließlich möchten die meisten Menschen lieber am Leben bleiben.

Das wird mir auf viele unterschiedliche Arten deutlich: Ich sei verwirrt, sagen sie, sei nicht ich selbst – sofern sie überhaupt beurteilen können, wer ich bin –, ich sähe Menschen, die nicht da seien. Gott weiß, welchen Blödsinn ich verzapft habe, was ich da alles preisgegeben oder mir selbst eingeredet habe.

Das ist eigentlich nicht weiter wichtig, doch nachdem ich der munteren Amsterdamer Dame versprochen habe, mein Brötchen aufzuessen, und sie schließlich ihren klappernden Wagen in ein anderes Zimmer weitergeschoben hat, versuche ich doch herauszufinden, wen ich in Wirklichkeit gesehen habe, wen im

Halbschlaf und wen, als ich Fieber hatte oder unter dem Einfluss von Medikamenten stand.

Ich nehme das Notizbuch und den Stift vom Nachttisch neben meinem Bett und mache mir nichts daraus, dass ich mich nicht daran erinnern kann, wie sie dort hingekommen sind.

Ich halte es für eine gute Idee, bei den Menschen anzufangen, bei denen ich mir sicher bin, dass es sie nicht mehr gibt, und beschließe, chronologisch vorzugehen.

Beim Gedanken an das grausame Ende meines Vaters notiere ich: Papa und eine ganz besondere Tante. Darunter schreibe ich die Namen von Mutter und Landau. Es fällt mir schwer, weiterzumachen, die Versuchung, sie heraufzubeschwören, um ihren Verlust zu beklagen und zu betrauern, ist groß. Dafür gibt es das Kaddisch, weise ich mich zurecht, jetzt bist du mit Buchhaltung beschäftigt. Also mache ich weiter und schreibe: Onkel Louis, Kosmann, ein paar alte Boxhelden natürlich, aber auch Mevrouw Van Groen – sie kann unmöglich noch am Leben sein –, der Chef, Brander, Kalf, Nana … Beim Schwänzchen nach dem letzten A breitet sich ein Tintenfleck aus, sehe ich.

Vielleicht ist es ratsamer, mit den Namen der Menschen anzufangen, die definitiv noch am Leben sind.

Vier Krankenschwestern und ein Arzt, Dr. Steenstra, der Assistenzarzt, der mich an Augusto erinnert … Augusto! In welche Rubrik gehört er? Diesmal kann ich mich nicht beherrschen. Ich verirre mich nach Serro, zum Haus meines Freundes, diesem gelb verputzten Kasten im Grünen, und denke an die langen Abende, die wir zusammen in seinem Garten verbracht haben. Ich erinnere mich an seine Haushälterin und die herrlichen Gerichte, die sie uns zubereitete. Selbst eine einfache *feijoada* schmeckte bei ihr hervorragend. Sie war älter als ich und kann mit ziemlicher Sicherheit zu den Toten gezählt werden. In geschwungenen Buchstaben: Augustos Haushälterin. Die kleine, dicke Frau aus dem Binnenland von Pernambuco, eigensinnig, spröde, aber treu wie ein Hund. Und Augusto selbst natürlich, ja, tot und begraben. Genauso gestorben wie der Name neben dem Tintenklecks: von einem Moment auf den nächsten, im Garten, kopfüber in die Blumen.

Ich blättere zurück zu den Lebenden. Unter Steenstras Namen schreibe ich Kaptein hin, zwei Mal: die kranke Frau und ihr dämlicher Mann. Wenn mein Gedächtnis mich nicht trügt, stand er ein paar Mal neben meinem Bett. Er hat mir von einer Affäre erzählt oder von dem, was er dafür hält, mit einer Haushaltshilfe. Nicht weil er sie mir beichten wollte, sondern um damit anzugeben. In dieselbe Kategorie wie er, die der Unzuverlässigen, gehört der junge Mann. Sander, Jasper oder so.

Männer wie die beiden sind mir in meinem Leben öfter begegnet – Typen, die, kaum wittern sie einen Vorteil für sich, das Interesse am Rest der Geschichte nur noch heucheln können. Ich habe keine Ahnung, was ich diesem Freund von Sonja in meiner verlorenen Zeit alles erzählt habe, aber anscheinend habe ich ihn auf irgendwelche Gedanken gebracht, denn er saugte sich an mir fest und ließ erst locker, als er mir alles über Milho Verde und mein Leben dort aus der Nase gezogen hatte.

Sonja.

»Guten Tag!«

»Ach, was für ein Zufall!«

»Führen Sie Tagebuch?«

»Nein, nein.« Ich räume das Büchlein weg.

Sie hat mir eine Ingwerschnecke mitgebracht. Woher sie weiß, dass ich das Gebäck mag, ist mir ganz egal. Sie hilft mir aus dem Bett in den Rollstuhl. Ich würde gern mit ihr ins Grüne fahren, aber ich gebe mich auch mit den paar Metern zufrieden, die wir zusammen zum Aufzug zurücklegen, drei Stockwerke hinunter, nach links, am Restaurant und an der Rezeption vorbei zu dem kleinen Platz draußen, wo sie den Rollstuhl zwischen eingefleischte Raucher und andere alte Knaben wie mich stellt.

Mir liegt viel an unseren Gesprächen, vor allem dann, wenn sie redet.

»Manchmal stelle ich mir vor, wie es ist, wenn ich alt bin«, sagt sie, »mit ein paar Menschen um mich herum, die nur da sind, weil es ihnen ein gutes Gefühl gibt, für mich zu sorgen. Und ich bin so eine alte Giftspritze mit lauter Zipperlein, von mir selbst enttäuscht und auf alle anderen sauer. In zehn Jahren werde ich beschließen, dass es zu spät ist, noch Mutter zu werden. Mit Walter will ich keine Kinder, und wer weiß, ob mir der Richtige noch rechtzeitig begegnet. Wahrscheinlich lerne ich ihn zu spät kennen. Dann wird er mir wahrscheinlich mitteilen, dass er mich trotz meiner Schwächen liebt, aber nach einer Weile werden ihm meine Launen auf den Wecker gehen, und er wird sich klammheimlich eine andere suchen.«

Meine Hand hört nicht auf das Kommando, nach ihrem Arm zu tasten und sich für einen Moment daraufzulegen.

»Ich werde allein bleiben. Davon ist auszugehen. Mit ein paar verzogenen Katzen oder so. Manchmal stelle ich mir das nicht bloß vor, sondern bin überzeugt davon, dass es genau so kommen wird. Und dass ich es überhaupt nicht verhindern kann.«

Ich zerbreche mir den Kopf darüber, wie ich ihr begreiflich machen könnte, dass sie sich vielleicht täuscht, doch wenn schon ein Gleichaltriger wie Augusto meint, dass ich schwafele wie ein Heiliger, wie mag sich mein Gerede dann wohl für eine junge Frau anhören? Soll ich ihr raten, sich keine unnützen Vorstellungen zu machen? Ihr sagen, dass unnütze Vorstellungen bloß unnütze Handlungen zur Folge haben? Oder soll ich ihrer »Allein auf der Welt«-Geschichte entgegensetzen, dass diese Welt, der ganze Kosmos, Veränderung ist und das Leben nichts anderes als unsere Art, diese Veränderung zu betrachten?

In Gedanken sehe ich sie zuhören, mit dem ernsten Blick, den ich inzwischen von ihr kenne. Sie würde sagen, dass ich ein weiser alter Mann sei. Und sich dann für lange Zeit nicht mehr an meine Worte erinnern.

»Na ja«, sagt sie, »es sind ja bloß Gedanken.«

Sonja schiebt mich durch den Gang, an einem Lift vorbei zur Eingangshalle. Sie kommentiert alles auf unserem Weg. Ich wackele ein bisschen mit dem Kopf, als würde ich sie verstehen. Im Aufzug nach oben ist sie still. Mir fällt auch nichts ein. Bei der automatischen Tür zur Abteilung nimmt uns eine junge Krankenschwester in Empfang, wahrscheinlich will sie mir wieder ein paar rhetorische Fragen stellen. »Soll ich ihn ab hier übernehmen?«

»Okay«, sagt Sonja.

Sie gibt mich weg.

»Kommst du morgen wieder?«

»Wenn es Ihnen recht ist? Es ist verkehrte Welt … Es fühlt sich fast so an, als wäre ich hier, weil ich *Sie* brauche.«

»Wir brauchen einander«, sage ich.

Der Kuss, nach dem ich mich sehne, landet sanft auf meiner Stirn.

41

Ich warte darauf, dass sie kommen, um mich in ein anderes Bett zu hieven und zum Röntgen zu bringen. Diese Vorstellung macht mich ganz unruhig. Ich glaube, dass ich das Gezerre nicht werde ertragen können.

Ich kann meinen Kopf nur ein kleines Stück drehen, und innerhalb dieses Bereichs sehe ich nichts, was zu meiner Beruhigung beitragen könnte. Hinten in der Ecke hat Mevrouw Kaptein die Beine aufgestellt. Der Mann mir gegenüber wurde wahrscheinlich eingeliefert, als ich geschlafen habe. Er ist in ein Netz aus Schläuchen und Drähten gebettet. Ein Schlauch hängt ihm wie eine Pfeife im Mundwinkel. Seine Augen sind weit geöffnet. Von Zeit zu Zeit bringt er ein hohes Fiepen hervor. Er tut mir leid – nicht dass es um mich so viel besser bestellt wäre, aber ich weiß zumindest, woran ich bin.

Das steht in keinem Bericht. Niemand hat mir gesagt, dass ich mich »aufs Schlimmste« gefasst machen muss. Was ich weiß, weiß ich ganz tief im Inneren. Wie bei einem heraufziehenden Unwetter, das man fast schon riechen kann, wenn man es erwartet.

Ich habe mich mit allem einverstanden erklärt, was Dr. Steenstra von Amts wegen noch mit mir anstellen möchte. Das Beste ist, ihn einfach machen zu lassen. Ich zweifle zwar weder an seinem Urteilsvermögen noch an seiner Tüchtigkeit – ich kann mir sogar vorstellen, dass er in der Lage wäre, mich zu heilen –, aber ich habe nun mal nicht das Gefühl, dass das der Sinn der Sache ist.

Gegen die Röntgenaufnahme meiner Lunge habe ich nichts einzuwenden, weil ich, solange es mich noch gibt, gern etwas erleben möchte und den Leuten hier damit einen Gefallen tun kann, aber jetzt wäre es mir doch lieber, wenn man sie verschieben würde. Auf ein anderes Mal, wenn ich nicht so angespannt bin. Wenn ich so recht darüber nachdenke, lassen Sie mich besser einfach nur hier liegen. Das werde ich sagen. Kommen Sie zu mir. Ich rühre mich nicht vom Fleck. Seien Sie ein guter Arzt an meinem Bett. Schaffen Sie alles herbei, ob sicher oder ungewiss, ob Sorgen oder Wünsche, schleifen Sie die Welt nur zu mir herein. Legen Sie mir alles vor, ich will dann darüber nachdenken, solange ich das noch kann, aber …

»Meneer Jacobson? Sind wir so weit?«

Ein großer, starker Kerl. Freundliche Augen. Eine Narbe auf der Wange.

»Können Sie mich bitte vorsichtig hochheben?«

»Hochheben? Ich denke nicht dran.«

Routiniert tritt er auf ein paar Pedale und rollt mich samt Bett aus dem Zimmer.

»Ich bin Pieter.«

»Danke sehr.« Auf die Schnelle fällt mir nichts Besseres ein.

Jetzt, da mir eine große Unannehmlichkeit erspart bleibt, geben meine verkrampften Muskeln ihren Widerstand auf. Eine kleine Reise im Bett, dagegen haben sie nichts einzuwenden.

Pieter sagt, wir müssten nur ein Stockwerk tiefer, aber ich habe keine Ahnung, wie viele Stockwerke es überhaupt gibt.

Die Rollen meines Bettes klingen, als würden sie am Boden haften bleiben. Wir fahren durch eine Ammoniakwolke, an einem Raum vorbei, in dem man Kaffee bekommt und wo Girlanden hängen. Als wir vor einer Pendeltür warten, blicke ich in das gelbe Gesicht eines Leidensgefährten, der auch mit Bett und allem unterwegs ist. Links, rechts, links. Stehen bleiben. Weiterfahren. Stehen bleiben. Mir wird übel.

»Gleich haben Sie es geschafft.«

»Man hat lange keine Aufnahme mehr von mir gemacht«, sage ich.

War das in Belo Horizonte? Ich tauche in meine Erinnerungen. Ich sehe Vicky, einen Arm vor dem Bauch, den anderen locker neben dem Oberkörper. Sie steht vor meiner, vor unserer Wohnung. Links auf dem Foto ist ein Stück der Schulter des Nachbarjungen, den sie im letzten Moment aus dem Bild scheuchen wollte. Ich sehe mich selbst wieder, hinter der Kamera. Nicht davor.

»Sind Sie denn fotogen?«

Vielleicht war ich das in Milho Verde, ja, da ganz bestimmt.

»Halt endlich still, Azulão!«

»Aber das ist doch ein Schaukelstuhl, *meu Neném*!«

Die Kufen knarrten auf den Dielen. Die Sonne schien unbändig und eine leichte Brise blies durch meine dünne Leinenhose. Ich hob den Strohhut ein Stück hoch. Nana lachte. »Halt still!«

Als ich meine nackten braunen Füße auf den Boden stellte, drückte sie auf den Auslöser. Das Foto, ein Salut auf die Zukunft, stand jahrelang eingerahmt auf ihrem Schreibtisch. Genau genommen ganz umsonst, denn ich war bis zu ihrem allerletzten Atemzug leibhaftig anwesend.

Wir rollen in einen Raum, in dem ein paar weiße Apparate stehen.

»Es geht gleich weiter.«

»Vielen Dank, Pieter.«

Beim Warten versuche ich mich an andere Momente zu erinnern, in denen ich posieren musste. Wo mag wohl jetzt das Fotoalbum sein, das in der Tolstraat zurückblieb, als ich das Land verließ? Es gibt Fotos von mir als Baby, Kleinkind und kleinem Jungen, immer durch die Augen meines Vaters. Die erste Aufnahme nach seinem Tod machte ein Fotograf in der Kalverstraat, es war für meinen Personalausweis.

Eine junge Frau kommt hinter einer Wand hervor, in die ein Fenster eingelassen ist, und fragt mich, ob ich wohl in der Lage sei, einen Augenblick aufrecht zu stehen. »Natürlich.«

Sie hilft mir beim Aufsetzen, stützt mich, als ich drohe vornüberzukippen. »Geht es wirklich?«

»Sicher, sicher.«

Einen Augenblick aufrecht stehen. Das muss doch möglich sein. Gleich wieder liegen. Mich schnell wieder hinlegen.

»Vorsicht. Da. Legen Sie das Kinn auf die Auflage.«

Ich schlurfe vor. Eine pathetische Karikatur meines Ehrgeizes, ihr zu zeigen, was ich alles noch hinbekomme.

»Wenn ich Ihnen ein Zeichen gebe, bleiben Sie so still wie möglich stehen. Einverstanden?«

»Gut.«

Ich halte den Atem an.

42

Bobby Delmonte behauptete, er würde bei seinen Eltern am Zeeburgerdijk wohnen. Wenn ich Montagnachmittag vorbeikäme, wären sie nicht zu Hause, sagte er. Wir verabredeten uns für drei Uhr.

Die Tür der Hausnummer 82 sprang auf, bevor mein Finger den Klingelknopf überhaupt berührt hatte.

»Erster Stock!«

Ich ging hinauf. Seine Gestalt ließ alles klein erscheinen – den Esstisch, die drei Stühle, das Sofa und den einzigen Sessel. Hinter einer dünnen Wand lagen vermutlich zwei Schlafzimmer.

Delmonte machte den Eindruck, als wäre er hier selbst ein Gast. Sein Anzug war zu gepflegt für die schäbige Einrichtung und seine Bewegungen waren so unsicher, dass ich das Gefühl hatte, er habe Angst, etwas umzustoßen. Ich suchte nach Beweisen für meine Annahme – ein Foto von anderen Menschen, die ihm nicht ähnlich sahen, Bücher, die er niemals lesen würde, irgendetwas –, doch was wusste ich schon über ihn, außer dass er in meinem Boxclub gewesen war und stolz darauf, die besten Fälschungen von Amsterdam beschaffen zu können?

»Kaffee? Keine Eicheln, sondern richtige Bohnen.«

Er verschwand in einem Flur, der wahrscheinlich zur Küche führte. Ich trat ans Fenster. Außen war ein Spiegel befestigt. Gerade fuhr ein DKW vorbei. In Richtung Norden. Ich stellte mir vor, selbst am Steuer zu sitzen. Auf eigene Faust, ohne Hilfe, raus aus der Stadt.

Delmonte kam mit einem einzigen Becher und einem Kassenbuch in der Hand zurück.

»Du bist Arie Voogt, geboren am 23. Juni 1919, in Wateringen. Gärtner. Da.«

Er warf den Personalausweis, kleiner als meine Hand, auf den Tisch. N 1 No 010421. In dem Büchlein steckte mein Foto hinter einem achteckigen Sichtfenster. Der Stempel der Gemeinde Naaldwijk war teilweise auf meiner Stirn gelandet.

Delmonte hielt die Hand auf. Ich zog langsam mein Portmonee aus der Tasche. Verzögerung war meine einzige Waffe.

»Da helfe ich dir doch ganz schön aus der Patsche, was, Jacobson?«

»Im Tausch gegen dreihundert Gulden, nicht zu vergessen.«

Er zuckte die Achseln. Es wäre mir lieber gewesen, die Sache glatt über die Bühne zu bringen, doch ich konnte es nicht lassen. Ich hasste diesen Knaben; kein Millimeter, kein Molekül von Bobby Delmonte blieb von meinem Abscheu verschont. Ich ekelte mich vor seiner Stimme, seiner Haut, dem Geruch, den er absonderte, seiner Art, sich zu bewegen, seiner Arroganz, der Macht, die er über mich hatte.

»Das ist nicht viel Geld für so viel Freiheit.«

»Ganz wie du meinst.«

»Wenn du noch ein bisschen was drauflegst, kann ich dir auch einen sicheren Unterschlupf beschaffen.«

»Nicht nötig«, antwortete ich, »das habe ich selbst in die Hand genommen, und dabei hilft mir jemand, der erheblich besser aussieht als du.«

»Linda?«

»Kennst du sie?«

»Ein bisschen. Sie gehört zur Gruppe.«

»Ein süßes Mädchen.«

Delmonte schlug das Kassenbuch mit einem Knall zu. Er fuhr sich mit den Fingern durchs eingeölte Haar. Ich sah, wie sich rote Flecken vom Hals zu seinen Wangen ausbreiteten.

»Und was tut sie für dich?«

Sein Blick war nicht mehr ganz so triumphierend.

»Nächsten Montag begleitet sie mich nach Den Bosch. Dort hilft mir dann jemand anders weiter. Wieso?«

»Her mit dem Zaster.«

Ich stand auf. Genau wie Kosmann es mir mal beigebracht hatte, verringerte ich den Abstand zwischen uns. Mit den Scheinen in der Faust führte ich den Arm nach hinten, als würde ich zum Schlag ausholen. Mein Hieb stoppte einen Zentimeter vor Delmontes erschrecktem Gesicht. Ich ließ die Hand sinken und steckte die drei grauen Scheine in die Brusttasche seines Sakkos.

»Und sie küsst ganz wunderbar«, sagte ich.

»Meine Eltern können jeden Moment zurückkommen. Du musst jetzt gehen.«

»Ist irgendwas?«

»Wieso?«

»Geht es hier gerade um Linda?«

»Wovon sprichst du, Jacobson?«

»Du bist auf einmal so nervös.«

»Das habe ich dir doch gesagt. Meine Eltern kommen gleich zurück. Sie haben Angst, dass ich mich mit meiner Arbeit im Widerstand in Schwierigkeiten bringe.«

Ich konnte ein Lachen nicht unterdrücken.

»Und was dieses Flittchen treibt, muss sie selber wissen.«

»Klar. Dann mache ich mich jetzt mal auf den Weg.«

Ich dankte ihm für den Kaffee, den ich nicht angerührt hatte. »Wünschst du mir denn keine gute Reise?«

»Ich hoffe, dass du deinen Zielort erreichst, Jacobson. Reicht dir das?«

Das war genug, ich würde Bobby Delmonte nie mehr sehen, doch ich konnte es nicht lassen, ihn noch ein letztes Mal zu triezen, deswegen ließ ich ihn in dem Glauben, dass Linda überlegte, sich zusammen mit mir ins Ausland abzusetzen.

Kurz bevor ich die Tür zuzog, sah ich an Delmontes Gesichtsausdruck, dass ich ihm ordentlich eins ausgewischt hatte.

43

Um halb sechs hielt es mich nicht länger im Bett. Ich putzte mir zweimal die Zähne, trödelte vor dem Kleiderschrank herum – sogar bei der Sockenschublade –, trotzdem war erst eine Viertelstunde vergangen, als ich mich an meinen Platz am Küchentisch setzte.

Ich schmierte mir zwei Butterbrote mit Apfelsirup, viertelte sie und schnitt sie dann in sechzehn kleine Stücke. Danach schabte ich den letzten Rest Zucker aus der Dose und tauchte den verklebten Löffel in den heißen Tee. In der Tasse rührend schlug ich noch ein paar Minuten tot.

Ein Häppchen, noch ein Häppchen und ein letztes. Siehst du schon die Blumen auf deinem Teller?

»Hannahs Steingutgeschirr!«

Mein Vater in der Küche. Meine Mutter an der Spüle. Er schmiegt sich an sie, greift nach ihren Armen, lässt die Bürste in einer Schüssel kreisen. »Meijer!« Ihre Stimme ist sanft. Meine Mutter lacht verlegen.

Wo sollte ich das ganze Zeug lassen? Das Geschirr, die Töpfe, das Besteck? Landaus Werkzeug? Die Anzüge meines Vaters, drei Gespenster im Kleiderschrank?

Wie lange würde die Uhr im Wohnzimmer weiterticken? Wie viele Stunden würde sie schlagen, ohne dass jemand sie hörte? Oder doch, vielleicht Mevrouw Van Groen. Über uns wohnte niemand mehr. Die Nachbarn zur Rechten und zur Linken hatte ich seit Wochen nicht mehr gesehen.

Ich hatte Asscher fragen wollen, ob ich unsere Sachen irgendwo in der Schleiferei lagern könne, doch es hatte sich keine Gelegenheit ergeben. Der Chef war großzügig, aber nur, wenn es ihm in den Kram passte. Er hatte mir oft genug zu meiner Überraschung ein paar Gulden extra zugesteckt oder etwas anderes, was er im Überfluss hatte, doch wenn man ihn um einen Gefallen bat, ließ er lieber ein bisschen Zeit verstreichen, bevor er einwilligte und dabei den Eindruck vermittelte, er wäre selbst auf die Idee gekommen.

Nachdem ich eine Runde durch die Zimmer gedreht hatte, kam ich zu dem Schluss, dass es sich nur bei wenigen Dingen lohnen würde, sie einzulagern. Ein kleiner Stuhl, der Milchtopf, Drosts Gemälde. Nicht, dass ich diese läppischen Dinge bräuchte, doch ich würde sie für immer in Erinnerung behalten, bis ich eines Tages vergessen hätte, wann ich sie zuletzt in Wirklichkeit gesehen hatte. Ich würde hinter mir zuschließen und den Schlüssel hinunterbringen. Einen Zettel dazulegen: »Wir kommen wieder.« Im Namen meiner Mutter. Und in Landaus. Ich würde für immer wegbleiben, doch bei ihnen dauerte es möglicherweise nicht mehr sehr lange, bis sie zurückkämen.

Linda hatte behauptet, die Amerikaner würden eine Invasion planen. Sie musste es wissen. Jedenfalls eher als Bobby Delmonte. Dreihundert Gulden für ein Stück Papier. So ein Schweinehund.

Ich füllte meinen Rucksack mit Kleidern, Waschzeug und einem Paar in altes Zeitungspapier eingewickelte Schuhe. Ich öffnete die Zigarrenschachtel, zählte das Geld und inspizierte meinen Personalausweis.

Ich bin Arie Voogt, geboren am 23. Juni 1919 in Wateringen.

Ich wohne in der Druivenstraat 110 in Naaldwijk. Ich bin von Beruf Gärtner. Arie Voogt, Wateringen, 23. Juni 1919. Druivenstraat 110, Naaldwijk. Von Beruf Gärtner.

Ich trat vor den Spiegel im Flur, um meinen Blick zu sehen, wenn ich log.

»Mein Name ist Arie Voogt«, sagte ich, »ich arbeite in den Gewächshäusern im Westland.«

Sind Gärtner kräftig gebaut? Wie groß sind ihre Hände? Ich betrachtete meine. Rau. Die Finger: dick. Trauerränder unter den Nägeln. Das schmierige schwarze Bort konnte gut und gerne als Erde durchgehen. Und dann die Augen, waren das die Augen von jemandem, der erkannte, wann Tomaten reif für die Ernte waren? Würde ich diesem Arie Voogt glauben, wenn ich ihn im Zug kontrollieren müsste?

Ich hatte mich auf diesen Tag vorbereiten wollen wie in der letzten Stunde vor einem Kampf, doch anstatt Leere und Ruhe zu suchen, stellte ich mir eine Frage nach der anderen und spürte, wie sich eine unangenehme Spannung in meinem Kopf aufbaute, weil mir keine einzige befriedigende Antwort einfiel.

Um Viertel vor neun musste ich am Centraal Station sein. Noch zwei Stunden.

Ich nahm die lange Trainingshose aus dem Rucksack, schlüpfte in meine Sportschuhe und legte mir den Schlüssel an einer Kordel um den Hals. Nachdem ich die Tür leise hinter mir zugezogen hatte, ging ich gemächlich durch die Tolstraat, an der Schleiferei vorbei zum Amsteldijk. Ich spazierte bis zum Friedhof und lief ab dort immer schneller, bis ich ein flottes Tempo erreicht hatte. Ich blieb vor dem Lokal Het Kalfje stehen, machte ein paar Dehnübungen und rannte in einem Stück bis nach Ouderkerk aan de Amstel. Auf dem Bürgersteig vor der Brasserie Paardenburg legte ich eine fünfminütige Pause ein. Auf dem

Rückweg versuchte ich, das Tempo noch weiter zu steigern. Bei der Berlage-Brücke angekommen, wusste ich kaum mehr, an was ich die letzte Stunde gedacht hatte.

Ich hatte das Wasser und die Wolken gesehen, Blässhühner und Reiher. Ein Schlepper war an mir vorbeigefahren, ein Pferdewagen hatte mich überholt. Ein ganz gewöhnlicher Tag. Jetzt konnte ich mich umziehen und zum Bahnhof gehen, als wäre nichts Besonderes.

44

Erst dachte ich, Catharina wäre in Gedanken versunken, doch dann wurde mir klar, dass sie aufs Äußerste angespannt gewesen war. Als sie mich erblickte, riss sie die Augen weit auf, winkte und lief los, um mir wie vereinbart um den Hals zu fallen.

»Denk dran, wir sind ein Liebespaar und gehen zusammen auf eine Reise.«

Ihre Mantelschöße flatterten, und sie hielt das schwarze Ofenrohr mit einer Hand auf dem Kopf fest.

Ich sehe es wieder geschehen, ich weiß, was geschehen wird, kann aber dennoch nichts tun. Nicht jetzt. Und damals auch nicht. Irgendwo war etwas in Gang gesetzt worden, das erst aufhören würde, wenn es abgeschlossen wäre.

Ich hörte einen Knall. Später dachte ich: Dieses Geräusch haben wir alle gehört. Der Schütze, das Opfer und die Umstehenden. Wie viel Zeit mag verstrichen sein zwischen dem Moment, in dem der Schuss abgegeben wurde, und jenem, in dem die Kugel ihr Ziel erreichte? Ich weiß nicht, wie lang die Spanne zwischen Ursache und Wirkung war. In dieser Wolke aus Zeit und Raum herrschte eine friedliche Stille; das Leben hielt den Atem an.

Die Erste, die sich bewegte, war Catharina. Sie krümmte sich zusammen, schrie, hielt ihr Bein umklammert und stürzte zu Boden.

Hätte ich ihr geholfen, wenn ich nicht gesehen hätte, dass er dort stand? Wenn ich sofort eingegriffen hätte, anstatt darüber nachzugrübeln: Ist er das wirklich? Was hat er hier zu suchen?

Der Mann, den ich für Delmonte hielt, hatte sich inzwischen umgedreht und entfernte sich, als hätte er nichts mit der ganzen Sache zu tun. In gewisser Weise reagierte ich ähnlich; ich blieb stehen und sah zu, als ginge mich das nichts an. Selbst die Menschen, die tatsächlich zufällig da waren, schienen zu zögern, ob sie der verwundeten Frau zu Hilfe kommen sollten.

Ich rührte mich erst vom Fleck, als einer der Umstehenden sich aus der Gruppe löste und sich über Catharina beugte. Sie blickte in meine Richtung, ich sah, wie ihre Lippen sich bewegten. »Mach, dass du wegkommst!« oder »Lass mich nicht allein!« – das durfte ich mir selbst aussuchen.

Mein Herz schlug ruhig, vielleicht sogar ruhiger als vor dem Schuss. Ich entfernte mich von der Unglücksstelle, langsam und ohne einen Blick zurückzutun. In der Bahnhofshalle konnte ich mich unter die Menge mischen, hier waren Menschen, die ein Ziel hatten. Auf dem Weg von zu Hause zu ihrer Arbeit oder irgendwohin zu Besuch, alltägliche Fahrten. Vielleicht waren auch ein paar Flüchtlinge wie ich darunter, doch außer mir brauchte sich keiner für den Anschlag draußen auf dem Vorplatz schuldig zu fühlen.

Lass mich nicht allein.

»Eine Rückfahrkarte nach Den Bosch, bitte.« Der Schalterbeamte war der Erste, an dem ich meine Kaltblütigkeit testete. Vielleicht würde er mir ja von den Augen ablesen können, dass ich eigentlich »Zwei Rückfahrkarten nach Den Bosch, bitte« hätte sagen sollen. Ohne ihn anzusehen, gab ich ihm das Geld und er mir die Zugfahrkarte. Alles bestens.

Mach, dass du wegkommst.

Ich ging zum Gleis, stieg in den wartenden Zug, suchte mir einen Platz am Gang. Am Fenster saß eine alte Dame, die mich anlächelte, die Tasche auf ihrem Schoß an sich drückte und dann die Augen schloss. Der Zug setzte sich mit einem Ruck in Bewegung. Die Abteiltür flog auf und ein junger Mann warf sich auf die Bank gegenüber. Sein Gesicht war hochrot.

»Eine Schießerei!«, sagte er. »Auf dem Bahnhofsplatz.«

Die alte Frau begrüßte den neuen Reisegenossen genauso, wie sie mich begrüßt hatte. Ich sagte: »Das gibt es doch gar nicht.«

»Direkt vor meiner Nase!«

Als wollte ich einen Kommentar auf die heutige Zeit abgeben, in der etwas Derartiges in unserer schönen Stadt einfach so an einem beliebigen Wochentag passieren konnte, stieß ich Luft zwischen den Zähnen hervor.

»Feiglinge!«, schimpfte der junge Mann. Seine Wangen waren bereits weniger gerötet. Ich wusste nicht, wen er damit meinte, fragte aber auch nicht nach. Stattdessen wich ich seinem Blick aus und folgte meiner Nachbarin ins Dunkle.

Hinter meinen geschlossenen Lidern sah ich, wie Catharina hochgehoben und auf eine Trage gelegt wurde. Ob sie wohl an mich dachte? Ob sie sich Sorgen machte? Ich wusste, was ich zu tun hatte. Vor dem Bahnhof in Den Bosch würde ein weinroter Vauxhall Light Six mit laufendem Motor auf mich warten. Falls der Fahrer auf meine Frage, ob er mich nach Breda bringen könne, antwortete, das sei überhaupt kein Problem für ihn, wäre alles in Ordnung. Ich sollte ihm weiter keine Fragen stellen, es war besser, so wenig wie möglich voneinander zu wissen.

Delmonte. Er musste erfahren haben, dass Linda und ich um neun Uhr aufbrechen wollten. Hatte ich ihn, hingerissen von meinen kindischen Gefühlswallungen, eifersüchtig gemacht und … Meiner Meinung nach war er zu allem fähig. Dieser Anzug, die Gestalt – das war er doch gewesen?

Ich öffnete die Augen. Mir gegenüber saß niemand mehr. Die alte Dame schnarchte leise.

Hinter ihr erblickte ich ein grünes Meer aus Wiesen, die Bauernhöfe wie kleine Schiffe darin verstreut.

Nicht an Catharina denken. Catharina war Linda ohne Mantel und den ulkigen Hut. Sie hatte mich in ihre Wohnung eingeladen, weil wir in diesem Theaterstück der Illegalität nun mal die Rolle eines Liebespaares spielten. Sie hatte sich vorgebeugt, um mir Tee einzuschenken, mich dabei auf die Stirn geküsst und gesagt, ich dürfe sie Kat nennen. Doch an Kat durfte ich nicht denken, auf keinen Fall. Die kleine Kat war das Mädchen unter dem Kleid. Die kleine Kat lag zufrieden in ihrem warmen Bett, nicht verwundet draußen auf der Straße.

Auf dem Bahnhofsvorplatz von Den Bosch stand, wie Linda gesagt hatte, das rote Auto. Das Fenster auf der Fahrerseite war offen. Ich fragte den Fahrer, ob er mich nach Breda bringen könne. Er antwortete, das sei überhaupt kein Problem für ihn. Wir fuhren schweigend zum Krankenhaus Sint Laurents in Ginneken. Dort sollte ich mich nach Bruder Koos erkundigen. Der würde mich über die Grenze nach Belgien bringen. Vielleicht konnte er ja noch Kontakt zu der Gruppe in Amsterdam aufnehmen. Sie mussten erfahren, dass Linda niedergeschossen worden war. Und Delmonte ein Verräter.

Koos war ein junger Mann, so alt wie ich oder vielleicht ein Jahr älter, guter Dinge und aufgeweckt. Er meldete sich beim Portier des Krankenhauses ab, brachte mich zu sich nach Hause, ein paar hundert Meter vom Hauptgebäude entfernt, schenkte mir ein Glas Limonade ein und zog wieder los, um »ein paar Sachen zu regeln«. Als er zurückkam, erzählte er mir, Linda sei ins Krankenhaus eingeliefert worden. Es sehe so aus, als müsse ein Teil ihres Beins amputiert werden. Anscheinend war sie nicht verhaftet worden; man hatte angenommen, dass sie zufällig von der Kugel getroffen worden war.

Über Delmonte sagte er nichts.

Wir aßen Endivieneintopf und legten uns früh schlafen.

Ich träumte von Catharina, ihr Körper war unversehrt.

Gegen vier Uhr morgens weckte Koos mich. Jemand hatte für Kaffee und Butterbrote gesorgt. Ich wachte zum ersten Mal seit Jahren in einer fremden Wohnung auf, und das Bett war weicher als zu Hause, das Wasser, das aus dem Hahn kam, kälter, doch am Zusammensein mit Koos war nichts seltsam; wir frühstückten gemeinsam, als hätten wir das schon unsere ganze Jugend getan.

Koos hatte seinen Becher als Erster ausgetrunken. »Bist du so weit?«

Wir traten vor die Tür. Zwei Fahrräder lehnten an der Hauswand. Ich schulterte den Rucksack und stieg auf. Das erste Stück fuhren wir im Schritttempo an der Kapelle des Krankenhauses vorbei, der Kies knirschte unter unseren Reifen. Ich stellte mir vor, dass die Lichter, die ich dort sah, diese Flammen kleiner Kerzen, angezündet worden wären von Menschen, die es gut mit uns meinten.

Sobald wir die Straße erreicht hatten, stellte Koos sich auf die Pedale und machte Tempo. Ich tat es ihm nach. Die ersten Kilometer fuhren wir über Kopfsteinpflaster, danach bogen wir in einen Waldweg ein. Koos radelte schnell vor mir her. Keine Ahnung, welche Ausrede er sich einfallen ließe, wenn wir an diesem Ort, zu dieser Stunde angehalten würden. Selbst wenn er einen Beweis dafür gehabt hätte, dass er ein Waldarbeiter oder ein Bauer war, würde keiner ihm glauben. Weder seine Kondition noch die Selbstverständlichkeit, mit der er sich durch die Landschaft fortbewegte, konnten darüber hinwegtäuschen, dass er mit seinem gepflegten Äußeren seine Arbeitstage normalerweise am Schreibtisch verbrachte.

Und wie sollte ich meine Anwesenheit rechtfertigen? Was hatte Arie Voogt, ein Gärtner aus dem Westland, hier zu suchen? Und Jonah Jacobson, der Diamantarbeiter aus Amsterdam, bewegte sich erst recht in die falsche Richtung; wenn er überhaupt verreisen durfte, dann doch gewiss nur Richtung Osten.

An einem See legten wir eine Pause ein. Das Wasser war spiegelglatt, ich hörte nicht einen Vogel singen. Koos brach einen Schokoladenriegel entzwei und reichte mir die größere Hälfte.

»Das ist die Strijbeekse Heide«, flüsterte er. »Gleich geht es über einen Wassergraben nach Belgien. Ich bringe dich noch durch einen anderen Wald bis nach Meerle. Dort übergebe ich dich einem Mann, der dir neue Papiere beschafft und dich mit der Straßenbahn nach Antwerpen bringt. Hast du ein Foto dabei?«

»Ja.«

»Und Geld?«

»Genug«, sagte ich.

Es tat mir leid, dass ich mich so bald von ihm würde verabschieden müssen. Ich stellte mir vor, er würde mich in die Freiheit begleiten; ich bräuchte ihm nur zu folgen und käme wie von selbst, ohne jede Schwierigkeit, bis nach Portugal.

»Sollen wir weiter?«

Nach einer halsbrecherischen Fahrt querfeldein, über eine Bohlenbrücke und durch den Wald, erblickten wir eine Kirche mit zwei Türmen.

»Sieh mal da drüben«, sagte Koos, »das ist Sint-Salvator.«

Wir bogen in die Allee parallel zur Straße. Außer einem anderen Fahrradfahrer waren wir auf der ganzen Strecke noch niemandem begegnet, doch hier kamen regelmäßig Bauernwagen vorbei. Beim Anblick eines deutschen Armeelasters vergaß ich einen Augenblick, dass ich mich lieber auf die Schlaglöcher konzentrieren sollte, und wäre um ein Haar gestürzt. Ich schämte mich für mein Ungeschick, doch Koos hatte es nicht bemerkt. Er behielt sein hohes Tempo bei. Erst einen Tag zuvor war ich noch an der Amstel entlanggerannt, meine Kondition war gut, trotzdem fiel es mir schwer, bei diesem Tempo mitzuhalten.

Wir drehten eine Runde um die Kirche, dann trat ein Mann aus dem Schatten und hielt uns an. Er hatte eine große Kappe tief in die Stirn gezogen. Ich konnte seine Augen nicht sehen, doch Koos nickte, und so musste ich davon ausgehen, dass ich ihm vertrauen konnte. Wortlos wechselte ich vom einen zum anderen. Koos stieg auf sein Fahrrad, nahm meines beim Lenker und fuhr davon.

»Tschüss, Arie.«

»Tschüss, Bruder.«

Meinen dritten Fluchthelfer, oder vielmehr den vierten, wenn ich Linda mitzählte, konnte ich nicht verstehen. Er begleitete mich zu einer Kneipe, deren Name mir entfallen ist. Als er mir die offene Hand hinhielt, legte ich ein Passfoto hinein. Er steckte es ein und sagte zum ersten Mal ein Wort, das ich zwar noch nie gehört hatte, aber trotzdem auf Anhieb verstand – *eenzelvigheidskaart*, das flämische Wort für Personalausweis –, und verschwand.

Ein blondes Mädchen brachte mich auf den Dachboden, wo ich mich zwischen Kisten und Kartons auf eine alte Matratze legen konnte. Ich wartete stundenlang. Las alle Buchstaben in meinem Blickfeld. Zählte die Anzahl Bretter an der Decke und beschloss, dass das Rascheln in der Ecke von einer Maus stammen musste.

Am frühen Nachmittag hörte ich die Stufen knarren. Der Kneipenbesitzer brachte mir ein paar Butterbrote und einen Becher Milch.

»Wie einem Gefangenen«, sagte ich mit einem kleinen Lächeln.

Er zuckte die Achseln und verschwand mit todernster Miene wieder in der Luke.

Am nächsten Tag tauchte der Mann auf, der mich bei der Kneipe abgesetzt hatte. Er gab mir den belgischen Ausweis, nannte mir die Adresse, bei der ich mich melden sollte, und brachte mir die Parole bei, die mir Einlass verschaffen würde.

Die ganze Fahrt bis vor die Haustür des Koningin Astridplein 38 in Antwerpen hätte ich einfach Jonah Jacobson sein können; niemand sah mich zu lange an, niemand wollte meine Papiere sehen. Nicht mal die Straßenbahnfahrkarte wurde kontrolliert. Wenn ich weniger nervös gewesen wäre, hätte ich mich vielleicht sogar an der Aussicht und den Menschen um mich herum erfreuen können.

Ich klingelte. Nachdem jemand vom Treppenabsatz im ersten Stock »Ja bitte?« heruntergerufen hatte, fragte ich, wie vereinbart, ob ich denjenigen vielleicht für eine Feuerversicherung interessieren könne. Es folgte die richtige Antwort.

»Auch bei Wasserschaden?«

So, als Hausierer, kam ich hinein, und mein Kunde war einer der allerbesten Sorte. Er lud mich auf ein Glas Bier ein, setzte mir eine Mahlzeit vor und bot mir einen Schlafplatz an. Wir fanden schnell heraus, dass wir die Leidenschaft für den Boxsport teilten. Ich versuchte, ihn zu überzeugen, dass Joe Louis der

Beste war, doch er bewunderte Tommy Farr aus Wales und behauptete, Louis habe beim Kampf um die Weltmeisterschaft vor fünf Jahren alles außer dem Titel verloren. Laut einem amerikanischen Freund, der dabei gewesen sei – das allein schon konnte ich mir nicht vorstellen –, habe der Schiedsrichter gezweifelt, wessen Arm er nach der fünfzehnten Runde hochhalten solle, und am Ende doch Louis nach Punkten gewinnen lassen. Ich war bereit, einzuräumen, dass Farr tapfer gekämpft hatte, aber um einen Weltmeister zu besiegen, musste man ihn knock-out schlagen oder mit einem großen Punkteunterschied gewinnen. Wir kabbelten uns noch ein bisschen und beschlossen dann, dass dieser Kampf für beide Boxer der bisher schönste gewesen war.

»Wusstest du, dass ein Zuschauer und ein Zuhörer gestorben sind vor Aufregung?«

Das wusste ich nicht, trotzdem fand ich, wie er, dass dieses Detail den Kampf noch legendärer machte.

Wir knufften uns ein bisschen – »Wenn der Krieg vorbei ist«, sagte ich, »fordere ich dich zu einem Wettkampf heraus« – und gingen meine Reisepläne durch; bis zur französisch-spanischen Grenze war alles geregelt. Ich paukte die Liste mit Namen, Adressen und Kennwörtern. Wir brachten noch einen Toast auf den Weltfrieden aus und wünschten uns dann eine gute Nacht.

Im Laderaum eines kleinen Lasters, der mich von Antwerpen zur französischen Grenze brachte, versteckt unter einem Haufen Decken, versuchte ich, mich an den Namen meines letzten Gastgebers zu erinnern. Ich beschloss, ihn Tommy zu nennen.

Um die Zeit totzuschlagen, stellte ich mir vor, wie wir uns wiedersehen würden, und vergnügte mich damit, mir unterschiedliche Varianten auszudenken. Eine Begegnung fand, bei guter

Gesundheit, ein Jahr später statt, doch ich erfand auch eine, in der wir einander alt und gebrechlich vorsichtig umarmten.

Eine Vollbremsung setzte meinen Grübeleien ein Ende. Die Plane wurde weggezogen und jemand rief, wir seien in Frankreich. Ich kam unter den Decken hervor – ohne mich zu fragen, ob das überhaupt sicher war. Der Lastwagenfahrer bedeutete mir wild gestikulierend, an den Straßenrand zu gehen; dort, zwischen den Bäumen, solle ich mich verstecken. Während ich Schutz suchte, hörte ich, wie er den Gang einlegte und der Laster ächzend anfuhr. Nach einer Weile wurde es still. Die Dunkelheit brach herein.

45

Ein Licht geht an. Ich höre jemanden nörgelnd näher kommen.

»Sie müssen schon im Bett bleiben, Mevrouw Kaptein!«

»Ich will …« Irgendetwas. Ich verstehe sie nicht. Was es auch sein mag, sie bekommt es jedenfalls nicht. Liegen bleiben und still sein soll sie. Auf ihre Zimmergenossen Rücksicht nehmen.

»Haben wir uns verstanden?«

Das Licht erlischt, doch es wird nicht richtig dunkel. Ich sehe rote und grüne Kontrolllämpchen. Jemand dreht sich um. Mevrouw Kaptein wimmert leise.

46

»Réveillez-vous!«

Ein Mann in Jägerkluft zog mich auf die Füße und schleifte mich hinter sich her, tiefer in den Wald hinein. Als ich richtig wach war, machte ich mich los und bedeutete ihm, dass er vorgehen könne, ich würde ihm schon folgen. Wir liefen stundenlang. Ab und zu gab er mir ein Stück Brot zu essen. Einmal blieben wir stehen, um ein paar Schlucke kalten Tee aus seiner Feldflasche zu trinken. Dann gelangten wir an einen Bahnhof mit großem Rangiergelände. Er holte einen Overall aus seinem Tornister. Ich zog ihn an, er passte mir ganz knapp. Danach brachte mich der Schleuser zu einem Güterzug und zeigte auf die Radverkleidung unter einem der Waggons. Ich nickte. Er zeigte erneut, gestikulierte diesmal heftiger, und ich begriff, dass ich sofort in den Eisenkasten steigen sollte. Als ich darinlag und mich zu ihm umdrehte, deutete er auf seine Armbanduhr und sagte: »Trois heures, quatre arrêts, bonne chance.«

Der Zug setzte sich auf der Stelle in Bewegung. Ich spannte mich an. Die Absätze stemmte ich gegen den Rand und verhinderte damit, dass ich herausrutschte, doch ich konnte mich nirgends festhalten. Vier Stationen. Vier Möglichkeiten, erwischt zu werden. Ich versuchte, an etwas Schönes zu denken. Meine Ängste durften nicht die Oberhand gewinnen. Als der Zug zum vierten Mal ächzend zum Stehen kam, dachte ich schon, ich hätte es geschafft, ohne mich allzu sehr verspannt zu haben. Doch ich musste mich abmühen, um mich aus dem Overall zu schälen, und merkte da erst, wie steif ich geworden war.

Ich stolperte in den Warteraum zweiter Klasse des kleinen Bahnhofs, wo, wie Tommy gesagt hatte, ein Mann mit einem grauen Bart saß und Pfeife rauchte. Laut Drehbuch sollte er sofort aufstehen, die Pfeife dreimal kräftig ausklopfen und nach draußen gehen. Dankbar und erleichtert sah ich, dass er sich an die Vereinbarung hielt. Ich folgte ihm mit einigen Metern Abstand durchs Dorf. Als wir an einem großen Haus mit blauen Fensterläden vorbeikamen, drehte er sich zu mir um und nickte, dann beschleunigte er die Schritte. Am Tor vor dem Haus sah ich das Namensschild des Arztes, den ich wegen *mal au dos* konsultieren sollte: L. F. Destouches.

Der *médecin* war ein kleiner, schmieriger, unsympathischer Mann. Auf »les juifs« schimpfend, aber ohne uns in Schwierigkeiten zu bringen, fuhr er nach Saint-Lizier. Dort übergab er mich – mit einem auffälligen Augenzwinkern, das ich mir aber auch später ausgedacht haben könnte – einem Hirtenjungen, der mich für zweihundert Francs über die Pyrenäen bringen sollte.

47

Da kommt Dr. Steenstra. Oder Augusto de Farias, das kann auch sein. Ihr Alter und ihre Herkunft sind unterschiedlich, und außer ihrem Haarschnitt haben sie äußerlich kaum etwas gemein, aber sie sind vom selben Schlag. Freundliche Menschen. Gutmütig. Zuverlässig. Er wandert von einem Bett zum nächsten, erkundigt sich wohlmeinend nach dem Befinden.

»Und wie geht es hier?«

»Hier wird langsam gestorben«, sage ich. Es klingt dramatischer, als ich es meine.

Steenstra nickt abwesend, wie Augusto das auch kann, er hat nicht vor, sich aus dem Konzept bringen zu lassen. Vielleicht ist das Ärzten eigen. Sie arbeiten sich schichtweise vor, angefangen bei der Haut. Sie untersuchen ihre Farbe und ihre Struktur. Sie schauen ins Weiß der Augen. Befühlen die Stirn, die Wangen und den Hals. Betrachten die Lippen, die Zähne, die Zunge. Hören aufmerksam zu. Und wenn alles gesagt ist, sehen sie noch unter den Worten nach, um herauszufinden, welche Informationen sich dort eventuell verbergen.

Ich erzähle ihm vom ersten Mal, als ich glaubte, zu sterben. Es stellte sich als Irrtum heraus, aber was weiß man mit einundzwanzig schon vom Sterben?

»Das war in den Pyrenäen. Waren Sie mal dort, Doktor?«

»Träumen Sie von Bergen, Meneer Jacobson?«

Soviel ich weiß, nicht, und jetzt komm, lass mich doch … Hatte ich ihm bereits erzählt, wie ich von den Niederlanden nach Brasilien geflüchtet war? Oder war das jemand anders? Vielleicht sollten sie sich, wenn ich nicht mehr da bin, zusammentun, alles, was ich gesagt habe, auf einen Haufen werfen und eine zusammenhängende Geschichte daraus machen.

»Wovor sind Sie auf der Flucht?«

Flucht? Habe ich »Flucht« gesagt? Ich habe dieses Wort nicht immer benutzt. Anfangs nannte ich es »reisen«. Eine Flucht ist schließlich auch eine Reise. Vicky gegenüber traute ich mich dann zu sagen, dass ich Menschen im Stich gelassen hatte. »Wen denn?«, fragte sie. Zögernd antwortete ich: »Mein Volk.« »Sie haben nichts falsch gemacht«, sagte sie und stand auf, um sauber zu machen oder mir etwas einzuschenken, das habe ich vergessen. Ich glaube, Vicky wollte nichts davon hören; sie hatte mich bereits in eine Schublade gesteckt, ich war der liebe alte Gringo, ihr Arbeitgeber, ihre Lebensversicherung. Sie wusste, woran sie mit mir war, und das sollte bitte schön so bleiben.

»Ich musste weg«, sagte ich. »Ich hatte keine Wahl.«

Steenstra greift nach meinem Arm, legt zwei Finger an den Puls und sieht auf die Uhr. Das halte ich für überflüssig. Ich nehme an, dass es sein Vorwand ist, um hierzubleiben, um zu erfahren, wie es mir da in den Bergen ergangen ist.

Überall gab es Menschen, die einem weiterhalfen. Schleuser wurden sie genannt. Oft waren sie mutig und ehrlich, aber hin und wieder traf ich auf jemanden, der es nur des Geldes wegen machte.

»Lässt Ihnen das keine Ruhe?«

Was soll mir keine Ruhe lassen? Ach, der Tod natürlich. Ein schönes Thema. Ich habe selbst davon angefangen. Jetzt muss ich weitererzählen, sonst setzt der Arzt noch seine Runde fort.

Es war in den Pyrenäen, oder hatte ich das schon gesagt?

Wie hieß der Junge noch gleich? Pierre! So sollte ich ihn nennen. Bei einer Brücke im Tal nahe Aunac wären wir um ein Haar einem deutschen Soldaten in die Arme gelaufen. Wie konnte jemand, der nach eigenem Bekunden das ganze Gebiet in- und auswendig kannte, die größten Hürden übersehen? Nachdem der Soldat verschwunden war, hasteten wir weiter. Ab dem Moment kam ich mir vor wie Pierres Verfolger, nicht wie sein Reisegefährte. Ich war noch nie in den Bergen gewesen und hatte außerdem zu wenig gegessen. Ich ärgerte mich über diesen Jungen, der die Berge genauso schnell hinauf- wie hinunterlief und sich kein einziges Mal umdrehte, um zu schauen, ob ich ihm hinterherkam.

»Ihr Puls ist normal«, sagt Dr. Steenstra.

Pierre sollte mich bis zur spanischen Grenze bringen, blieb jedoch plötzlich oben auf dem Col de la Core stehen. Von dort aus deutete er in Richtung Süden, was wohl heißen sollte, dass Spanien gleich da drüben lag.

»Col de Soularil, Col de Craberous, Col de Pécouch et puis: L'Espagne.«

Dann machte er sich aus dem Staub, noch bevor ich ihn einen Betrüger nennen konnte.

Der Schock schlug in Erschöpfung um – es fühlte sich an, als hätte ich zwei Boxkämpfe hintereinander ausgetragen –, doch ich riss mich zusammen, weil ich wusste, dass ich nach Pierres Aufbruch nicht nur eine Route, sondern auch einen eigenen Rhythmus finden musste. Ich stieg den Berg hinunter, nahm auf dem holprigen Pfad eine Haarnadelkurve und machte mich an den nächsten Anstieg.

Es war kalt und dunkel. Auf Pierres kindlicher Skizze der Umgebung – »En cas d'urgence« – hatte ich, wenn ich mich recht erinnerte, eine gestrichelte Linie zwischen zwei Dreiecken, »Soularil« und »Craberous«, gesehen. Das zweite Symbol war größer als das erste. Beim Craberous konnte ich noch nicht sein, aber war das da der Umriss des Soularil? Nässe drang durch meine Schuhsohlen. Ich hatte Brot, doch ich konnte nichts herunterbringen – wahrscheinlich hatte ich zu lange damit gewartet. Bei jedem Bissen musste ich würgen. Nach einer Viertelstunde hoffnungsloser Kletterei beschloss ich, umzukehren und zu dem Schuppen zurückzugehen, den ich unterwegs am Waldrand bemerkt hatte. Ich hatte gerade erst kehrtgemacht, als ich Hundegebell hörte. In Gedanken rannte ich davon, doch in Wirklichkeit blieb ich stehen. Mein Herz wollte nichts wie weg, es pumpte Blut durch die Adern und raste, doch ich setzte mich nicht in Bewegung, und nach einer Weile schien sich auch mein Gehirn mit diesem Los abzufinden: Hier, in den Pyrenäen, am 5. August 1942 würde mein Leben enden.

Während ich die deutsche Patrouille näher kommen hörte – etwas anderes konnte es nicht sein –, blickte ich zu dem Berg, den ich nicht mehr erklommen hatte. Schade, dass ich nicht bis zum Gipfel käme; wenn schon sterben, dann doch bitte wie Moses auf dem Berg Horeb, an der Stelle mit der schönsten Aussicht. Gleichzeitig war ich auf seltsame Weise zufrieden, weil ich nicht länger flüchten musste; dann würde es still sein und alles wäre vorbei.

Ich hätte schwören können, dass der Trupp sich näherte, doch der Lärm streifte meine Ohren bloß und trieb dann weiter Richtung Norden, ins Landesinnere hinein. Schließlich hörte ich nichts mehr. Ich sog den Duft des Waldes tief ein, ließ ihn durchs Zwerchfell strömen und kehrte mit einem tiefen, stockenden Seufzer zurück ins Krankenhaus in Amsterdam.

Ich blicke gespannt hoch, um zu sehen, ob ich Steenstras Aufmerksamkeit habe fesseln können, doch der ist nicht mehr da. Dann muss ich mich eben damit vergnügen, mir vorzustellen, dass ich ihn in der Landschaft meiner Erinnerung zurückgelassen habe.

Da ist er ja auch schon. Steenstra folgt mir zu dem Schuppen in den Bergen. Wir finden die Pferdedecke und den Apfel: Dinge, die wahrscheinlich ein anderer Flüchtling zurückgelassen hatte, dachte ich seinerzeit. Damals aß ich nichts, doch nun fühle ich mich für den Gast in meiner Erinnerung verantwortlich. Ich lege die Daumen an den Stiel und breche den Apfel entzwei. Wir essen, schlüpfen unter die Decke und schätzen uns glücklich. Als es hell wird, wecke ich Steenstra. Er sagt, mehr zu sich selbst als zu mir, dass er verschlafen habe, und sucht nach seinem Handy. Ich lasse ihm einen Augenblick Zeit, zu begreifen, dass er sich in meinen Hirnwindungen befindet. Er schlägt vor, ein paar Kontrolluntersuchungen vorzunehmen, und legt mit seiner Fragenliste los. Ob ich wisse, welcher Tag heute sei, wann ich geboren worden sei, wo ich in Brasilien wohne. Hör auf, Steenstra, entspann dich. Lass uns den Tag planen. Schau aus dem kleinen Fenster da, siehst du den Berg in der Ferne? Es ist gutes Wetter. Bleibe noch bis zur Grenze bei mir. Dann gehe ich allein weiter nach Spanien, zu dem Weiler, dessen Name mir entfallen ist, zu dem Bauernhof, wo ich wie ein König empfangen wurde. Man füllte einen großen Trog mit heißem Wasser für mich. Nach dem Bad legte ich mich hin. Eine Stunde später wurde ich zu einem leichten Abendessen geweckt. Man servierte mir eine Bouillon mit Brot und etwas, das wie dicker Joghurt aussah, aber anders schmeckte.

Das verpasst du dann alles, Steenstra, und wenn ich nach Barcelona reise, bist du auch nicht dabei. Zu Fuß, auf einem Karren, im Zug, aber den größten Teil der Strecke im Peugeot eines

Mannes, der beim Joint Distribution Committee arbeitete, einer Art internationalen jüdischen Rat, und mir Papiere beschaffte, mit denen ich ohne Schwierigkeiten mit dem Zug nach Lissabon fahren konnte.

Jene Etappe will ich selbst noch einmal allein durchleben, sage ich, aber seien Sie so gut und leisten Sie mir doch in den Bergen Gesellschaft.

Dr. Steenstra ist einverstanden, schlägt allerdings vor, dass auf meiner Karte mehr zu sehen sein soll als die mäandernde Linie zwischen den beiden Dreiecken. Ich lache ihn aus. Als ob wir Einfluss darauf hätten! Haben Sie Angst, sich in meinem Traum zu verirren? Man kann nie wissen, antwortet Steenstra.

Ich ziehe den Zettel aus der Manteltasche und sehe, dass es nach seinem Willen gegangen ist: Aus der Kinderzeichnung ist nun der Ausschnitt einer Generalstabskarte geworden, und ich kann zum ersten Mal meine Route deutlich erkennen. Die Höhle, in der ich mich mit Pierre vor dem Regen untergestellt habe, befindet sich bei den Falaises de Sourroque, und ab dem Col d'Escots sah ich in der Ferne das Massiv des Mont Valier liegen. Ich fuhr meinen Weg, der schließlich in Esterri d'Àneu – ja, da war es! – enden sollte, mit dem Finger nach. Und dort, bei dem Bergsee, der, wie sich herausstellt, Etang Long heißt, traute ich mich laute Freudenschreie auszustoßen, weil ich sicher war, dass nun nichts mehr schiefgehen konnte.

Ich versuche, mich zu erinnern, wann ich diesen Namen zum ersten Mal gehört habe – denn dass ich keine solche Karte dabeihatte, steht fest –, doch es gelingt mir nicht, aus dem Traum auszusteigen. Ich weiß, dass ich in die Bibliothek von Diamantina gehen muss, Ende der vierziger Jahre. Ich sehe die Atlanten im Bücherregal stehen, doch es gelingt mir nicht, näher an dieses Erlebnis heranzukommen.

Sollen wir los?, fragt Steenstra. Ja, sage ich.

Wir legen ein zügiges Tempo vor. Manchmal geht es ordentlich hinauf oder hinunter, und an einer Stelle bleibt uns nichts anderes übrig, als uns mit dem Rücken an der Felswand durch einen schmalen, nur einen Meter breiten Spalt zu schieben, doch es fällt mir bereits leichter als in meiner Erinnerung.

Beim ersten See, Etang Rond, machen wir Halt.

Bis hierher, sage ich.

Den Triumph, diesen glückseligen Moment meiner Ankunft in Spanien, kann ich nicht einmal in der Fantasie teilen. Wir verabschieden uns voneinander, und ich gehe allein meiner Freiheit entgegen. Er kehrt um, geht zurück über die Berge, über die Hügel, durchs Flachland, in ein Holland, das noch nichts weiß von Verrat, Hunger oder der Besatzung.

Ich sehe ihn durch Amsterdam gehen, in dem Wissen, dass er sich vorgenommen hat, mein jüngeres Ich zu besuchen, wenn er schon mal da ist.

Es ist ein sonniger Tag, er schlendert durch Artis, schaut, ob ich irgendwo zwischen den Käfigen herumrenne.

Ich bin oft zu den Raubtieren gegangen, Steenstra, vielleicht sollten Sie es dort mal versuchen.

Beim schwarzen Panther lasse ich ihn in seinem weißen Arztkittel auf meine Freunde zugehen, er will sie fragen, ob sie Jonah Jacobson gesehen haben. Sie schicken ihn zum Boxclub, wo er Kosmann die Hand gibt und mit ihm ein gutes Gespräch über den Sinn des Lebens führt. Ich lege meinem alten Trainer Worte in den Mund: »Das Leben besteht aus einer Reihe von Täuschungsmanövern, Doktor, aber manchmal landen wir ein paar Treffer. Der schönste Hieb kommt aus dem Nichts: unerwartet, exakt, mit genau der richtigen Kraft und der perfekten Geschwindigkeit. In Gedanken hat man sein Ziel schon getroffen, man hört schon das Geräusch, das erst noch ertönen muss, hat den Sieg schon errungen, und dieses Wissen genießt man. Eigentlich braucht man den Schlag gar nicht mehr auszuführen – dieser Moment allein genügt schon.«

Zufrieden betrachte ich die beiden Männer. Sonnenlicht fällt schräg durch die hohen Fenster der Turnhalle. Sie sitzen nebeneinander auf der langen Holzbank.

Der Arzt versucht, den Trainer zu überzeugen, dass Boxen ein gefährlicher Sport sei. Er zieht Muhammad Ali als lebendes Beispiel dafür heran. Ich eile Kosmann zu Hilfe. »Den kann er nicht kennen, Steenstra«, rufe ich, »Kosmann wurde 1942 ermordet.«

»Ach, das tut mir leid«, sagt Steenstra, und ich sorge dafür, dass es ihm mit diesen Worten ernst ist.

Sogar in meiner Fantasie trete ich für meinen alten Trainer ein. Kosmann zuckt die Achseln und versichert Steenstra, dass er ein wunderbares Leben gehabt habe und dass Mitleid nicht nötig sei. Sie sehen mich ungeduldig an, und mir wird klar, dass sie keinen Wert auf meine Einmischung legen. Ich lasse sie machen.

Sie unterhalten sich, als wären sie seit Jahren befreundet, und ich bin froh, dass ich sie mir zusammen ausgedacht habe. Ab und zu nicke ich zustimmend, vor allem, wenn Kosmann spricht. Wie gut seine Worte sich mir eingeprägt haben! Und diese Stimme: dunkel und bestimmt, ja, genau so klang er. Als Kosmann auf Joe Lewis zu sprechen kommt, öffne ich den Mund, will mich am Gespräch beteiligen, doch es kommt kein Laut heraus.

48

Kaptein sagt, er wolle mich etwas fragen, aber meine Antworten scheinen völlig unwichtig zu sein. Er redet und redet in einer Tour, bis er endlich nach dem Satz: »Ich sage ja bloß, wie es ist«, mit einem erwartungsvollen Blick verstummt.

»Vor Kurzem habe ich geträumt«, sage ich, »dass ich wüsste, was die richtigen Fragen sind.«

»Wie meinen Sie das? Was für Fragen?«

»Worum sich alles dreht, was wirklich wichtig ist. Plötzlich wusste ich, wie ich das herausfinden kann. Es war, als würde ich das Konzept der Ewigkeit erfassen.«

»Aha, der Sinn des Lebens! Und, was spielt im Leben wirklich eine Rolle?«

»Das ist nicht die richtige Frage! Es ging darüber hinaus, da gab es Fragen *hinter* anderen Fragen, Gedanken *hinter* anderen Gedanken. Es überstieg die menschliche Begierde, überstieg auch die Vernunft. Es war größer als das hier, es war allumfassend, gleichzeitig aber auch grenzenlos. Verstehen Sie?«

»Nein.«

»Ich wünschte, ich könnte es besser erklären … Mir entgleitet es selbst auch wieder. Ich hatte das Gefühl, mich im Weltall zu befinden, aber selbst das Wort ›Weltall‹ ist zu beschränkt. Alle Worte sind unzureichend, Buchstaben haben keine Bedeutung. Ich habe mich als Schöpfer des Schöpfers gefühlt.«

»Na, na, bester Meneer Jacobson, jetzt kann ich Ihnen wirklich nicht mehr folgen. Aber ich bin auch bloß ein einfacher Bauernsohn. Früher war ich gläubig, ich habe sogar einmal gedacht, Gott würde mir Aufträge geben – ja, wirklich, da könnte ich Ihnen Geschichten erzählen –, aber heute … Ach, das war doch alles nur Blödsinn. Ich hätte mehr an mich denken sollen. Das ist mein größtes Problem: dass ich mich immer nur fürs Glück der anderen zuständig gefühlt habe. Ich habe mich angepasst und zurückgenommen, andere vorgelassen und Chancen verschenkt. Im Nachhinein tut es mir leid, dass ich mich so hintangestellt habe. Was habe ich nun davon, von diesem ganzen Anstand, der ganzen Vorsicht?«

Kaptein sieht sich um.

»Hier landen wir am Ende alle. In einem Bett, wartend auf den Tod. Wenn Sie mich jetzt fragen, was wirklich eine Rolle spielt, sage ich, dass man versuchen muss, das Leben in vollen Zügen zu genießen. Sie sollen es ruhig wissen: Ich habe kein schlechtes Gewissen, dass ich kurz vor Torschluss noch mal mit beiden Händen zugepackt habe.«

Ich habe keine Ahnung, wovon er spricht, und sehe auch mit Bedauern, dass meine Gedanken ihren inneren Zusammenhalt verlieren. Ich hoffe, ihn mit einem herzhaften Gähnen vertreiben zu können, doch Kaptein rührt sich nicht vom Fleck.

»Eva, diese Frau. Von der hatte ich Ihnen doch erzählt?«

An eine Eva kann ich mich nicht erinnern, doch an sein Augenzwinkern leider nur allzu gut.

»*Sehr* willig. Wenn ich ein paar Jahre jünger wäre, wüsste ich, was ich zu tun hätte. Nämlich dasselbe wie der Kerl, der ein paar Mal hier war, wie heißt er noch gleich? Der erst noch zusammen mit dem Mädchen kam.«

»Mit Sonja?«

»Walter! Walter und Sonja. Ja, Meneer, meine Ohren funktionieren noch bestens. Letztens habe ich mich also mit Walter über sein Vorhaben unterhalten, ins Ausland zu gehen.«

»Wollen die beiden denn auswandern?«

»Nein, nicht die beiden, er! Nur er. Das meine ich ja gerade. Er kommt noch davon. Lässt sich nicht von so einer ewig jammernden Frau gängeln. Wenn ich mir mein Leben so anschaue und mich jeden Tag hier ins Krankenhaus zuckeln sehe, denke ich: Hätte ich es doch bloß getan. Wäre ich doch bloß ausgebrochen. So sind wir Männer, das wissen Sie genauso gut wie ich. Wir brauchen unseren Freiraum, wir müssen uns ausleben können. Für mich ist es bei diesem einen Seitensprung mit Eva geblieben, aber …«

»Ich weiß nicht, ob …«

»Ach, kommen Sie, Jacobson. Ich weiß doch, dass Sie genauso denken. Wieso hätten Sie dem jungen Mann denn sonst geholfen?«

»Wie soll ich das denn gemacht haben?«

»Indem Sie ihm die Geschichten von Brasilien erzählt haben, natürlich! Was glauben Sie denn, wohin er geht?«

»Aber ich habe ihm doch gar nichts erzählt.«

»Da irren Sie sich aber ganz gewaltig. Das mag zwar unanständig gewesen sein von mir, aber ich habe genau gehört, wie Sie mit Ihren ganzen Besitztümern dort geprahlt haben und damit, wie leicht man es in Brasilien zu einem Vermögen bringen kann.«

»Ich mag mit ihm gesprochen haben, Meneer Kaptein, aber ich glaube, dass ich ab und zu ein bisschen verwirrt bin. In den ersten Jahren dort habe ich gut verdient, das stimmt, aber nachdem ich meinen größten Diamanten gefunden hatte, war es damit vorbei. Mit unserem Anfangskapital sind wir lange über die Runden gekommen, aber …«

»Natürlich waren Sie verwirrt. Außerdem bin ich alt genug, um solche Geschichten zu durchschauen. Ich will Ihnen ganz ehrlich sagen, dass ich selbst auch dazu neige, die Dinge schönzureden, aber darum geht es jetzt nicht. Es geht darum, dass er sich was vorgenommen hat. Er folgt seinem Herzen, lässt es sich gut gehen! Ich hatte natürlich nicht so tolle Tipps für ihn wie Sie, aber ich konnte ihm immerhin von meinen Erfahrungen mit Eva erzählen. Wie leicht die brasilianischen Mädchen es einem machen. Das Land, wo Milch und Honig fließen, Meneer. Schöne Frauen, gutes Wetter, und ein gesunder holländischer Junge kann dort genug Geld verdienen. Da können Sie doch mitreden. Wie alt waren Sie, als Sie weggegangen sind?«

»Anfang zwanzig.«

»Sehen Sie. Und, haben Sie es jemals bedauert?«

»Nein, aber ...«

»Wenn Sie hiergeblieben wären, hätten Sie keine Diamanten gefunden. Hätten sich keine schöne Brasilianerin geangelt, kein Haus gebaut, kein ...«

»Habe ich Ihnen das alles erzählt?«

»Nicht mir, aber dem jungen Mann, Walter. Ja sicher. Und ich, na ja, wie gesagt, ich habe ein bisschen mitgehört.«

»Das ist alles nichts wert, Meneer Kaptein. Das hier« – ich zeige auf meinen Kopf –, »ist der einzige Ort, an den man sich ruhig und ungestört zurückziehen kann. Was andere Leute finden oder tun, ihre ganzen Meinungen und Taten, haben dort nichts zu suchen. Ich möchte mir kein Bild von ihnen machen, kein Urteil über sie fällen. Ich will davon verschont bleiben.«

»Das kann ich überhaupt nicht verstehen, Jacobson. Nicht denken, sondern tun, lautet meine Devise. Solche komplizierten Dinge denken sich die Leute meiner Meinung nach erst aus, wenn ihnen nichts anderes mehr übrig bleibt. Es tut mir furchtbar leid, dass ich das so sagen muss. Und es würde Ihnen gut zu Gesicht stehen, wenn Sie zugeben könnten, dass Sie unseren jungen Freund vielleicht ein bisschen beneiden, wie ich auch. Um all die schönen Dinge, die er noch vor sich hat. Seien Sie doch mal ehrlich!«

»Ich hadere nicht mit meinem Schicksal, Meneer Kaptein. Ich fürchte mich nicht vor dem, was kommt.«

Da bin ich mir zwar nicht so sicher, aber mit meiner Entschiedenheit bringe ich ihn immerhin zum Schweigen, wie ich es mir erhofft hatte. Kaptein steht auf. An seinem Hemd fehlt ein Knopf. Sein schmuddeliges Unterhemd lugt hervor. Auf seiner Wange stehen ein paar vergessene graue Stoppeln. Dreh dich um, geh weg. Ich kann dich nicht länger ertragen.

»Wie auch immer«, sagt er.

Weiter nichts.

49

Im Rio de São Francisco und in all den anderen Flüssen, zu denen ich mit Naki fuhr, fanden wir nicht viel mehr als mit Lehm vermischten, diamanthaltigen Kies unter dem Sand und zwischen den Felsblöcken. Naki störte sich nicht daran. Es änderte nichts an seiner Laune, nichts an seinem Verhalten. Auch in den Jahren, in denen wir keinen einzigen Stein fanden, tauchte er am frühen Morgen laut hupend mit seinem alten Pick-up auf. Er fragte mich nie nach dem neuen Wagen, den ich ihm versprochen hatte. Sein Gleichmut war ansteckend, vor allem während der Zeit, die wir gemeinsam verbrachten. Wir machten uns keine Sorgen, uns fehlte es an nichts. Unsere Arbeit war hart und wir bekamen beide Rückenschmerzen, doch es gab ja die Regenzeit, auf die wir uns freuen konnten: monatelang ausschlafen, essen und einen über den Durst trinken.

Dank Nanas Fleiß und ihrer Sparsamkeit konnten wir noch etliche Jahre im Wohlstand leben. Nach Beneditos Tod führte sie mehreren älteren Menschen im Ort den Haushalt. So konnte sie weiterhin Naki, Serafim und Isabella bezahlen. Unsere Hausangestellten waren der Hauptgrund, weswegen Nana und ich in der Dorfgemeinschaft hohes Ansehen genossen.

Nana wusste, dass ich seit jenem einen großen Stein nichts mehr gefunden hatte, und vielleicht erklärte sie sich damit abergläubisch die Unannehmlichkeiten, die ihr das Tragen ihrer schönsten Ohrringe verursachte, doch äußerte sie nichts dergleichen.

Ich dachte in diesen Jahren immer wieder einmal daran, die Sprache auf den Diamanten zu bringen. »Wenn ich gewusst hätte, dass es mein letzter Fund sein sollte«, hätte ich gesagt, »dann hätte ich den Erlös für mich behalten.« Ich sagte mir diesen Satz oft vor, doch ich wusste, dass es nicht stimmte, und riss mich immer wieder rechtzeitig zusammen.

Ab und zu rutschten mir die ersten Worte heraus, doch jedes Mal legte mir Nana den Finger an die Lippen.

»Lass uns glücklich bleiben.«

Nicht ihre Sorgen bedrohten unser Glück, sondern meine gelegentliche Niedergeschlagenheit.

Nana war katholisch, wie alle anderen in meiner Umgebung, und ich sah, wie der Glaube an die wohlwollende Vorsehung ihr das Leben leichter machte. Falls es eine unausweichliche Notwendigkeit gab, hatte es keinen Sinn, sich ihr zu widersetzen, das war mir vollkommen klar, doch für mich war das Leben ein zielloses Chaos, ein unkontrollierbares Durcheinander von Atomen.

Meine liebe Frau betete jeden Abend darum, dass ein Platz an der Seite unseres Vaters im Himmel ihre eigentliche Bestimmung sei, ich hingegen betrachtete mich als Durchreisender in einem gottlosen Universum.

50

Ich muss etwas unterschreiben. Ich weiß nicht, was, weiß nicht, wozu. Ein Versprechen, bald das Feld zu räumen? Natürlich gibt es noch mehr Menschen in Not, und ich liege bloß so da. Dass ich wieder gesund werde, ist ausgeschlossen, doch mein Zustand scheint sich nicht zu verschlechtern, jedenfalls von außen betrachtet. Die Tumore, von denen Dr. Steenstra sprach, geben sich große Mühe, doch auch mit ihrer Hilfe lässt sich nichts übers Knie brechen. Ein bisschen Geduld bitte.

Ich halte den Stift mit Daumen, Mittel- und Ringfinger, doch er rutscht jedes Mal weg, sobald ich ihn aufs Papier setze. Mühsam kritzele ich zwei J hin.

Ich erinnere mich an den Augenblick von Triumph, nachdem ich als kleiner Junge zum ersten Mal alle Buchstaben meines Namens hintereinander geschrieben hatte. Ganze dreizehn Stück, und es gab nur eine kleine Pause zwischen »Jonah« und »Jacobson«. Jetzt bringe ich nur noch die Initialen zu Papier, die auf meiner Boxerhose standen. Nicht mehr lange, und ich muss selbst zwischen diesen zwei Buchstaben eine Pause einlegen. Dann reicht meine Puste nur noch für einen einzigen – einen Strich, einen Ausrutscher –, und eines Tages werde ich schließlich sagen müssen, wer ich bin, falls ich es bis dahin überhaupt noch weiß.

Die Schwester räumt das Blatt Papier weg. Wir machen uns

beide nicht die Mühe, darüber zu sprechen, was ich gerade unterschrieben habe.

Während sie mein Bettzeug glatt streicht, erzählt sie mir von ihrem freien Tag gestern. Ich weiß nicht, ob sie da weitererzählt, wo sie beim letzten Mal aufgehört hat, oder ob sie einfach nur so etwas erzählt. Bestimmte Elemente – Enkel, Spielplatz, Rückenschmerzen, allein ist man einsam – kommen mir bekannt vor, aber diese Geschichte könnte mir jede Frau ihres Alters erzählen.

»Lebt Ihr Mann denn nicht mehr?«, frage ich.

»Aber Meneer Jacobson! Das fragen Sie mich jeden Tag!«

Leise, freundlich fügt sie hinzu, dass sie seit zwei Jahren Witwe sei. Ich verpasse mir selbst eine Ohrfeige, als wollte ich mich für meine Vergesslichkeit bestrafen. Sie verzeiht mir, weil ich ihr, wie sie sagt, in meinen klaren Momenten so schöne Ratschläge gegeben hätte. Ich halte mein Lächeln fest, bis sie aus dem Zimmer gegangen ist.

Bis Sonja kommt – darauf kann ich mich verlassen –, schlage ich die Zeit tot, indem ich kleine Erinnerungen hervorhole, sie wie Gegenstände in die Hand nehme, von allen Seiten betrachte und dann wieder in den See der Vergesslichkeit sinken lasse. Ich denke an Menschen, die ich nur ein Mal im Leben getroffen habe, suche nach Wörtern für die Farbe des *ipê-amarelo* und lasse kleine Diamanten auf meiner Handfläche hin und her kullern.

Kats Enkelin erscheint, als wäre sie Teil einer logischen Abfolge von Ereignissen. Sofort plappert sie drauflos. Ihr zuzuhören ist herrlich. Sie findet es nicht schlimm, dass ich ab und zu die Augen schließe. »Ich habe mir ja was zum Lesen mitgenommen«, sagt sie.

»Wovon handelt es?«

»Von der großen Liebe. Fantasy, sozusagen.«

»Wie meinst du das?«

»Ach, na ja … Ich weiß nicht, ob es echte Liebe überhaupt gibt. Seit meine erste Beziehung kaputtgegangen ist, komme ich mir vor, als hätte ich einen Makel, den ich nie mehr loswerde. Manchmal übersehen ihn die Männer, aber nach einer Weile ist der Makel doch wieder da: Hey, was hast du denn da? Und dann geht es von vorne los. Entfremdung, Funkstille, Klagen, Versprechen, sich zu ändern, und weg ist er. Ich lese, um zu vergessen. Romane muntern mich auf. Manchmal hält das gute Gefühl wochenlang an, aber am Ende versinke ich wieder in so einem dumpfen, dämlichen, elenden Mistgefühl. Früher konnte Walter mich da ab und zu rausreißen. Es mag ziemlich platt klingen, aber wenn er sagte, dass ich … na ja, dass ich einfach mal wieder richtig genommen werden müsste, dann machte mich das ganz glücklich. Erstens weil er mich wahrnahm und begriff, dass er mich irgendwie aufbauen musste, und zweitens, weil es tatsächlich funktionierte. Jedenfalls bis ich eines Abends keine Lust darauf hatte. Er war eingeschnappt, ich ließ ihn gewähren und … Was erzähle ich Ihnen hier überhaupt alles für Geschichten?«

Sie legt eine Hand an die Stirn.

»Na ja. Egal. Ich habe wirklich geglaubt, dass Walter der Richtige ist. Früher sind wir häufig ausgegangen, hatten Spaß. Er hat mir Schmuck gekauft und jede Woche einen großen Blumenstrauß. In letzter Zeit ist er zu beschäftigt, behauptet er, obwohl er arbeitslos ist, also habe ich ihn gefragt: ›Womit denn?‹ Und dann ist er sauer geworden und hat gesagt, dass mich das nichts angeht. Vielleicht haben wir zu schnell geheiratet, ich weiß nicht … Manchmal habe ich das Gefühl, einen Fremden ins Haus gelassen zu haben, jemanden, der meine Sachen begrapscht, der mich begrapscht und der nicht vorhat, das bleiben zu lassen oder jemals wieder wegzugehen …«

Ich überlege, ob ich ihr erzählen soll, was dieser Kaptein mir berichtet hat: dass der Knabe kurz davor ist, aus ihrem Leben zu verschwinden, doch ich traue meinem Gedächtnis nicht und schweige.

»Das liegt in der Familie«, sagt sie. »Wir sind nicht für die Ehe geschaffen. Meine Eltern haben sich scheiden lassen, und ich glaube, dass meine Opas und Omas auch nicht gerade glücklich verheiratet waren. Bei Oma Kat, meiner Großmutter mütterlicherseits, bin ich mir sicher. Ich weiß noch, dass sie und Opa oft Streit hatten. Mal, weil mein Opa so faul war, dann wieder, weil meine Oma sich immer in alles einmischte, aber meistens ging es um den Krieg, um Dinge, von denen ich als kleines Mädchen überhaupt keine Ahnung hatte. Verrat, die Untergrundbewegung und solche Sachen. Ich habe meine Oma einmal gefragt, was sie denn unter dem Grund gemacht hat. ›Würmer gesucht‹, sagte sie. Auch als ich größer wurde und verstand, was damals los war, schwieg meine Oma weiter, als wäre sie immer noch beim Widerstand und hätte Angst, jemanden zu verraten. Der einzige Name, den sie mal hat fallen lassen, ist …«

»Linda.«

»Genau! Daher auch der Name des Hotels. Woher …?«

»Deine Großmutter hat mir einmal geholfen. Aber das erzähle ich dir ein anderes Mal.«

»Sind Sie müde?«

»Ja.«

Müde bin ich auch, aber das ist nicht der Grund für mein Schweigen. Es ist wie bei der Klappe zwischen Speiseröhre und Magen, die sich automatisch schließt. Bei mir hält diese Klappe die Wörter zurück. Diesmal ist meine Ausrede akzeptabel: Warum sollte ich ihrer Enkelin die Geschichte erzählen, jetzt, da ich schon so nah bei Catharina bin?

51

Es ist derselbe Mann, der mich vom Flughafen in die Stadt gebracht hat. Finsterer Blick, breite Nase, kräftige, hochgezogene Schultern. Diesmal setze ich mich hinten ins Taxi und versuche, nicht in den Spiegel zu blicken.

»Sint Jacob, Plantage Middenlaan, bitte.«

»Haben wir uns nicht schon mal gesehen?«

Er dreht sich zu mir um.

»Nicht, dass ich wüsste«, sage ich. Ich blicke mich zur Drehtür des Krankenhauses um. Jeden Moment kann jemand von der Nachtwache nach draußen gerannt kommen, also scheint es mir ratsam, mich nicht in ein Gespräch verwickeln zu lassen, sondern so schnell wie möglich loszufahren. Du bist doch so ein Raser, denke ich, nur zu, mach schon!

»Sie kommen mir trotzdem bekannt vor.«

Er lässt den Motor an, legt den Gang ein und gibt Gas. Die Schranke geht gerade noch rechtzeitig auf, als hätte sie Angst, dass wir sie rammen. Mit hoher Geschwindigkeit fahren wir durch die dunkle, verlassene Stadt. Weite Strecken über die Straßenbahnschienen, die roten Ampeln ignorierend. Die Wahrscheinlichkeit, dass ich niemals bei der gewünschten Adresse ankomme, wird immer größer, und ich frage mich, ob es noch Sinn hat, mir Gedanken wegen meines unerlaubten Ausflugs zu machen.

»Sint Jacob, Jacob …«, sagt der Taxifahrer und schlägt mit der dicken Hand aufs Steuer. »Ach, jetzt fällt es mir wieder ein! Dieser jüdische Name, Jacobson. Das sind Sie doch?«

Im Rückspiegel begegne ich seinem stechenden Blick. Na gut. Ja, das bin ich. Der Fahrer hält abrupt. »Wir sind da.«

Ich sehe ein Tor zwischen zwei Pfeilern. Darauf sind zwei weiße, marmorne Wesen, die ich im Licht der Laternen oben auf ihren Köpfen erkenne.

»Aber das ist doch …«

»Die Plantage Middenlaan.«

Mit den Segelohren sieht sein Kopf von hinten aus wie ein Poller. Ein paar Haare auf seinem Schädel flattern im Wind, der Rest des Bildes steht still.

»Das hier ist der Wertheimpark. Das Altersheim ist gegenüber von Artis. Können Sie noch ein Stück weiterfahren?«

»Wir sind da«, wiederholt der Taxifahrer.

Am liebsten würde ich ihm eine Ohrfeige verpassen, aber er dreht sich nicht mehr um. Ich frage ihn, wie viel ich ihm schulde, und greife nach dem Portmonee. Nichts. Schlimmer noch: Ich trage gar kein Sakko, sondern mein Schlafanzugoberteil. Erst war nur die Entfernung ein Problem, jetzt kommen Kälte und Scham hinzu.

»Das tut mir leid, ich …«

»Kein Geld mitgenommen, was? Raus mit Ihnen.«

Ich steige aus, knalle die Tür zu. Die Sphinxe, diese wundersamen Frauentiere, die ich jedes Mal betrachten musste, wenn ich von der Bibliothek in der Plantage Franselaan zurückkam, blicken wie früher in eine unergründliche Ferne. Kleinigkeiten kümmern sie nicht, und ich sollte ihrem Beispiel folgen.

Ich gehe – barfuß, wie ich jetzt bemerke – ohne stehen zu bleiben bis zum Zoo. Mir ist, als würde ich Schlittschuh laufen, so leichtfüßig bewege ich mich voran. Was für ein Glück, dass ich keine Hilfe brauche; man hätte ja doch bloß gefragt, wohin Meneer zu dieser späten Stunde wolle.

Zu Linda. Und zwar schnell. Da ist bereits der Eingang des Altersheims. Das da bin ich, dort in der Scheibe. Ich schäme mich, dass ich mich nicht mal anständig angezogen habe. Woher habe ich diesen Schlafanzug überhaupt? Zu Hause schlafe ich immer in Unterwäsche.

Die Tür ist geschlossen, doch zum Glück erscheint ein freundlich aussehender Portier und öffnet mir. Als ich mich nach Mevrouw Hovenier erkundige, sagt er ungeduldig: »Ja, ja«, als hätte er mich erwartet.

Seltsam, aber ich weiß sofort, wohin ich mich wenden muss. Ich gehe die Treppe in den ersten Stock hinauf und dort finde ich sie, in einem Raum mit vielen Sesseln, einem großen Fernseher, orangefarbenen Luftballons und Girlanden an der Decke.

Sie ist viel zu zart für ihren Rollstuhl. Von der schönen Haarpracht, an die ich mich erinnere, ist nur noch ein kleiner, gelblicher, wattiger Dutt übrig. Ich lege die Finger wie Fühler auf ihre magere Schulter und weiß bereits, dass sie sich nicht umdrehen wird. Ich müsste um ihren Stuhl herumgehen, mich hinknien und sie ansehen, doch ich zögere.

»Kat«, flüstere ich, »ich bin da.«

Sie rührt sich nicht.

»Ich …«

Meine Hand gleitet zu meiner Brust. Während ich vergeblich nach meiner Innentasche suche, fällt mir wieder ein, dass ich den Mantel nicht angezogen habe. Den Mantel, in den ich den Brief an sie gesteckt hatte. Jetzt, da sie nicht reagiert, hoffe ich, dass sie mich nicht gehört hat. Ich setze erst vorsichtig einen Fuß zurück, dann den anderen. Im Zickzackkurs schiebe ich mich langsam rückwärts aus dem Raum. In Gedanken verspreche ich ihr, wiederzukommen, nicht im Schlafanzug und auch nicht auf den Mund gefallen. Das hier kann man vergessen.

52

»Ich hab ja gar nicht gewusst, dass es auf der Straße so ruhig sein kann, mitten in der Nacht.«

»Sie haben Glück«, sagt die Krankenschwester, »mit Ihrem Zimmer nach Westen. Die Van de Boechorststraat ist ruhiger als die De Boelelaan.«

»In der Stadt, meine ich. Wir sind überall glatt durchgekommen.«

Ich will bloß einen Schwatz halten, es ist nicht schlimm, dass sie keine Zeit dafür hat, doch mich stört, wie sie lacht und wie sie mit dem Waschlappen über mein Gesicht rubbelt, schnell und grob, als wäre ich unartig gewesen.

»Bleiben Sie heute mal wach, Meneer Jacobson? Mit Ihrem Schnarchen vertreiben Sie Ihre Besucher alle.«

»Ich werde mir Mühe geben«, sage ich.

Während die Krankenschwester summend ihre Aufgaben erledigt, denke ich über meine nächtlichen Erlebnisse nach. Später, wenn Sonja da ist, muss ich alles parat haben; ich mag alt und krank sein, aber ernst genommen werden möchte ich schon.

Fabelhaft, wie sie langsam Gestalt annimmt – wie bei einem Polaroidfoto. »Bist du schon lange da?«

»Nein, nein.«

Das sagt sie natürlich nur so.

»Weißt du, was ich ärgerlich finde?«, sage ich. »Dass ich Sachen verliere und vergesse. Ich weiß zum Beispiel nicht mehr, wie mein Besuch bei deiner Oma ausgegangen ist.«

»Sie waren bei meiner Großmutter?«

»Ja. Das Einzige, woran ich mich noch erinnern kann, ist die Fahrt zum Altersheim und der Moment, als ich sie im Rollstuhl sitzen sah. Ich verstehe eigentlich nicht, wie ich mitten in der Nacht, einfach so, von hier weggekommen bin …«

»Nein«, antwortet Sonja, »das verstehe ich auch nicht.«

Ich sehe, dass sie sich amüsiert. Bis zu einem gewissen Grad finde ich es ja selbst auch lustig.

Wie ich so ohne Mantel dastand und Kat den Brief nicht geben konnte. Wenn ich daran denke, was ich ihr geschrieben habe und ihr nicht sagen konnte, reagiert mein Herz umgehend. Ich spüre Schmerzen, die ich zu ertragen versuche, indem ich die Augen zusammenkneife. Ihre Stimme, die von Catharinas Enkelin, plätschert besänftigend weiter.

Sie erzählt mir, was sie sich vorgenommen hat, jetzt, da ihr Mann, wie es aussieht, endgültig verschwunden ist.

»Er ist weg.«

Ich bin froh. Für sie. Und für mich: Manche Erinnerungen sind rein und richtig. Es stimmt also. Kaptein gibt es.

»Ich kann von vorn anfangen.«

Sie glaube, dass sie diese Kehrtwende in ihrem Leben mir zu verdanken habe, sagt sie.

»Wenn Sie nicht hier gewesen wären«, setzt sie an und verliert sich dann in einer Geschichte über Karma und Chakras, ich verstehe kein Wort. Erst als sie mich einen Engel nennt, unterbreche ich sie und sage ihr, ich hätte auch einmal ein Mädchen sitzen lassen. Ich ging davon aus, dass sie wüsste, wen ich meine, aber sie sieht mich doch ziemlich überrascht an, als ich ihr sage, dass das ihre Oma war.

»Hängt mein Sakko hier irgendwo? In der Innentasche ist ein Brief für sie.«

Als sie aufsteht, sehe ich wieder die reglose Catharina vor mir und verstehe, was sie mir heute Nacht zu verstehen geben wollte: Du bist zu spät gekommen, Jonah.

Sonja hält den Umschlag hoch, wedelt triumphierend damit, als wäre es ein Beweisstück in einem Gerichtsverfahren. »Ein Liebesbrief?«

»So ähnlich.«

Sie klatscht in die Hände. »Wart ihr früher wirklich ein Liebespaar?«

Ich erinnere mich an den Abend in Catharinas Bett. Das Theaterstück war außer Kontrolle geraten, die Aufführung wurde fortgesetzt, nachdem die Zuschauer den Saal bereits verlassen hatten. Verliebtheit war es nicht; wir hielten uns nur für einen Augenblick aneinander fest. Es lag an der Zeit, an den Umständen. So war das, aber früher sahen wir die Dinge noch anders.

»Wir waren sehr voneinander angetan«, antworte ich vorsichtig, »aber erst muss ich dir was anderes erzählen. Keine schöne Geschichte.«

Mein ernster Blick spiegelt sich in Sonjas Gesichtsausdruck, sie streichelt meinen Arm und wartet.

Ich erzähle ihr, wie wir uns kennengelernt haben, wie Kat und ich einander umarmten, wie wir von der Amstel zu ihrer Wohnung in der Waalstraat gingen. Ich nehme sie mit über die Schwelle des Schlafzimmers ihrer Großmutter. »Den Rest kannst du dir denken.«

Sonja strahlt schon wieder. Sie setzt zu einer Frage über die damaligen Umstände an; wie wir unter diesem Druck trotzdem, so schnell, die Zeit gefunden hätten, uns … aber noch beim Reden verwandelt sich ihre Frage in eine Feststellung. Zu ihrer Zufriedenheit bestätige ich ihre Aussage: »Deine Oma und ich waren verrückt nach einander.«

Das ist übertrieben, ich weiß, aber ich schenke dem Mädchen gern diese Worte, weil das, was ich ihr jetzt erzählen muss, bei Weitem nicht so schön ist.

»Eine Woche später haben wir uns, wie vereinbart, auf dem Platz vor dem Centraal Station getroffen. Dort ist alles schiefgegangen.« Der Schuss, der Sturz, meine Flucht. Ich hatte an niemanden gedacht. Wie ein Tier vor dem Feuer war ich einfach weggerannt.

»Sie wollten überleben«, sagt Sonja, »dafür brauchen Sie sich nicht zu schämen.«

»Aber ich habe deiner Oma erzählt, dass ich kämpfen würde.«

Sie zuckt die Achseln.

»Ich habe sie einfach da liegen lassen. Die Beinprothese …«

»Das ist nicht Ihre Schuld. Sie haben sie doch nicht niedergeschossen?«

»Nein.«

Ich strecke die Hand aus, sie gibt mir den Umschlag. »Und am Ende ist doch alles gut ausgegangen?«

»Wie meinst du das?«

»Na ja, später, mit dem Geld.«

Ich lege die Stirn in Falten.

Sonja wird rot. »Ich dachte, Sie wüssten …«

Vielleicht sollte ich mir erst einmal anhören, was sie weiß. Ich lächele, sage ihr, sie solle bitte weitererzählen.

»Meine Großmutter hat mir einmal gesagt, dass ein paar Jahre nach der Befreiung eine große Summe auf ihr Konto eingezahlt wurde.«

»Wusste sie, von wem?«

»Nein, aber sie hatte eine Vermutung. Das Geld war ihr von einem gewissen Brander überwiesen worden.«

Catharina, kleine Detektivin! Ja. Sprich weiter.

»Ich weiß nicht, ob sie mit ihm gesprochen oder ihm einen Brief geschrieben hat, aber jedenfalls hat sie herausgefunden, dass er von einem alten Bekannten aus Kriegszeiten beauftragt worden war. Er hat behauptet, dessen Namen nicht zu kennen. So in etwa ging die Geschichte, glaube ich.«

Gut gemacht, Brander.

»Opa wollte wissen, wer dieser alte Bekannte war, aber meine Oma sagte, er solle sich einfach nur freuen, dass jemand ihnen mit diesem Geschenk das Leben gerettet habe. Er brauche nicht mehr bei der Straßenbahn zu arbeiten, und außerdem: Wollte er nicht immer schon ein Hotel besitzen? Das wäre jetzt alles möglich, wahrscheinlich dank eines Jungen aus dem Widerstand. Mein Opa mochte keine Geheimniskrämerei, aber Geschichten über den Widerstand mochte er noch viel weniger, also …«

Stopp mal, das erzählst du ganz falsch!

»Was hat der Widerstand denn damit zu tun?«

»Einer aus dieser Gruppe war in Israel ziemlich reich geworden. Oma Kat glaubte, dass das Geld möglicherweise von ihm war.«

Nein …

»Warum hätte er ihr Geld schicken sollen?«

Nicht er. Ich!

»Weil er sich schuldig fühlte, glaube ich, denn an dem Tag – der, von dem Sie mir gerade erzählt haben – hätte er als … wie nannte sie das noch gleich? Als Hintermann oder so da sein sollen, um euch zu beschützen.«

Ich drehe mich um, stecke den Kopf in die Höhle der Vergangenheit und rufe, jemand müsse herkommen und das richtigstellen, sagen, dass das ganz anders gewesen sei, dass *ich* später dafür gesorgt hätte, dass es Catharina an nichts mangelte, ich und kein anderer, doch ich höre bloß einen lang gezogenen Schrei: das Echo meiner letzten Worte.

Ich spüre Hände an meiner Stirn, Wasser in meiner Kehle. Eine Brise beschwichtigender Wörter zieht über mein Gesicht hinweg.

53

»Nicht erschrecken, Jacobson, ich bin's bloß.«

»Was hast du denn hier zu suchen?«

»Dachtest du etwa, du bist mich schon los? Ich wollte dir hinterherwinken. Du verabschiedest dich doch bald?«

»Ich bin immer unterwegs. Männer müssen in Bewegung bleiben. ›Bleiben Sie in Bewegung‹, sagt Vicky. Weißt du noch? Kopf, Körper, Kopf.«

»Jumping Jonah. Ja, ich sehe dich noch durch den Ring tänzeln. Auf deiner Hose waren zwei J aufgestickt. Du warst deiner Zeit weit voraus!«

»Und du hast dich ganz schön geschickt durchlaviert, du Schuft! Ich hätte die größte Lust, dir eins in die Fresse zu geben … Du hast wohl Angst vor mir? Ja, was? Diesen Blick kenne ich. Derselbe wie auf dem Markt, kurz bevor ich dich knock-out geschlagen habe. Im Bruchteil einer Sekunde habe ich das damals erkannt, deshalb habe ich mich zurückgehalten. Aber jetzt, wo du hier vor mir stehst, mit denselben vor Angst weit aufgerissenen Augen, frage ich mich, ob ich dir damals nicht besser einen Hieb auf die Nieren hätte verpassen sollen. Vielleicht wärst du dann nicht auf die Idee gekommen, andere Menschen zu belästigen.«

»Welche anderen denn?«

»Willst etwa so tun, als wüsstest du von nichts?«

»Du liegst hier übrigens schön. Ein prima Bett, so wie es aussieht. Kuschelig warm. Angenehme Atmosphäre, das merkt man gleich. Man riecht es sozusagen. Nicht der säuerliche Geruch nach Pisse, den ich erwartet hatte.«

»Wer hat dich überhaupt reingelassen?«

»Niemand. Jeder ist hier willkommen. Allerdings habe ich gesagt, du wärst ein guter Freund von mir, und dann …«

»Du hattest immer schon eine große Klappe.«

»Ich habe gehört, du bist ein weiser alter Mann geworden.«

»Wer hat das gesagt?«

»Max Brander, unter anderem.«

»Den habe ich bestimmt schon ein halbes Jahrhundert nicht mehr gesehen.«

»Er hat behauptet, du wärst früher schon ein guter Mensch gewesen, wegen dieses Diamanten für Linda und so …«

»Woher …«

»Aber wie es scheint, bist du noch nobler geworden. Fast ein Heiliger. Dieses Wunder wollte ich mir mal ansehen: Jonah Jacobson, der halbe Heilige. Na los, vergib mir, zeig, was du draufhast!«

»Wenn du wirklich da wärst, würde ich dich ignorieren.«

»Brander sagte, dass Besuche bei dir eine heilende Wirkung haben. Man würde hier schlagartig ruhig werden. Ein weitläufiges Zimmer, große Fenster, viel Licht. Nette Krankenschwestern. Und du darfst dir dein eigenes Menü zusammenstellen, wie im Restaurant.«

»Das stimmt.«

»Aber du weißt doch wohl, warum das so ist, Jacobson, oder? Für Moribunde nur das Beste. Und jetzt erzähl mir nicht, dass du es den Arzt nicht hast sagen hören! Du liegst im Sterben. Da beißt die Maus keinen Faden ab. Ein zum Tode Verurteilter. Deshalb darfst du alles bestellen, was du willst. Und so viel Besuch empfangen, wie du möchtest.«

»Augenscheinlich bekomme ich den manchmal auch ungebeten.«

»Ein einziges Kommen und Gehen wäre es hier, sagte Landau. Du würdest ganz abgeklärt im Bett liegen, während alle anderen mit ihren Sorgen und Nöten ein und aus gehen. Ein schönes Bild, zugegebenermaßen. Aber ich weiß, wie das läuft. Du hast dich natürlich nicht geändert, alte Menschen ändern sich selten. Die Welt verändert sich, und man selber kann bloß versuchen, sich möglichst gut an ihr festzukrallen.«

»Was faselst du da? Und was ist das für ein Blödsinn, den du über Landau verbreitest? Landau ist tot. Als ob du das nicht wüsstest.«

»Und deine Mutter?«

»Was ist mit meiner Mutter?«

»Kommt die dich manchmal besuchen?«

»Bist du bald fertig?«

»Ich habe euch einmal zusammen tanzen sehen.«

»Das kann gar nicht sein.«

»Zu kitschiger Zigeunermusik, mit Gitarren und Geigen und so. Ganz eng beieinander seid ihr durch die Zimmer geschwoft. Schöne Musik war das, oder? Ich kann mir nicht vorstellen, dass sie woanders auch so schön war. Doch, doch, ich habe euch gesehen. Dich und deine schöne Mutter. Überall habe ich euch gesehen, und du hast immer vor Glück gestrahlt. Sogar bei dem Brand vor dem Palast für Handwerk und Industrie, kannst du dich daran noch erinnern? Du musst etwa acht Jahre alt gewesen sein. Du trugst eine dunkelgraue Mütze und deine Mutter einen knielangen Mantel. Alle waren ganz erschrocken, ich habe sogar einen erwachsenen Mann weinen sehen, aber ihr zwei habt dagestanden, als hätte jemand im tiefsten Winter extra für euch ein schönes Feuer angezündet. Herrliche Waden hatte sie, deine Mutter. Habt ihr in einem Bett geschlafen?«

»Halt die Schnauze.«

»Irgendwo musste sie sich doch Liebe holen?«

»Gleich behauptest du noch, du hättest meinen Vater gekannt.«

»Aber den haben doch alle gekannt! Meijer, der Schacherer. Meijer, der Zuhälter. Dir brauche ich doch nicht zu erzählen, dass er diese ganzen Tanten nicht zum Spaß um sich herum versammelt hat, Jacobson, oder? Du weißt das doch längst, die Frage ist bloß, wann du es endlich akzeptierst?«

»Was willst du von mir?«

»Eine schöne Aussicht hast du hier auch. Zwei hohe Schornsteine. Was ist das wohl für ein Gebäude? Ein Kraftwerk, habe ich diesen Arzt sagen hören, kann das sein? Ein eigenes Heizkraftwerk für den ganzen Komplex. Was sie wohl in diesen Kesseln verfeuern? Krankenhausabfall, oder? Abgetrennte Beine, Stücke Darm und anderes Zeug, das man nicht mehr braucht. Gleich können sie dich da auch noch reinschieben. Das wäre doch ein sonderbares Schicksal, was, Jacobson? Wenn du am Ende doch noch in Rauch aufgehst?«

»Wenn du jetzt nicht gleich die Schnauze hältst …«

»Willst du mich etwa mit deinen schlaffen Fäustchen hauen? Hast du dir mal deine schwabbeligen Arme angesehen? Na gut, zur Sache. Ich geb's ja zu, ich komme dich nicht zum Spaß besuchen. So langsam frage ich mich, worauf du noch wartest. Ich meine, von mir aus darfst du ja noch eine Weile lang den Erleuchteten heraushängen lassen, aber du weißt genauso gut wie ich, dass du mit deinen Kräften am Ende bist. Glaubst du wirklich, dass es noch einen Unterschied macht, wenn du dich jeden

Tag mal eben an die Bettkante setzt und mit den Zehen wackelst? Oder brav deinen Teller leer isst? Und dann noch die ganzen Untersuchungen, jeden Tag. Das ist doch lächerlich. ›Wo sind Sie?‹, ›Welcher Tag ist heute?‹ Blödsinn, das weißt du doch genauso gut wie ich. Ich frage dich also noch einmal: Worauf wartest du? Willst du selbst was unternehmen oder sollen andere für dich entscheiden, wann es vorbei ist? Spürst du nicht, wie unruhig es in deinem Inneren wird? Stell dir mal vor: Diese ganzen Organe, jedes mit einer eigenen kleinen Absicht. Meiner Meinung nach wird dir fehlende Koordination bald einen Strick drehen. Die Leber – so ein nasser, roter Klumpen – will nichts mehr mit der Milz zu tun haben, dein Darm legt sich in Knoten, und dann wäre da noch das Herz, ja, das hat dir schon mal Sorgen gemacht, oder? Der Herzschlag, den du fast mit deinem Gehirn zu steuern scheinst; hast du dir mal überlegt, dass du sterben könntest, weil du dir einbildest, dein Herz schlägt nicht mehr? Und dass es dann vor lauter Schreck zu schnell schlägt und es in deiner Brust, in deiner Kehle so hektisch wird, dass dir das Blut zu Kopf steigt und es dich ungefähr dort, beim Herzen, sticht? Armer Jonah. Was meinst du? Ziehst du selbst den Schlussstrich? Kriegst den ganzen Krempel da drinnen unter Kontrolle, schließt die Tür hinter dir zu und steigst aus? Oder wirst du das Opfer einer Meuterei der Moleküle? Jeder sollte das Glück haben, erschossen zu werden, wenn er gar nicht damit rechnet, findest du nicht? Ich empfinde es als Privileg, dass ich ein paar Mal den Henker spielen durfte. Mit einem einzigen tödlichen Schuss, das ist natürlich am allerschönsten. Nicht nur für den Schützen, auch für sein Opfer. Da geht man gerade noch voll Kummer und Sorgen über die Straße, und eine Sekunde später ist alles verschwunden, aufgelöst, dank einer einzigen Kugel ist es vorbei. Keine Schmerzen, kein langer Leidensweg, keine Grübeleien über Gut und Böse.

Aus und vorbei. Sehnst du dich nicht danach, Jonah? Nach dem Ende, meine ich?«

»Eine tolle Rede, Delmonte, ich weiß aber immer noch nicht, was du hier zu suchen hast. Oder besser gesagt, weswegen ich dich hierherfantasiert habe.«

»Okay, okay, soll ich es dir verraten? Ich bin gekommen, um dir zu erzählen, dass ich das war. Ich habe gehört, dass man dir Beruhigungsmittel gibt, und dachte mir: Am Ende kriegt der Jacobson noch Halluzinationen und bildet sich ein, er hat selber was damit zu tun.«

»Was erzählst du da?«

»Linda! Oder Catharina, ganz wie du willst. Ich habe sie niedergeschossen. Sie ist gestrauchelt, ihre Beine sind eingeknickt und dann ist sie gestürzt. Ohne einen Laut. Niemand hat mich gesehen. Oder doch, du. Zumindest habe ich dich zu mir schauen sehen. Vielleicht mochtest du deinen Augen nicht trauen, also will ich dir das noch einmal bestätigen, ein kleines Geschenk für dich, du darfst es mit ins Grab nehmen.«

»Ja, ich habe dich gesehen. Vor allem habe ich dich abhauen sehen, du Feigling.«

»Ja, ich hatte meine Aufgabe erledigt. Außerdem hatte ich an dem Morgen noch was anderes vor. Und du? Statt dich um sie zu kümmern, hast du dich aus dem Staub gemacht. Um deine Haut zu retten, hast du sie liegen lassen. Wer von uns beiden ist da nun der Schuft? Ich habe bloß meine Arbeit gemacht. In Gedanken bei den Idealen des Dritten Reichs, bei einer neuen Weltordnung. Du wolltest nur deine eigene jämmerliche Haut retten. Was für ein Held!«

»Du bist verrückt.«

»Für ein höheres Ziel war ich sogar bereit, jemanden niederzuschießen, der mir lieb war. Eigentlich hätte ich für eine Frau mehr Geld nehmen sollen. Schließlich ist es mir nicht ganz leicht gefallen. Diese Weiber verdrehen einem ganz schön den Kopf. Fünf Gulden extra, Schmerzensgeld. Einen Zehner mehr, wenn man mit ihr im Bett war … Ja, du sagst nichts, liegst bloß da mit deinen alten Knochen, aber ich weiß, dass du mir zuhörst. Hättest du nicht gedacht, was? Du wolltest mich eifersüchtig machen, hast aber bloß dein Leben aufs Spiel gesetzt. Vielleicht hast du es ja mit Absicht gemacht. Du wusstest, wo meine Sympathien lagen. Oder dachtest du etwa, sie sind ein Deckmantel für diese alberne Arbeit im Widerstand? Da, trink noch einen Schluck Fruchtsaft. Über Recht oder Unrecht habe ich mir keine Gedanken gemacht. Geld verdienen und am Leben bleiben, das war die Hauptsache.«

»Lebst du noch?«

»Was ist denn das für eine Frage? Du siehst mich doch?«

»Ich stelle mir vor, dass ich dich sehe.«

»Ach, Traum oder Wirklichkeit, ist das nicht egal? In diesem Fall läuft es aufs selbe hinaus.«

»Bist du wirklich nach Israel gegangen?«

»Haargenau. Ich habe erkannt, dass hier alles den Bach runtergehen würde. Noch bevor der Vorhang ganz gefallen war, war ich schon weg. Wo kann sich ein Jude besser verstecken als unter anderen Juden?«

»Dreckskerl!«

»Ganz wie du meinst. Ich hatte ein wunderbares Leben. Genügend Geld, Gesundheit – dreimal auf Holz klopfen – und war bei Leuten beliebt, die ich früher in die Flucht getrieben hatte. Ich habe sogar dieses Mädchen, Catharinas Enkelin, sagen hören, dass ihre Großmutter glaubt, ich hätte ihr geholfen! Tja, das hat dich ganz schön umgehauen was? Ach, was ist denn jetzt los, Jacobson? Tut dir etwas weh oder bist du traurig? Du ziehst auf einmal so ein hässliches Gesicht. Ich fand das ja einen guten Witz: Der Mann, der sie umbringen wollte, geht als ihr rettender Engel in die Geschichte ein. Langsam, aber sicher wurde ich zu dem frommen Juden, für den du dich seit Jahren hältst. Was hattest du eigentlich vor, Jacobson? Wolltest du es ihr erzählen? Hast du dich deswegen mit letzter Kraft ins Vaterland geschleppt? Wolltest du eine Belohnung für deine so genannte gute Tat bekommen, wolltest ein Dankeschön für den Ablassdiamanten einfordern? Steht das alles in dem Brief, den du ihr noch geben willst?«

»Ich bin dir keine Erklärung schuldig.«

»Darf ich an dieser Stelle unseren Freund Marc Aurel zitieren? ›Wenn du eine Wohltat erwiesen und ein anderer eine Wohltat empfangen hat, was suchst du, gleich den Toren, daneben noch ein drittes, nämlich den Ruhm eines Wohltäters oder Vergeltung dafür zu erhalten?‹«

»Was für eine Chuzpe, dass gerade du das Buch des Kaisers auswendig gelernt hast!«

»Aber dann müsstest du ihr doch auch erklären, warum du dich noch schuldig fühlst, oder? Meneer der Widerstandskämpfer. Meneer der Soldat. Du hast dich dein ganzes Leben lang im Untergrund versteckt.«

»Ich …«

»Ich will's dir noch einmal ins Ohr flüstern: Der einzige echte Feigling in dieser ganzen Geschichte, das bist du. So ist das doch, Jacobson? Jacobson?«

»Ich höre dich.«

»Soll ich dir noch mehr durchs Hirn pusten?«

»Nein, es reicht, Delmonte. Jetzt ist alles so einigermaßen zu Ende gedacht. Zieh Leine.«

»Du hast dich wacker geschlagen, das muss ich ja zugeben.«

»Du brauchst jetzt gar nichts mehr zu sagen. Ich bin nur froh, dass ich nicht so geworden bin wie du. Geh jetzt. Und falls du Nana irgendwo siehst, bitte sie, bei mir vorbeizukommen.«

»War es das?«

»Das war's. Dich gibt es nicht mehr.«

54

Mein Schlafanzug ist nass. Ich bin müde, erschöpft. Wovon? Ich tue doch gar nichts. Ich will nur schlafen. Vielleicht kann ich ja eine Tablette …

»Meneer Jacobson.«

»Dr. Steenstra. Sie kommen wie gerufen.« Ich erkläre ihm, was ich möchte.

Steenstra nickt bloß, und als ich ihn frage, ob er auch dafür sorgen kann, dass Typen, die es wirklich gibt, zum Beispiel Meneer Kaptein, sich künftig nicht mehr in meiner Nähe aufhalten, schlägt er vor, dass ich aus dem Überwachungszimmer in eine mit zwei Betten umziehe.

»In Ihrem Fall fände ich es sogar gut, wenn Sie eine Weile ganz allein liegen. Wäre Ihnen das recht?«

»Sehr«, sage ich. Unnötig zu fragen, warum er von dieser Idee so angetan ist oder was er mit meinem Fall meint. Diese Frage habe ich Delmonte bereits beantworten lassen.

»Dr. Steenstra?«

»Ja, Meneer Jacobson?«

»Wenn es so weit ist, ist es so weit.«

»Wir tun, was wir können.«

»Bei allem Respekt, aber das dürfte keinen allzu großen Unterschied machen. Ich schätze Ihre Unterstützung sehr, das sollen Sie wissen, aber auch, dass weder Ihr Engagement noch diese

Tumore in meinem Kopf etwas an der Situation ändern. Schreiben Sie dann ruhig hin, dass ich an Altersschwäche gestorben bin.«

Der Arzt lächelt. »Ich kümmere mich darum, dass man ein Zimmer für Sie bereit macht.«

»Vielen Dank.«

Nach seiner Zusage werde ich unruhig; am liebsten würde ich sofort aufbrechen. Noch ein paar Kleinigkeiten erledigen und dann gehen.

Vicky soll erfahren, dass sie sich nicht getäuscht hat. Tatsächlich hat sie sich ja bereits von mir verabschiedet; es wäre beinahe gruselig, es ihr selbst zu sagen. Vielleicht kann Sonja mir ja helfen. Ich weiß nicht, ob sie sich verständigen können, aber für so eine Mitteilung braucht es nicht viele Worte. Zur Not sage ich es ihr vor: »Azulão está morto.«

55

Sonja kommt und sagt: »Hier liegen Sie sehr viel besser.«

Ich möchte sehen, was sie damit meint, aber ich kann den Kopf nicht heben.

»Ein ganzes Zimmer für Sie allein.«

Bin ich denn schon da?

»Würdest du mir einen Gefallen tun?«

»Natürlich.«

»Kannst du Vicky anrufen?« Als sie diesen Namen hört, wird Sonja rot. Sie habe bereits mit Vicky gesprochen, sagt sie. »Ich wollte es Ihnen noch erzählen. An dem Tag, nachdem Sie ins Krankenhaus gekommen sind. Ich hatte Ihre Sachen aus dem Hotel abgeholt, erinnern Sie sich noch? Sie hatten von Nana gesprochen, Ihrer Frau und …«

»Diesen Sommer ist es zwanzig Jahre her«, sage ich.

»Sie, ich … Ich konnte ihren Namen nicht in Ihrem Adressbuch finden. Deswegen habe ich bei Ihnen zu Hause angerufen, und da meldete sich Vicky. Wenn ich das richtig verstanden habe, ist sie Ihre Haushaltshilfe?«

Ich sehne mich so danach, Nana zu sehen, aber stattdessen sehe ich Vicky durchs Zimmer spazieren und mit ihrem Staubtuch hier und da hinwedeln. »Ja, so in etwa. Sie wohnt bei mir. Was hast du ihr gesagt?«

»Dass Sie im Krankenhaus liegen.«

»Gut. Denkst du daran, sie dann anzurufen?«

Sonja möchte etwas sagen, aber ich komme ihr zuvor.

»Das ist das eine. Und dann wäre da noch was. In meinem Koffer ist eine Schachtel mit Ohrringen. Die sind für dich.«

Ich weiß nicht, wann ich auf diese Idee gekommen bin, wahrscheinlich bei meinem Umzug in dieses Zimmer, aber es erscheint mir ganz selbstverständlich, ihr den Schmuck zu schenken. Und wie im Traum höre ich mich sie darum bitten, die Ohrringe zu tragen, wenn sie ihre Oma besucht. »Würdest du mir diesen Gefallen tun?«

Sonja stellt keine Fragen. Sie sagt nur feierlich ja.

»Und jetzt bin ich fertig. Das war mein Widduj.«

Sie wischt sich eine Träne aus dem Augenwinkel, und als sie sich wieder gefangen hat, fragt sie etwas zu laut: »Ein Widduj? Was ist denn das schon wieder?«

»Ein Sündenbekenntnis.«

»Aha, eine Beichte?«

»Ja, so etwas Ähnliches. Landau hat mir das alles erklärt.«

»Wer ist Landau?«

»Der zweite Mann meiner Mutter. Er war gläubig, viel gläubiger als mein Vater. Als Landau hörte, dass wir nicht sieben Tage auf dem Boden gesessen hätten, um den Tod meines Vaters zu betrauern, war er ganz unglücklich. Nicht weil wir es meinem Vater vorenthalten hatten, nehme ich an, sondern weil das so respektlos war. Warum ich, als guter Sohn, nicht ein Jahr lang um meinen Vater getrauert hätte? Ich wusste nicht, was ich antworten sollte. Meine Mutter sagte, es hätte überhaupt keinen Grund zur Trauer gegeben.«

»Wann ist Ihr Vater gestorben?«

»Ich weiß nicht genau. Es war kalt. Der Mann, der uns die Nachricht überbrachte, hat seinen Mantel angelassen.«

»Woran ist er gestorben?«

»An einer Kohlenmonoxidvergiftung. Mein Vater ist im Bett gestorben. Zusammen mit seiner Geliebten, aber das wusste ich damals natürlich nicht. Mama wurde wütend wegen Landaus Belehrungen über die Rituale. Die waren zwar für mich gedacht, aber sie hörte mit halbem Ohr zu. Weißt du, worüber sich mein Stiefvater auch geärgert hätte?«

»Worüber denn?«

»Dass du meine Hand hältst.«

»Ist das etwa unsittlich?«

»Nein, nein, aber ich bin jetzt ein Goses. Ein Sterbender.«

»Sagen Sie so was nicht!«

»Aber es stimmt. Ich werde bald sterben. Das macht nichts. Deshalb ist es gut, dass du mich dazu gebracht hast, das Widduj zu sagen. Aber egal, jedenfalls darf man Sterbende nicht berühren. Ich bin ziemlich geschwächt, das kannst du nicht leugnen; ein flackerndes Flämmchen. Wenn du mich anfasst, gehe ich aus. Das ist Landau zufolge mit dieser Vorschrift gemeint. Es hat nichts mit Reserviertheit zu tun, im Gegenteil, es ist der Versuch, jemanden länger in seiner Nähe zu behalten.«

Als meine Mutter ihn das sagen hörte, fragte sie Landau ungehalten, ob Sterbende einander denn berühren dürften. Ich weiß nicht, was er ihr antwortete. Wahrscheinlich redete er wie üblich einfach leise weiter.

»Hoffentlich«, sagte Landau, »hat Meijer es geschafft, das Sch'ma auszusprechen. *Sch'ma Israel, A-donaj E-lohejnu, A-donaj Echad.* Höre Israel, der Ewige ist unser Gott, der Ewige ist einzig.«

Ich hörte meine Mutter in der Küche. Besteck landete mit lautem Klappern in der Schublade. Schranktüren wurden aufgerissen und wieder zugeknallt.

»Hör zu, Jonah«, flüsterte Landau, als würde er mir ein Geheimnis verraten, »wenn ›einzig‹ das letzte Wort ist, das einem über die Lippen kommt, wird man bestimmt mit Ihm vereinigt.«

»Ist er da?«, fragte ich und hob den Finger in die Luft.

Landau schüttelte den Kopf, das konnte alles Mögliche bedeuten.

Sonja sagt, sie wisse nicht, wie das gehen solle: festhalten und loslassen zur selben Zeit.

Ich habe das Mädchen sehr gern, aber jetzt soll sie gehen. Ich sehne mich nach Ruhe. Dieses Signal wird irgendwo im Raum zwischen ihr und mir aufgefangen. Sonja kramt ein Telefon aus der Hosentasche und hält es hoch.

»Entschuldigung, da ruft mich jemand an.«

Sie steht auf und ist verschwunden.

56

Der Abend ist urplötzlich hereingebrochen, ich muss mehrere Schläfchen gehalten haben. Ich will nicht ausschließen, dass auf diese Weise einige Tage vergangen sind, mit ermüdenden Gesprächen, die höchstens ein paar Minuten dauerten, leichten Mahlzeiten, deren Verdauung mich Stunden kostete, und der Sehnsucht nach Kontakt, die erlosch, sobald jemand in meine Nähe kam.

Mein Bett steht dicht am Fenster, ich komme mir vor wie der Ehrenbehinderte des Theaters. Heute Abend, an der Milchstraße: Erscheinen des Halbmondes und einiger alter Sterne. Wie oft habe ich diese Aufführung bereits gesehen? Vielleicht an allen Tagen meines Lebens. Wie viele mögen das wohl inzwischen sein?

»Schwester?«

»Da bin ich.«

Volltreffer. Dachte ich es mir doch, dass ich irgendwo im Zimmer Schritte gehört hatte.

»Wie viele Tage sind neunundachtzig Jahre?«

Die Frau nähert sich. Es ist die eine, die so aussieht wie … ach, ist ja auch egal.

»Puh! Dreihundertfünfundsechzig mal neunundachtzig, das sind … Moment.«

Sie holt einen Stift aus der Kitteltasche, klappt ein Ringbuch auf und schreibt die Aufgabe auf eine leere Seite. Ein Lächeln legt sich auf ihr Gesicht. »Das sind zweiunddreißigtausendvierhundertfünfundachtzig Tage!«

Sie räumt den Stift und das Ringbuch weg und zieht meine Decke ein Stück höher.

»Früher hatte ich einen Globus, so eine Weltkugel mit einem kleinen Licht drin. Bestehend aus zwei beim Äquator aneinandergedrückten Hälften. Er stand in meinem Zimmer. Als Nachttischlampe. Nachts stellte ich mir vor, dass ich im Weltall war und auf die Erde hinuntersah.«

Die Schwester lächelt und fragt: »War das eine schöne Vorstellung?«

Schwer zu sagen. Ich glaube, dass sie schön war, aber nicht so schön, wie jetzt an den kleinen Jungen von damals zu denken, dort im Bett. In der Weesperstraat, in der Tolstraat. Den Globus hatte ich bei meiner letzten Runde durch die Wohnung übersehen.

Durch die Zimmer.

Die Küche.

Und den Flur.

Da, wo ich spielte, dort, wo Papa stand, und Mama – ich kniff die Augen zusammen.

»Liegen Sie gut?«

Weder gut noch ungut. Ich liege. Warte. Genauso wie alle anderen beinahe toten Menschen in diesem Krankenhaus, in dieser Stadt, auf Stühlen oder in Betten – egal wo. Wie die Unvorsichtigen, kurz bevor sie verunglücken. Oder die Kinder, die zwar noch geboren werden müssen, aber nicht, um lange am Leben zu bleiben. Der Unwissende, auf den eine Kugel zurast. Wenn deine Zeit gekommen ist, brauchst du nichts mehr zu tun. Du kannst dich noch ein bisschen bewegen, wenn dir das Spaß macht, aber du musst nicht.

Um der Schwester einen Gefallen zu tun, schnappe ich nach dem Strohhalm, mit dem sie mir über die Lippen streicht. Ein Schluck Apfelsaft strömt mir kalt durch die Kehle.

»Kann ich noch etwas für Sie tun?«

»Nein, danke. Alles ist gut.«

Um sie, diese liebe Frau, weggehen zu sehen, müsste ich den Kopf zur Seite drehen, das schaffe ich nicht mehr. Die Tür schließt sich leise. Wann wird sie wohl wieder aufgehen?

Ich denke an die letzten Worte der Krankenschwester. Jetzt, da ich nichts mehr tun kann, da mir alles zu viel wird, sind meine Gedanken das Einzige, was mir bleibt.

Ich würde gern wissen, ob mein Leben zu etwas gut war, möchte noch einmal in aller Ruhe über alles nachdenken und dann schlafen, doch ich spüre ein Zittern, das von meiner Lunge durch den Hals zum Gehirn hochsteigt, und kann mich absolut nicht mehr konzentrieren. Jahre vergehen im Bruchteil einer Sekunde, Dutzende von Besuchern drängen sich in meinem Kopf. Ich schicke sie weg, alle, jeder muss raus hier. Ich arbeite wie ein Besessener, um den Laden leer zu räumen. Dann, völlig erledigt, erblicke ich zwischen dem liegen gebliebenen Krempel ein Bilderbuch. Bilder, die sich unter dem nachlassenden Druck meines Daumens in Bewegung setzen.

Nana!

Es ist Nana auf einem Motorrad.

Nana auf meiner alten Indian – der Beiwagen ist verschwunden, aber ich erkenne den Indianerkopf auf dem Tank. Nana! Es sieht aus, als wäre sie auf der Flucht vor ihren eigenen Locken. Alles ist in Bewegung, doch sie kommt kaum voran. Ein Lächeln zeichnet sich auf ihrem Mund ab. Langsam schließen sich ihre Augen – sie hält sie bebend geschlossen. Ich brauche sie nicht zu warnen. Sie fährt durch ein Land ohne Gefahren.

Ich drehe den Kopf etwas weiter nach hinten.

Da ist Kat – nein, Moment, nicht so schnell; das ist nicht Kat, es ist Mama, ja, ich sehe dich tanzen, Mama. In deinem Seidennachthemd und mit Nanas Ohrringen, die bei jedem Schritt funkeln. Immer wieder im Kreis, im Takt des stampfenden Herzschlags der Erde, du verschwimmst, die Schmuckstücke lösen sich und schießen wie kleine Kometen zurück in den Himmel … Es sind zwei, drei … Ja, drei Sterne in einem unendlichen, leeren Weltall.

Sehe ich das richtig? Bin ich wirklich da? Ist es das? Ach Gott, wie gern würde ich hierbleiben.

Alles ist atemberaubend schön. Da, es kommen ja immer mehr dazu, mehr goldene und silberne Sterne; eine Explosion von Kristallen, eine Unzahl blendender Diamanten. Sie berühren einander. Ich spüre es, höre es. Langsam schwillt das Geräusch an, das Knirschen geht in klagendes Krächzen über.

Es kann nicht mehr lange dauern, bevor die Dunkelheit vor so viel strahlendem Licht weicht.

Danksagung

Ans Kupper-Steenstra und Professor Jan Heimans dafür, dass sie mich in der Abteilung für Neurologie des VU Medisch Centrum in Amsterdam an ihren Erfahrungen haben teilhaben lassen.

Ger Walters für die Auskünfte über die Koninklijke Asscher Diamant Maatschappij NV und den wunderschönen Bildband über den Cullinan.

Flip Tuinder, Diamantschleifer in Amsterdam, für seinen fachkundigen Rat.

Michèle Hutchison, meiner Lektorin, und all ihren Kollegen bei De Arbeiderspers für ihren Beitrag zum Erscheinen dieses Buches.

George David fürs Lesen des Manuskripts.

Lourens Kluitenberg für seine Gastfreundschaft in Almería.

Jacques Visser für seine Aufmerksamkeit und Sorgfalt.

C. C., meiner bescheidenen brasilianischen Quelle, für ihre wertvolle Unterstützung.

Willem Schoonen fürs Gegenlesen früherer Fassungen und für seine Freundschaft.

Liddie Austin, 20 Karat, VVS.

Anmerkungen

25,22 *Goi* (hebr. Nichtjude).

32,4 *Schabbat* (hebr.): im Judentum der siebte Wochentag, ein Ruhetag, an dem keine Arbeit verrichtet werden soll. Er dauert von Sonnenuntergang am Freitag bis zum Eintritt der Dunkelheit am Samstag.

70,24 *Kippa* (hebr.): Kopfbedeckung frommer Juden.

81,15 *Schul* (jidd.): Synagoge.

81,21 *Leviten*: einer der zwölf Stämme Israels, die dem Alten Testament zufolge von den Söhnen Jakobs abstammen. Bis heute bilden die Leviten eine eigene religiöse Gruppe im Judentum.

81,21 *Cohen*: Untergruppe des Stammes der Leviten. Ihnen oblag im Altertum der Tempeldienst.

81,23 *Thora* (hebr. Lehre, Unterweisung): Der erste Teil der hebräischen Bibel. Im christlichen Kontext wird von den »Fünf Büchern Mose« (Pentateuch) gesprochen.

82,13 *Peies*: Schläfenlocken (der orthodoxen Juden).

83,8 *Sch'ma Israel*: das Höre-Israel-Gebet, das wichtigste jüdische Gebet, in dem das Bekenntnis zur Einzigkeit Gottes beschworen wird.

91,11 Das Einreißen der Kleidung ist ein jüdisches Ritual. Es wird als Zeichen der Trauer zwischen dem Eintritt des Todes und der Beerdigung vollzogen.

91,12 Nach dem Begräbnis wird ein Kondolenzmahl abgehalten, traditionellerweise bestehend aus Bagels und hartgekochten Eiern.

91,30 *Cahn, Ernst*: Ernst Cahn war ein aus Deutschland stammender jüdischer Kaufmann und Mitinhaber des bekannten Eissalons Koco in Amsterdam. Um ihn und seinen Kompagnon Alfred Cohn formierte sich nach der deutschen Besatzung ein Teil des jüdischen Widerstands. Ernst Cahn wurde am 3. März 1941 von den Nationalsozialisten erschossen.

118,18 *Mikwe* (hebr. Wasserstelle): bezeichnet im Judentum das Tauchbad, das der Reinigung von ritueller Unreinheit dient.

118,22 *Masel tov* (hebr.): viel Glück, Glückwunsch.

122,6 *gojisch*: Adjektiv zu Goi, Nichtjude.

122,13 *Bar-Mizwa* (hebr. Sohn der Pflicht): bezeichnet die religiöse Mündigkeit von Jungen im Alter von 13 Jahren.

123,21 *10. Mai 1940*: Die Besetzung der Niederlande erfolgte zwischen dem 10. und 15. Mai 1940.

131,16 *Bima* (grch. Podium): Lesepult in der Synagoge, in der Regel erhöht.

132,15 *Chasan* (hebr. Kantor): der Vorbeter in einer Synagoge oder jüdischen Gemeinde.

138,15 *Parascha* (hebr. Einteilung): Wochenabschnitt der Thora.

138,17 *Levitikus*: Buch der Bibel im Alten Testament, drittes der fünf Bücher Mose.

138,25 *Tefillin* (hebr. Gebetsriemen): Gebetsriemen mit zwei Kapseln, in der auf Pergament geschriebene Thora-Stellen verwahrt werden.

140,10 *Derascha* (hebr. Suche, Interpretation): mündlicher Vortrag über ein religiöses Thema. Bei Bat- oder Bar-Mizwa hält das Kind oft eine Derascha als Symbol für die Aufnahme in die Gemeinschaft der Erwachsenen.

154,28 *Judenrat*: Bezeichnung für die während der Zeit des Nationalsozialismus eingerichteten Zwangskörperschaften der Juden in den von den Deutschen besetzten und kontrollierten Gebieten. Der Judenrat Amsterdam *(Joodsche Raad voor Amsterdam)* war eine Einrichtung der deutschen Besatzungsmacht in den Niederlanden zwischen Februar 1941 und September 1943. Er wurde gemeinsam von Abraham Asscher und David Cohen geleitet.

157,13 *NSB*: Abkürzung für die *Nationaal-Socialistische Beweging* in den Niederlanden. Nach ihrer Gründung 1931 war die NSB eine zunächst faschistische, später nationalsozialistische Partei. Nach der Besetzung der Niederlande durch die Wehrmacht im Jahr 1940 war die NSB die einzige zugelassene Partei.

163,16 *Mof* (Pl. *Moffen*): in den Niederlanden eine abwertende Bezeichnung für einen Deutschen.

172,22 *Minjan* (hebr. Zahl): das Quorum von zehn oder mehr im religiösen Sinne mündigen Juden, das für einen Gottesdienst nötig ist.

198,14 *Kaddisch* (aramäisch): ein jüdisches Lobgebet, das allgemein bekannt ist als das jüdische Totengebet.

232,1 *Joint Distribution Committee* (volle Bezeichnung: *American Jewish Joint Distribution Committee*, Kurzform: Joint): eine seit 1914 vor allem in Europa tätige Hilfsorganisation US-amerikanischer Juden für jüdische Glaubensgenossen.

268,12 *Widduj*: Im Widduj bekennt sich der Betende dazu, gesündigt zu haben. Es gibt verschiedene Versionen: das tägliche Widduj, das Widduj am Versöhnungstag, das Widduj auf dem Sterbebett.

269,11 *Goses*: im Judentum Bezeichnung für einen im Sterben liegenden Menschen, der auch mit Hilfe von Medikamenten vermutlich nicht länger als 72 Stunden zu leben hat.